現代輕小說 10

醫病不依心

郭思涵 著

博客思出版社

序言

完美無瑕的白袍，會擦身而過嗎？

一年前的負氣執著，讓雨舲揚言：「今生非白袍不嫁！」
有一天，老天爺圓夢了，讓她意外地遇到了完美情人書甫
但她卻偏執於對過去感情的眷戀，難以抽身而出
或許這一切就是愛情的盲目！！！

這樣的愛只有放手嗎？

自從遇到了見飛，雨舲便質疑著真正的愛是否應該盲目地接受一切
包括已無力改變的愚孝呢？
相對的，見飛對雨舲與日俱增的投入
甚至連唯一的尊嚴都出賣了
到底最後的不甘心會讓他們得到想要的，或是賠上更多呢？

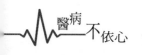

重新一次的選擇會一樣嗎？

在對的時間遇到對的人，是一生一世的幸福
曾幾何時，信帆早已是她心底認定的那個「對的人」
但造化弄人，上天卻又同時賜給了她另一個童話世界的白馬王子英安
這一刻，到底誰才是那個「對的人」？

在陰謀下的愛情，還能存活嗎？

「我願意為了妳，成為變形蟲！」瀚川的百般妥協終於揪緊了雨舲的心
正當她放下一切，全然投入時
卻意外地捲入了一樁家族的恩怨糾葛中
到底所謂的真愛，就活該受得起這接踵而來的暴風雨？
雨舲在醫界的洪流中，載浮載沉著，一直死命地想攀上岸
到底窮盡她一生的餘力，是否可以找到一份醫病又依心的守候呢？

目次

第一章　完美無瑕的白袍擦身而過？

1

每當門前窗口傳來汽車唧唧吱吱的聲音，雨舲就千愁萬緒，不禁紛來沓至，湧上心頭……事實上，她媽媽看在眼裡，又何嘗不知，自己的女兒常常暗地裡期盼「那噠噠的車聲不是美麗的錯誤，而昱宏正是那個歸人，並不是過客。」但事與願違，滅了絲絲希望，湧了陣陣失落，這些日子便在這反覆交疊的複雜中，一直絞著心，只是因為初戀的情竇初開總讓人刻骨銘心嗎？

幾個月後，來到了盛夏，那湛藍的天空沒有透出絲毫雲彩，熊熊的烈日炙烤著每一寸土地，凝滯著每一吋呼吸，讓人重得起不了身。

直到兩張上榜的喜訊浮了出來，頓時，如釋重負的暢快襲上全身，「我通過轉學考了！」雨舲的尖叫響徹整棟房子的每個角落，她爸爸笑了，她媽媽哭了，家人正參與著這份孤注一擲的勝利。

抱著重新開始的準備，她放棄了位於「北部」的名校，選擇了「中部」的學校。

面對眼前的學校，正殷情熱切地為「大一升大二」的轉學生們，籌辦各式迎新節目，雨舲毫不放過任何機會，積極活躍地參加各式公開邀約活動，嘻鬧聲、喧嘩聲參雜在五光十色的煙火瀰漫中，虛與委蛇的交際應酬，逢場作戲的過眼雲煙……這些，她都不在乎，此刻，她只想溺在這應接不暇的寵愛，「校園美女——白雨舲！」這無人不知的封號褒賞早聞遍整個學校。

對照著一年前，另一所學校不也同樣地為了迎接一群懷抱理想與熱情的莘莘學子們，無不緊鑼密鼓地準備了許多精彩的「大一」迎新活動，還記得當時整個校園，和眼前不遑多讓，都洋溢著滿滿的喜悅與歡笑。

但當時的白雨舲卻將自己隔離成局外人，她幾乎提不起任何動力去報名參加，整個人始終沉浸在大學聯考失利的惆悵，縱然她獨特的氣質與亮眼的外表，早已引來學長們的關愛與注意。

事實上，沒有這榜前的打擊，白雨舲的個性本是相當活潑外向，不自覺地就容易成為整個交際場合的主導，加上她精緻深邃的五官，擁有著濃眉大眼、挺而直的鼻子、粉嫩透亮的嬰兒肌，這些賦予她加分的條件，導致她這位大一新鮮人，縱然不太出入校園的公開活動，仍不經意地成為當時關注的焦點。

一年前的生活是失落與喪志，絲毫沒有大一新鮮人的期待感。現在的生活算是多采多姿嗎？抑或者，說穿了是種糜爛嗎？還是簡直是麻痺了？這都不重要了，就這樣繼續沉淪吧！

直到幾個月後，一場卉心的邀約改變了她。

卉心和雨舲同是轉學生，不過，她的曲折變化和雨舲相較之下，真的南轅北轍的大相逕庭。因為她之前是唸護專的背景，後來交往個男友是醫生，可是因為對方的媽媽嫌自己學歷和她兒子差太多，逼迫她們分手，她便立志去補習參加轉學考，現在可說是揚眉吐氣了，上了國立大學，讓男友的媽媽另眼相看。

「我男友想幫他學弟們謀福利，辦聯誼，想揪我們這幾位轉學生。」卉心挑高了眉，抿著嘴問：「妳該有興趣出來會會他們吧！」

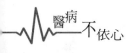

雨舲曾和卉心聊過她的大一，那段令她痛徹心扉的往事。

記得半年前的晚上，她和昱宏正進行著最終的談判……

「我不會浪費你太多時間，請尊重我，給我幾分鐘。」雨舲再也壓不住自己的憋，使著一絲起伏都無的口吻說：「我覺得你太過自負，在你眼中的我，或許矮小到什麼都不是！別人每次費盡心思的絞盡腦汁，卻都淪為你的恣意踐踏。我今生第一次的感情這麼毫不保留的給了你，就活該遭到你硬生生地扼殺了嗎？你吹滅了我滿懷的少女情懷，荼毒了我應有的純真快樂！」

「所以我帶給你的，就這些？」當時，昱宏嘴裡正邊嚼著東西邊說話。

「你這個自私鬼，甚至是心裡變態狂，這時候，竟還有心情吃東西！真的很沒禮貌，完全不懂尊重兩個字怎麼寫。」

「餓了，填肚子，又錯了。」他吱吱咯咯地說：「其實，白大小姐，我真不知到底哪裡惱怒妳了！」

「很討厭現在的你！我們就像天秤的兩端，不會有交集。我的喜我的怒，你根本摸不清，也不想碰，夠了……我們算了……分了吧！」

「今晚的堅持或許對妳是殘忍了些，但如果沒有狠了心，老慣了妳，總有天會出事。」

「但你選擇這樣的方式，對我不是殘忍而是糟蹋。請你收起你的那份自以為是與理所當然，甚至，我一度懷疑你是染了什麼病，這些日子，呈現給我的，就是一副要死不活的疲憊樣，我看膩了也受夠了！現在的我終於懂了你的初戀女友，為何毅然選了成大醫生離棄了你。面對這個被篩剩的你，就僅能單憑著自我感覺良好，才有辦法自信地支撐到今天，拆了這層保護傘，空蕩蕩的你其實根本什麼都不是。」

「妳說的這麼義正言辭，那麼有本事，那妳和她一樣，也去當妳的醫師娘吧！」他低喃地說著，但當時，聽起來卻份外刺耳響亮。

她無法再多說什麼，猛然地掛下了通話，潸潸淚水不聽使喚地，洩了下來，濕了大片領口。那晚的宣戰，就塑造了現在的自己，更讓她無端著了魔，起了今生的立誓：「非醫生不嫁！！！」卉心問了她這是何苦：「我要讓他知道，他永遠都輸給了白袍。」說她幼稚也好，說她無知也罷，但這就是執著偏激的白雨綸。

2

幾天後的晚上，一群人已熱鬧喧嘩地聚集在一間美式小吧，他們包圍著長桌，一面坐著五位男生，對向坐著五位女生。卉心簡單地交代了今夜的開場白，剩下的時間當然留給男男女女們去交際互動。

雨綸被安排在中間的位置，她體內正沸騰著源源不絕的狂流，那雙明眸大眼，炯炯搜尋掃射著今夜的獵物，目光不偏不倚地停駐在對側最右邊的位置，發現了有張臉剛好沒被懸吊的燈光打到，沒入了陰影裡，雙手交叉胸前，一本剛阿地不發一語，簡直像個局外人。

「你很無聊嗎？」雨綸逗趣地直視他：「還是個悶葫蘆？」

他靦腆地頭低低，卻嗓音嘹亮地答著：「我是簡書甫，請多指教。」

這一答話，突然意外地成了全場的焦點，「我們的書甫可是我們班的常勝軍，老考第一名。」旁邊一位又瘦又高的竹竿男，幫腔作勢地接起話來。

書甫繼續低頭保持沉默，啜著杯中快喝完的茶飲。

這夜裡的簡書甫更讓雨舲摸不著頭緒，心底竄升的漩渦彷彿伴著他快見底的飲料，吞沒捲入，同時卻又突然湧現出那一年前……。

記得當年的舞會，在學姐樂樂的強力邀約下，白雨舲實在想不出什麼好理由去婉拒，只好勉為其難地參加由樂樂策辦的迎新舞會。

「請問這裡是在舉辦舞會嗎？」突然一位陌生男子的問話，打亂了雨舲的沉思。

「是啊！」雨舲有點被嚇到，不悅的簡短回覆著

「現場主辦人將活動可說搞得有聲有色，參加者真是不少，妳也是來參加舞會的嗎？」

「不然我在這裡做什麼！」

「不過，像我也來了，但我的動機很單純，就是路過純湊熱鬧，這可不算參加舞會，對吧！那妳剛剛的回話，傳達給人的想法是專程來參加舞會。可是妳的言行舉止又好冷漠，怎麼不進入舞池裡和大夥兒一起瘋？」

當時，雨舲開始覺得原來所謂的無聊搭訕就是這樣。決定擺脫對方的最佳模式，就是選擇默默離開現場。

她企圖想溜了，並打算避免打斷樂樂的雅興，準備不告而別，低頭轉身決定離去……。

但這陌生男子卻仍不知趣地尾隨在後，並趁勢截路在前，攔下雨舲。「昱宏，交個朋友。」林昱宏鏗鏘有力的嚷嚷著，「你不該是張乖寶寶的牌！」。

「我媽從小就教我，沿路搭訕女孩子的陌生人，請勿靠近。」雨舲沒好氣地說，「君子自重，請讓開！」

「難道人不輕狂枉少年，沒聽說過嗎？」昱宏毫不客氣地上下打量著雨舲，「就這麼糟蹋妳的大一，會甘心嗎？」

「你太自以為是了！有點晚了，我想離開，我媽還在等我道晚安報平安的電話。」雨舲開始不自覺流露出緊張而抖擻的語調。

「我們雙方留個電話，出門在外也討個好照應。」

當時，從小認真讀書，專心學業的雨舲，不僅從未談過戀愛，甚至也沒交過任何異性朋友，她的生活始終單純到上學、回家、讀書、考試等，規律且一成不變……面對這突如其來的邀約，心中感到錯愕不安……

月光就像朦朧的薄紗織出的霧一般，在樹葉上，在紅磚大道上，並在雨舲的臉上，閃現出一種純潔無暇的光。

「喂！你該不會認為我是誘騙年輕女子的登徒浪子吧？我學弟清華大學研究所的高材生待會兒就來了……。」昱宏蓄意去拉高語調強調著清華二個字。

緊接著，另一位骨瘦如柴，身形單薄的小夥子正氣喘吁吁地朝他們迎面而來。

「原來你在這，怎不去和我妹樂樂打聲招呼？時候不早了，我們還要趕回新竹呢！」

「原來你是樂樂的哥哥！我是她學妹，白雨舲！」雨舲竟開始慢慢卸下心防，簡單地做了自我介紹。

「妳知道先來後道的道理嗎？擺明我先認識妳，怎變成讓浩浩搶先一步？」昱宏抱不平地嚷嚷著。

「我的手機是 0933366631，先走了……。」雨舲喃喃低語，接下來頭也不回地開溜了，逐漸消失在黑夜的街頭……拋下了一臉茫然困惑的昱宏。

她敲了敲自己的腦袋，不禁輕嘆：「一年多前的事了，怎麼還記得那麼清楚，人家早全都拋諸腦後了，醒醒吧！」

3

接連地幾天，雨舲陸續接獲到聯誼當天聚餐男孩子的邀約，「只差一個簡書甫，就又創下全壘打的亮眼佳績，奇怪，莫非真是個悶葫蘆？」

突然手機出現了簡訊：「白小姐您好，我是簡書甫，請問後天晚上六點整，可以約妳去美術館的南瓜屋吃頓飯嗎？」她露出了勝利的微笑，為這次沒有意外地大獲全勝自豪著。

「好啊，那到時候見。」她為自己下意識地回訊，感到驚訝，畢竟其它四位已輪番吃了閉門羹。

這夜裡，雨舲選擇身穿一襲白色長洋，鑲著蕾絲花邊，烘托出原有的清麗脫俗，頂著烏黑瑩亮的披肩長髮，每個舉手投足間，都滲透著清新飄逸，娉婷婉約地朝書甫走了過去。

他們倆便一前一後走進了餐廳，「我有訂位，靠窗，兩位，六點整，簡先生。」他簡單俐落地和迎賓的服務生清楚交代著。

隨著訓練有素的服務生，他們很快地就座。接續，他開始滔滔不絕地在服務生開口介紹菜單前，已經和雨舲分享他事先在網路上搜集到的情報資料，並明確地導引著她該點些什麼，她真有些被這一連串周詳縝密的安排嚇到，但她欣賞著這份用心，所以她沒發表其它意見，默默地接受了他的按部就班。

「它座落於很有氛圍的綠園道旁，與周遭緊密的各式異國風味餐廳相互呼應，整棟外觀全由紅磚塊砌成，為兩層的褐色建築。今天入內仔細端倪，發現這南瓜屋內的擺設鋪陳果真以南瓜為主題，每寸空間都瀰漫著國外鄉野的恬靜活潑。」書甫不禁開始環顧起店內的四周，並表達滿意著自己這次的選擇。

「這裡真的很特別！」她毫不避諱地直視著他，但圓滾滾地眼珠卻轉不停，似乎盤算著什麼：「但……你更特別。」

他不禁又漲紅了臉，尷尬地無法接話。

「喔！我的意思是……你很認真，不只表現在學業成績上，在待人處事也不例外。」

「這樣不好嗎？」他摸了摸頭。

「很難得啊，特別對於一位男生而言，可以如此細膩！」她轉移了目光，伸手想拿片剛端上來熱呼呼的法國麵包。

「妳不喜歡這樣？」他比她捷足先登一步，托了片麵包，抹著羅勒醬與鮮蒜，接著，再用紙巾墊在下面，整份已被包裝得像早餐速食店的三明治，才遞給了雨舲。「這樣才不會沾著了手，不方便。」

她不禁噗嗤一笑，「你對每一個人都這樣嗎？」

他的臉再度鼓漲得紅成一片，並把頭壓得低低的，停了幾秒後，忽然抬起頭，一本正經地盯著她：「我……對我在乎的事情，都會卯足全力。」

這簡直像是直接了當的向雨舲宣告主權？一股不可名狀的挑釁，驀然在他的心中竄升。

這份堅定的目光，那熟悉的感覺，不禁讓雨舲染上了莫名的畏懼，一年多前不就在簡單的星巴克也這樣地開始了第一次的正式約會……。

記得當晚，剛好來了束暖光照了過來，讓雨舲可以仔細地瞥見昱宏正蹙著眉頭，認真專注地批閱手上的文件。她不禁將目光停駐在他身上，只見他身穿率性的T恤上衣，白皙的臉龐，冰冷孤傲的眼睛，高挺英氣的鼻子，薄透地紅唇，無一不在誇耀著他的優雅與自負。

「妳來了！」昱宏猛然抬頭並發現雨舲的出現。

「你在瞎忙什麼？」不安的雨舲深怕被對方察覺自己的窺視，特意故作鎮靜並把話題岔開。

「批閱台北家教學生的作業。」昱宏停頓了一下，繼續又說：「愣在那做什麼？過來坐啊！想喝什麼？點一下，我去付帳。」

「你剛剛在電話中，都說嫌電話費貴了，我怎麼好意思讓你破費請星巴克的飲料！」雨舲還是不忘自己赴約的目的，就是要狠狠地教訓他如何學習尊重別人、放低自以為了不起的傲慢身段……

「這種消費真的不適合常來，但為了避免你擔心我起了歪念把妳擄走，只好下重本了。」昱宏得意洋洋地笑著說：「不過隨意點杯喝的就好了，這裡的糕點不划算，反正重點是我們見面、聊天。」

「你住新竹，為何有台北的家教學生呢？千里迢迢地不合成本，這可不是節儉的你會打的如意算盤。還是為了誘拐單純地未成年少女所設下的圈套呢？」雨舲邊說邊低頭開始毫不客氣地挑選自己想喝的飲料。

「我在妳心中，就這麼不堪嗎？始終是個色鬼！」昱宏拉低音調顯些不悅，然後自顧自的去結帳，並在櫃台等候取餐。

不到半晌的時間，昱宏端著飲料回到了雨舲的面前，並說：「這學生的姐姐在我當年還在台北唸書的時候，就跟了我很多年，去年上了南部不錯的大學，家長想要我接著輔導二女兒。」

「喔！那你常會利用沿路搭訕女孩子的方式，四處把妹嗎？」雨舲雖為了剛剛的誤會面有愧色，但心中的那份困惑卻仍隱隱發作。

「窈窕淑女，君子好逑！」昱宏毫不避忌地直視著雨舲，並瞇著眼笑著說：「妳渾身擁有著讓人想開發的慾望和潛能。」

昱宏直言不諱地地挑逗，不禁讓雨舲怔怔地望著他。

突然間，服務生掛著客製化笑容，殷情地送上主食，適時地，去中斷了雨舲的往事回憶。

「拿波里蘑菇南瓜起司醬燒蝦球飯，這是小姐的蝦球飯。」服務生緩緩地，先用右手向雨舲遞上了剛出爐的餐食，緊接著，又使出了左手，將另一盤餐食也遞到了書甫的面前，陸續簡單地介紹著：「曼哈頓蕃茄羅勒什錦海鮮燴燉鮮魚飯，這是先生的鮮魚飯。」

「你為什麼不點匈牙利紅酒乳酪燴燉牛肉飯，剛剛不是說這網路上也很推薦嗎？」

「妳不吃牛，但喜歡海鮮。」他開始拿起碗盤，慢條斯理地在另一處分裝堆疊著另一份鮮魚飯，活像個層次分明的海鮮丼飯，並緩緩地挪到她面前，「嚐嚐看！」

「因為你的記憶力一直很好，所以唸了醫學系，並可以常奪第一名的寶座嗎？」她不得不暗自佩服，記得聯誼當晚，自己只是不經意的帶過。

「不差，倒是真的！其實很多人都誤以為醫學系就是數理能力很優秀，但這只是以訛傳訛的謬論，事實上，入了這科系，才發現原來和妳們法律系一樣，著重記憶力的背誦，不然，面對那些洋鬼子多如牛毛的藥名、病症，真叫人頭昏眼花。」

此刻，四目交接下，她不得不開始認真研究起簡書甫，他身形倒算勻稱，全身黝黑的肌膚隱約映著光澤閃啊閃的，而他那銳利的雙瞳，宛如可把人透徹地看到骨子裡。

「他們家的南瓜起司醬可是活招牌，不只有聞香撲鼻的濃稠奶香，那口感綿密的南瓜泥和滑順入口的奶油起司真得超 match ！」他托著下巴，撐大了眼，正期待著雨舲的反應。

「通常南瓜醬吃久了會有反胃噁心感，但發現這道菜真的不會唷！原來是因它參雜了蛤蜊的鮮味和甜度。」這道菜可真讓她融化了，她閉著眼接著說：「那Q彈嚼勁的挪大蝦球，真捨不得一口吞嚥。」頓了一下，才說：「連這大量的洋蔥，都被起司醬燉的軟嫩香甜，相信，把這道的醬汁淋在飯上一起入口，這該很開胃！」

「妳再試試這海鮮味十足的鮮魚飯，瞧瞧，裡面的行頭配料有大量的蛤蜊、花枝塊和鮮魚，算得上豐富了！」

「這裡面添了九層塔，難怪味道上的層次更多元了，搭配上它們調製的蕃茄羅勒醬汁，是為了平衡海鮮的腥味而設計的，可真讓人拍案叫絕。讓這堆澎拜地海鮮，獨留鮮嫩多汁的香甜口感。」她捂著嘴偷笑了兩聲，道著：「你看就飽了嗎，還不快開動。」

書甫臉上竟忍不住又紅到耳根子了……。

「妳剛怎麼來到這南瓜屋？」他抬頭瞥了雨舲一眼。

「卉心租的地方和我很近，要當好姐妹可不是當假的，當然就請她跑這一趟。」

「待會兒，我送妳吧！」

她點點頭，並沒有否認這提議，飯局不自覺地也進行到餐後甜點了，含著沁涼的果凍，那酸甜的葡萄香消退褪去主餐的重口味。

步出了南瓜屋，眼前目不暇給的霓虹燈，逐漸隨著機車的滑動，緩緩地拋諸在她們的身後。他發現了她的沉默，便不願驚擾了在這浪漫夜晚下，所沉澱下來的安靜，寧可當今夜最後一個守候相伴的人。

「這給妳的！」書甫在雨舲租處前，從外套的口袋中，掏出了一封東西，它攤在街燈照射下，不難發現，被擠壓地有點皺、有點胖、有點濕。

「喔！飯後竟還有神秘小禮物。」她本能地伸手接過，而那上面還殘留了些他身上的體溫，瞬間地，溜進她體內。「謝謝。」她簡單地結束了，便頭也不回地消失在他的視線裡。

這夜，正懸著一輪自在的月，慵懶隨意地恣意撒野，卻灑了他一身的迷濛。對他是一種美麗的甜蜜，心裡面，更是一種無法用言語形容的幸福。而她呢？也一樣嗎？

「白小姐您好：說不清那晚是什麼原因，讓我小鹿亂撞；更理不清那晚是什麼勇氣，讓我滿心衝動；或許是緣份巧妙安排的感動；或許是發自內心對感情的嚮往。在此，我發自心底最深處的吶喊，謝謝妳！今晚願意給我一個機會，安撫我那飢渴遊蕩的心；一切一切，只因『妳讓我陶醉了』」。

頓時，晶瑩剔透的水晶 HELLO KITTY 手機吊飾，隨著信，掙脫了出來。

此刻，她卻突如其來地淹沒在傷感落寞的潮流中，拼命地想攀到岸上，卻徒勞地連堤防都靠不到，一年前的場景又浮了出來……。

她的眼淚劃過臉龐，並在心頭的痕跡逐漸放大，加深，如泣如訴地和昱宏說著：「我們在一起的這段日子，你給過我什麼？除了最常在我住的地方徘徊纏綿外，就是漫步師大校園、台大校園、我學校的校園！吃呢？不是一定要高級餐廳，可是永遠都是匆匆地在路邊小販解決，更別說肯花心思給個驚喜，送個浪漫小物了！」

「現在在我們眼前的究竟有多少對如膠似漆的甜蜜伴侶？而這些都是風花雪月的過眼雲煙，入了社會，散去了，留存了能有多少？因為我走過，所以我懂，縱然花了滿腔心思，但堆砌出來的假象，終敵不過試探、比不過嚐鮮。」昱宏緩了剛剛的尖銳，同時，換了左手去提她的大包行李，準備挪出空著的右手去牽她。

「那對我公平嗎？我才大一，對一切正充滿著憧憬，對男女情愛充滿著許多美好的嚮往！但卻只因你曾經經歷過，享受過，瘋狂過，就抹滅了我現在擁有的權利，太自私了……。」她難掩心中陣陣的激動，用力地將他伸過來牽她的手，甩了開。

「那妳不覺得，因為自己對我在乎，開始驅使心中的佔有與控制節節高升，才逐漸一一出現對我的要求嗎？」他沉著地看著她，並吐了口氣，接著說：「如果我一直滿足妳無線上綱的慾望，這不是幫了妳，是害了妳，更成了將我們推向深淵的劊子手。有天，我總有累的時候，不做了，妳的王國不就塌了，妳還能受得住原來的我嗎？我們也徹底毀了，不是嗎？」

「你都沒有給過我這些，又怎麼會知道我會貪得無厭地沉淪？會無法自拔地驕縱？」她毫不妥協地抗議著，並隨著起伏地波動，不自覺地加快腳步。

夜深了，雨舲的眼皮開始重得撐不開，意識也逐漸地模糊，而剛剛的一切又更加混濁了起來，在這半夢半醒中，似夢非夢的情景也逐漸越來越恍惚了……。

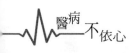

4

「妳不覺得累嗎？定下來吧！好好談場戀愛。」隔天下課後，卉心靠近了雨舲，拍了拍她的肩膀。

「我……他真的很用心。」這話又逼著她再度想起昨日的簡書甫，雨舲搖了搖頭嘆了口氣：「還是走不過，忘不了！」

「昨天深夜的網路線上，大夥兒都在談論是簡書甫出線了。怎今天聊到這話題，又看妳滿臉愁容了。」

她沒接腔，只是盯著遠方，好像看不到盡頭似的。

「放過自己，別再執著了，妳從始至終，就沒有輸給了誰，感情世界裡並沒有誰征服了誰，誰是強者誰是弱者。拜託妳給自己給對方一個嶄新的開始，都沒有抱著被水淹死的決心，怎麼就知道不行呢？」卉心握住雨舲的手，想灌輸些自己樂觀天命的能量，並壓低嗓音說：「不然當作報復好了，妳不是總信誓旦旦地和我說：『今生非白袍不嫁嗎？』」接著，她嘟起了半天高的嘴：「眼前的契機都出現了，簡書甫又是如此用心，簡直是個完美浪漫情人了，連我看了都妒忌了，妳還想怎樣呢？」

雨舲還是默默不語，但伸出了雙手抱住卉心，鼻子一酸，眼前糊成了一片。

當天晚上，雨舲收到一則簡訊：「可以直接稱呼妳為雨舲嗎？總覺得白小姐，太生份了。過幾天就是聖誕節了，不知道可以把今年這個重要的節日留給我嗎？」

她開始退卻了，遲疑了，此刻，她清楚地明白「赴約代表地就是公開宣示，我們是男女朋友的身份」。

今夜她輾轉難眠了，從大二的九月開學後，連續兩三個月的夜夜笙歌，先不提這些男孩子每天為她輪番上陣地送上宵夜點心、禮物情書。光他們的吉他夜唱、煙火衝天、表白宣言等等，這些接踵而來的頻頻殷情，已消磨殆盡了她所有的時間，容不下她片刻地停擺思考，這好比嗎啡，成了讓她戒不了的癮。眼前為了一個簡書甫，她必須放棄眼前的一切，而他真的有本事幫她刪除那段不該留存的記憶嗎？

「雨舲您好：再次冒昧地打擾您了，不好意思，請問您有收到我昨晚發的簡訊嗎？」

雨舲盯著手機閃過的新訊息，心頭搔起陣陣地煩躁：「這人真白目，不知道已讀不回的意思嗎！」，接著，她一手托著下巴，另一手打著字：「嗯，因為最近幾個月有點混，會計學提早期末考，這對法律生而言，最怕就是搞數字的遊戲……我怕到時候被當掉又得重修，所以，只好放棄去歡度聖誕夜了，還是決定挑燈夜戰，臨時抱佛腳比較實在！」

「我原本安排了 FRIDAYS，打算結束晚餐後，再步行至逢甲校園，享受教堂鐘聲的洗禮與祝福。為了不耽誤妳的考前大作戰，那我們就一起簡單吃頓飯，感受一下過節的氣氛，好嗎？」

眼前再度傳來了這則新的簡訊，讓她再也無法殘忍地不起任何波瀾。

大街小巷裡，每個角落都瀰漫著平安夜的氣氛。幾乎所有的商業空間，都擺著聖誕樹，有的放門口，有的擺迎賓大廳。那一棵棵綴滿星星的聖誕樹，掛滿著個個小鈴鐺，隨風搖曳的擺動著，叮叮噹噹！和這洋溢喜慶的氣氛相互輝映。

一週後，步入 FRIDAYS，映入眼簾的是，男男女女的纏綿、三五好友的嬉鬧，餐廳內燈火斑斕地跳躍閃爍著每一處，而她們依然和上次一樣，選擇了在靠窗的位置邊停了下來。

「可以嫁給我嗎？」隔壁桌的男主角進行著求婚儀式，一群早安排好的服務生包圍著女主角，吶喊鼓噪著：「嫁給她！嫁給她！」。片刻間，一位佯稱聖誕老公公男子出現了，他正朝著女主角咯咯地笑著說：「Merry Christmas! 換妳抽獎喔！」

雨舲隨著這緊湊地節奏，呼吸脈搏都不自主地加快，眨眼不到的功夫，一枚閃亮奪目的鑽戒被一雙稚嫩纖細的手掏了出來，頓時，伴著此起彼落的尖叫聲、歡笑聲，還有女主角微微的啜泣聲。

「Merry Christmas! 換妳抽獎喔！」這聖誕老公公迅雷不及掩耳的速度，竟來到了自己的面前，弄得雨舲手足無措地招架不住，只好本能性的伸手進去探個究竟。

一座色彩繽紛的薑餅屋，鑲滿了各式寶石，閃得真讓人睜不開眼。一對精巧細膩的人偶正相互守候著，佇立在屋前。仔細端倪，竟發現老婆婆手握著牛奶棒，上面烙著「舲」；老公公手抓著咖啡棒，上面刻著「甫」。或許說它巧奪天工誇大了些，但它確實承載了滿滿地巧思！

「可以……當……我的女朋友嗎？」簡書甫正顫抖著有些結巴。

「你去哪兒買的？」她不安地搓了搓了手，「這老闆的工夫很到家呢！」

「我姐姐平時很愛做糕點、甜食，我和她學的，練了好久，總覺得搞這些比聯考上了醫學系還要難。妳眼前的這個，可是已經不知道糟蹋了多少素材。」他張大了黑深深的瞳孔，直逼視著她，「知道妳眼光高，不知道及格了嗎？」

她驚覺自己沒有退路了，臉上一陣檸檬白，一陣熱潮紅，一陣紫檀青，輪番上演變幻著。心裡不禁開始滴咕：「原來他不是大木頭，而是位有心人。」

「今天是平安夜，據說當天的晚上，聖誕老公公會駕著馴鹿雪橇滿載著禮物準備幫天下的有情人將溫暖的禮物遞送給心愛的人。你或妳收到了嗎？以下我們將演奏〈掌心〉祝天下的有情人終成眷屬……」FRIDAYS的主持人正激情帶動整場的氣氛。

「攤開你的掌心讓我看看你
玄之又玄的秘密
看看裡面是不是真的有我有你
攤開你的掌心握緊我的愛情
不要如此用力
這樣會握痛握碎我的心
也割破你的掌你的心……」

頓時，雨舲清楚地知道原來可以活生生地蒙蔽了自己的心，但卻再也無法欺騙自己的雙眼，更控制不了自己的淚水。她向書甫點了點頭，讓一切的答案悄然地盡在不言中。

但很可笑地，眼前這樣熟悉地旋律、這樣相似地氣氛，卻又不得不讓她抛下瞬間的悸動，同時再度跌入一年前的那一段往事……

記得那一次的陽明山聯誼，是昱宏為了安撫雨舲地滿腹不滿，所做的妥協。這一切起因於某次他專程開車載她大老遠地從台南回台北的返程上：

「這週末我想休息，不想出門，才剛台南、屏東、台北這樣往返，累了。還是妳去學開車，之後換妳來載我出去兜風，相信，這是另外一個不錯的選擇！金庸小說所詮釋下的男主角，不也都是女生頻頻掏心掏肺地獻殷情，妳不仿可以嚐試讓我擁有這般地服務？」昱宏不改昔日的個性，仍調侃地說著。

「夠了，收起你這份讓人作嘔的幽默。我覺得我們根本不適合在一起！我真的再也無法接受這般狂妄又自以為是，並且老兩手一攤的你！」雨舲不諒解地嘶吼著。

當時，雙方「又」為了這所謂的個性不合，跌入了許久的一片黯然地沉寂。

恍然間，「台北」地標，竟在這靜謐死寂的低迷中，不自覺地閃過了他們的眼前。

「週六晚上，去陽明山看夜景吧！」他仍舊專注地看著前方，拉了拉衣領接著說：「沒有嚐過聯誼吧！我們一起幫浩浩介紹個女友，想想，你有哪個閨密，當天就約她出來閒聊茶敘。」

「這似乎是個吸引人的提議。」她這緊閉的兩片薄唇才咧了開，兩彎的蹙眉也鬆開了，接著說：「那就我隔壁班的同學珮芬好了，她閑靜端莊，溫文柔婉，這肯定讓浩浩失魂了！」

事實上，個性保守內向的珮芬原本對這突來的邀約意願並不大，加上，看到談了戀愛的雨舲，反倒比剛認識她的時候，多添了份隱隱鬱鬱的憂容，這更讓她對愛情沒抱多大的期望與憧憬。但身為她最親膩的閨密，實在不想澆熄她滿腔的熱情，只好隨她起哄了。

當晚，他們四人矗立在這陽明山的崖邊，這處真可說將大台北的夜景盡收眼底。一幢幢直聳入雲霄的高樓屹立在這城市的中心，而數不盡的彩燈正像是滿天繁星從天而逝，紅的，綠的，藍的，黃的，聚成一片，恣意驕縱地在這沉寂黑幕上面，簇簇放射著燦爛斑斕的五顏六色。今夜的台北，很美，真讓人眷戀不已！

片霎間，昱宏突然朝著坐落在左前方的弧形舞台，緩緩地走了過去，並拾起撒在地上的吉他，開始佇立在那，撥起了弦律，嘹亮的嗓音中帶著澎湃和激昂，含情脈脈地望著雨紟唱起了這首〈掌心〉：

「攤開你的掌心讓我看看你
玄之又玄的秘密
看看裡面是不是真的有我有你
攤開你的掌心握緊我的愛情
不要如此用力
這樣會握痛握碎我的心
也割破你的掌你的心……」

那夜，終於讓珮芬懂了，為何昱宏竟可以讓雨紟這般地招架不住……。

「真的不去讓東海大學教堂的鐘聲為我們新生的愛情祈福？」簡書甫突然出了聲，活生生地將雨紟猛然地拉回現狀。此刻，她才驚覺原來已經從 FRIDAYS 回到了租處前。

仔細地瞧瞧，月牙兒正懸在墨藍色的天空，柔情似水地揮灑著她們，這真是個不算太差的夜晚。她停了幾秒，讓自己的心漸漸地沉了下來，才發現書甫早已目不轉睛地揪著她，像極了吵著要糖吃的大男孩。

「不要了，有點晚了，剩幾個小時讓我為那些數字拼殺吧！」她面無表情、毫無起伏地口吻，搖了搖頭。這態度的反差，快到像好端端走在路上，突然沒理由地被車撞一樣，瞬間澆熄了書甫滿腔的熱情。

回到了租處，閃亮耀眼的薑餅屋再度吸引了雨舲的注意，這份不經意，卻意外地發現有封小小心型的書信墊在這餅屋的下方。

「雨舲：很感謝上天恩賜給我一段美好的緣份，讓我認識妳，我會用心珍惜這份得來不易的感情。深信有一天，能親手為妳打造屬於我們的家，為妳遮風擋雨，和妳一起變老！」

此時，那一堆堆數字簡直像外星球的天文，她只覺得眼花撩亂，一幕幕閃阿閃過了眼前，卻絲毫都鑽不進腦袋。而反諷的是，滿腦子的思緒並不是被信中的山盟海誓填滿了，卻是又再度被剛剛一年前的昱宏爬滿了、竊佔了……。

今夜正慢慢地倒數著尾聲，剎那間，沉思的雨舲竟又被書甫的突然來電驚嚇了，她接起電話還來不及反應出聲，電話的另一端卻已傳來了東海大學教堂悠悠蕩蕩的鐘聲……。雨舲再也搞不清楚到底這平安夜守候自己的是簡書甫或林昱宏呢？

5

「妳到底又再搞什麼飛機？昨晚簡書甫的室友們都在線上議論紛紛，平安夜等於情人節，你們怎麼那麼早才九點半就解散了。」隔天一早，看見卉心又再嘟起半天高的嘴嚷嚷著，「他昨晚也在線上公開宣布妳承認已經成為他的主權範圍了啊。」

「我……我……怕會計被當，所以先回家準備。」她有意躲著卉心的目光搜索。

「妳是班上數理邏輯最清楚的，連妳都沒 PASS，會計學的沈老師就要下台一鞠躬了。」

「饒了我吧！給我喘息的空間好嗎？」她深吸一口氣，接著說：「簡書甫全方位都很完美，甚至……好到……讓我有罪惡感，妳懂嗎？」她突然拉起卉心的手，輕嘆著：「但和他越親近，另外一個他就如影隨形地浮出來，揮之不去。」

「放下妳的執著！」卉心撥開她扎到眼睛的瀏海，接著說：「記得感情是無法比較！」，同時將自己被握住的手抽了出來，拍了拍雨舲的手背，最後說：「好好享受當下吧！」。

雨舲沒再接腔了，自顧自地往教室的方向走了過去，甩開了咄咄逼人的卉心……

「親愛的雨舲，過幾天就是跨年夜了，我們去望高寮倒數好嗎？」過了三天，雨舲的手機跳出了這則突如其來的簡訊，岔開了她這幾日來的胡思亂想。

「好的，十二月三十一日晚上見。」雨舲下意識地快速回覆。事實上，自平安夜結束的接連幾天，沒有再受到書甫的邀約，雨舲原本還心虛著：「或許他發現我的心早已不完整，算了……由他吧。」

跨年夜許多地方瀰漫在煙火慶祝的喧囂中，但他們卻選擇了靜謐氛圍的望高寮。

「它遠近馳名的百萬璀璨夜景，主要歸功於絕佳的地理位置，可眺望整個大台中，不論是高樓林立的中港路；抑或是車水馬龍的國道一號都能一覽無遺，盡收在一百八十度的視野裡。甚至，雨後的高能見度還能望見被雲海擁抱堆疊的中央山脈，彷彿一幅幅山水潑墨畫。」書甫不禁開始滔滔不絕地欣賞著讚揚著這眼前繽紛夢幻的繁燈點點。

「真的名不虛傳，很迷人！」雨舲忍不住傻了眼，驚呼著：「傳聞這變化萬千的氣候更造就了『望高寮』千變萬化的百種風情。」

「今晚氣象報告，低溫下探十度，這兒景真美但確實冷了些。」書甫先搓了搓手，接著伸進大衣的兩側口袋裡，各掏出了雪白編織扁帽和手套，沙啞的聲音從吐著白煙的嘴唇抖出：

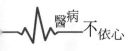

「來！趕緊，把這戴上。」

「瞧，你把我包得像純淨無暇的小公主！」雨舲蒼白的面容上，泛起了紅潤。

「我……我……可以抱妳嗎？」

她沒有接腔，繼續凝神地望著遠方的燈海，似乎很努力了卻看不到盡頭。看到的竟全是一年前的夜晚，和昱宏徘徊在師大校園的一幕幕場景……。

那一天晚上是沉寂寧靜的，當時皎潔的月光剛好打在雨舲的側臉上，宛如上了層薄紗，搭配她抹著泛起的靦腆羞澀，彷彿是朵栩栩如生含苞待放的花瓣。昱宏那一刻的心不禁微微被牽引著，他的手開始不聽使喚地輕撫她的臉頰、肩、頸。彼此交織黏膩的空氣正也瞬間升溫、目光早已撲朔迷離，就這樣地，他那柔情的暖流逐漸波動她全身。接著，他的手指開始不規矩地在她滑嫩的腰背間游移，挑戰著她理智的思緒！

「夠了……」雨舲回神慌亂地把埋在她胸前的昱宏推開，頓時，她突然像是隻刺蝟般喝止著昱宏：「我們太快了。加上……我……沒有辦法接受婚前性行為」

「我剛正全心投入著妳綿軟無力的微微顫抖，並盡情享受著妳急促不規律的呼吸。但我真的萬萬想不到，這時的妳，還要狠心地對我說不，這是種殘忍，懂嗎？」昱宏深吸一口氣，平撫著內心的悸動，並快快地說：「算了，我尊重妳。有天，妳會受不住的……」

在那一夜裡，晚風徐徐，裙袖飄揚，吹起了昱宏的慾望，卻吹亂了雨舲的心緒。

而如今，面對眼前的簡書甫正緩緩地挪動了他那雙厚實的雙手，從背後摟住了她，緊緊地抱住，他彷彿公然泄露出：「只想好好地保護他的雨舲，殷切地希望她能把完整的心，信任地交給他。」

雨舲正緊密地和書甫相靠著，她明顯地感受到他緊張的顫抖，他急切的呼吸，他加速的心跳，此刻，她閉上眼，偎在他寬闊的胸膛上，心中幽幽地輕嘆著：「罷了，好累……真的好累，放過我吧，請讓我不要再想一年前的一切一切！」

「希望今後的每一年，我都能像這樣陪伴在妳身邊，一起默默地倒數，一起飛舊迎新，好嗎？」書甫柔情地摸了摸雨舲的頭。

她還是沉默不語，或許他應該早慣了她選擇用這樣的方式去結束。但暗地裡，書甫何嚐沒有做過無數次的邏輯推演：「不否認，就代表承認；不承認，就代表也不否認嗎？還是不承認，其實代表否認呢？」最後，他寧願選擇「不承認，代表不否認，等於承認。」

「你覺得初戀一定會長相廝守到白頭嗎？」過了許久，雨舲開口了。

「別人的我管不著，也不用管，但我的初戀，我會盡到我最大的努力，讓它完美地落幕。」他把她纖細的柳腰摟得更緊了，霎那間，竟讓她有點呼吸困難，他接著說：「或許，有人心目中會覺得只談一場戀愛就走入婚姻的墳墓，太浪費了。但我覺得，只要遇見對的人，就該抓牢她，切莫再三心兩意，否則，最終會撲了個空，摔個大跟斗，什麼也得不到。」

「那你為什麼覺得我就是那對的人呢？」

「緣份吧！認識妳以前，我不信命，認識妳以後，原來『萬般皆是命，半點不由人』這句話是真的。」

「你在胡說些什麼啊！開始鬼扯起來了。」

「妳知道嗎？以前考試、唸書、打球、瞎混，一成不變，生活庸碌平淡。」他突然拉高了音調，接著說：「現在的我，卻會因妳的肯定，快樂地飛上雲霄，因妳的拒絕，痛苦地跌入萬谷深淵。」頓時，又轉了低沉地音調，說：「因妳的沉默而恐慌地焦懼不安。」

迎來了一股刺骨地寒風，這襲來的寒意，不約而同地讓他們同時都打了個冷顫。

「走吧！好晚了喔。」雨舲忍不住打了個哈欠，伴隨著鼻子嘴巴都冒出了白煙。

「可以牽妳的手嗎？」書甫接腔地問著。

雨舲沒有反駁，由著書甫，雖隔著毛茸茸地編織手套，還是不難感受到他那早已凍僵的手，正牢牢地握緊她，這無不是向世人公開地宣示：「他佔有了她。」

回到了租處門口，書甫將藏在機車裡的一個包裝精美的盒子，遞給了雨舲，說：「這還是留著吧，冬季過了，可收起來，比較不會髒。」

回到房間，雨舲想把那純白無暇地帽子和手套收藏起來，打開了盒子，一封心型的信藏在了裡頭……

「親愛的雨舲：謝謝您！讓我今年的歲末有了繽紛的色彩，形單影隻已久的我，終於有個伴。雖然陷入熱戀的我，總壓不住內心的熾熱，想天天能與妳相見，縱使匆匆幾秒。但妳卻總說：『想保持感情的鮮度，就該留給雙方足夠的空間。』，所以妳拒絕經常碰面、熱線。

不願意逼迫妳，總怕一個不小心，弄跑了妳。但是，我那貪婪的慾望，頻頻犯癮，實在難受。愛家戀家的妳，每週六總會搭車回台南，是否容許改由我代替卉心，護送妳到車站並陪妳等車呢？只要不浪費妳多餘的時間，又可以增加我們相聚的次數，我都迫不急待想去爭取。」

不是眼淚就能喚回一切；不是感動就一定要哭泣；不是所有情緒都要流露臉上；不是奢求任何人都理解自己。但這信，卻早淹沒在雨舲嘩啦啦的淚海中，信上那剛勁的筆觸，也糊了大半。

6

這天，日正當中，頭頂上的艷陽高照，真讓所有的街景都被蒸發得霧濛濛，並懶洋洋地攤在那裡，一動也不動。

「怎麼今年的一月，熱成這副德性？」雨舲正揮著額頭上的汗水。

「是啊，還是我們一起去吃碗剉冰再帶妳去坐車？」儘管書甫自己的背部已濕了大半，仍不忘趕緊從口袋裡，拿出一包面紙，遞給了雨舲。

「嗯，不要了，這樣回台南又晚了。」她毫不考慮地回絕了，並直接坐上了機車的後座。

「妳每週都回台南，也不差這一次晚一點再回家吧！」他邊騎車，邊把她的雙手挪到自己的腰，暗示著想讓她抱住他。

「如果你嫌這樣跑來跑去太悶熱了，可以不要來，我就請卉心幫忙好了，不勉強。」雨舲冷冷地說，同時，把手接連地抽了回去，一隻擺在原本的腿上，另一隻則握在後座的扶手。

這聽似簡單的幾個字，但再加上這些若有似無的舉動，猛然地讓書甫的心冷了大半。他緊閉著唇，並加快了車速，直往車站奔了過去。

「我陪妳等車，好嗎？」他停好了車，並隨手拎起了她的行李，完全不敢眨眼的直視著她，深怕一個闔眼又錯失了什麼。

「今天人很多，環境悶死了，你先回去吧！前幾天直逼十二～十三度，今天竟高飆二十八度高溫，真叫人洗三溫暖。」她伸手搶過她的包包，無疑是直接賞了他一個巴掌。

書甫拖著沉重的步伐，只好失落地再望了雨舲一眼，便不再多說什麼，先離開了。

她知道剛剛這一切或許會傷了他，但她真的沒有辦法，最近失眠的頻率明顯惡化，隨著他的越好，另一個他就靠的越近，而這一年前的往事就會排山倒海地湧現，甚至，她開始會時光交錯，分辨不清楚，到底自己現在的眼前是一年前，或是一年後？

「妳這是在幹嘛？」回到了家，雨舲的媽媽看在眼裡，不捨在心裡。

「孩子成熟點，當年苦口婆心勸妳別栽進去，妳就是偏不理。既然煞不住，就要拿得起放得下，才不會那麼苦，懂嗎？」

「媽！可是我真的越來越不快樂！心總是空空的，怎麼辦？」她兩行淚水洩了下來。

「妳做不到並不代表妳還很愛他，而是這份不甘心一直在蠱惑著妳。簡書甫待妳越用心，就會讓妳更拼命地回想，為何當年在林昱宏身上得不到這些東西。甚至，會激起妳更想駕馭林昱宏，把他塑造成簡書甫的樣子。」

雨舲的媽咪摸了摸她的頭，接著嘆著氣說：「每個男孩子都有屬於他的特質和吸引別人的地方。而當年的林昱宏並不是不在乎妳，而是妳要的他給不起！他給的，卻是妳不稀罕的，這就是妳們相遇的時候，就註定了。他如果不重視妳，那他骨子裡是很節儉的孩子，加上，本身也還在聯發科服國防役，待遇並不算優渥，卻還總暗地裡趁你不注意的時候，塞錢在妳住的地方，每次不是幾千元就是上萬元，這是何必呢？就是發現妳老自責自己當年上了私立大學，常常刻薄自己。還有，他每個月回屏東老家，不也都專程開車從新竹繞上台北載妳回台南，從來沒有開口叫妳自己搭車去新竹找他會合，再一起南下，這不就是心疼妳舟車勞頓，並且想多爭取妳們多一點時間的相處，但這樣做他不累嗎？」

「那林昱宏為什麼就是不願意像當時對他的初戀女友這般待我？他曾告訴我『他為了她每

天像白癡一樣的接送，終日生活的目標就淪為她的隨叫隨到！為了她的驚呼，徹夜排隊購票就為了圓她個追星夢。為了她還滿腔心思蒐集情報，騎車環島行遍萬里路。』這些感覺，不就是簡書甫現在疼愛我的方式啊！而林昱宏當時一定明白這是我要的，而他也辦得到啊！」

「錯了，林昱宏不可能再陪妳去玩那些辦家家酒的事！對他，儼然已過了那段青黃不接的歲月，現在步入職場、衝刺事業的他，要的，是務實的細水長流，而不是浪漫的風花雪月。雨舲，妳為什麼老是要活在過去，都不懂得要把握現在呢？放了林昱宏吧，一段感情的開花結果，是要在對的時間遇到對的人，懂嗎？妳再不清醒些，再經過幾年後，一定又會為錯失了簡書甫而後悔懊惱一輩子。」

窗外的雨滴答滴答，一絲銜著一絲，她發現自己豆大的淚水逐漸澎湃，如窗外那斷了線的雨珠灑落一地，臉上砌滿了愁容。很想自己撫慰自己；很想自己發洩自己；拼命地告訴自己，「清醒吧！」但多少情愛，卻無法轉瞬間分得清、理得出……

今早，伴著晨曦揭開了一天的序幕，溫潤的清風悠悠地掠著，摸著玻璃窗縫潛移了進來，徐徐地拂著一切，又悄然地溜走。而這檸檬白地天光，正佈滿著每一個角落，給清新的開始，披上了優雅夢幻的前奏。雨舲伴著這絢麗繽紛的早晨，準備搭車回台中了，一抵達，便發現，簡書甫早已出現在車站前等她。

他飛快地將一杯香醇濃郁的拿鐵遞給了雨舲，「喝口熱的，提提神吧！」

「書甫，那天中午，我……我……」她整張只覺得一陣發燙，但就是蹦不出個所以然。

「沒事的，別給自己壓力這麼大，沒有人逼妳什麼。」他順勢握住她的手，確定她坐穩後，才緩緩地發動了引擎。

「這給妳！」書甫將雨舲送到了學校門口，便將一封信給了她，沒有多說什麼便離開了。

雨舲確定他逐消失在自己的視線範圍，才攤開了它：

「親愛的雨舲：今後可以喚妳為『Bingomilk 嗎？』，週五那天我嚐到生平未曾有的苦滋味，一度排斥它的苦感，但幾天後，沉澱了，竟發現它留給自己的不是苦而是意猶未盡。就我個人而言，不太喜歡加了工的咖啡，我覺得太甜或是加料之後的咖啡，它原有的風味變蕩然無存。但從那一天開始，我愛上拿鐵（Bingomilk+Okcoffee），因為有了 Bingomilk 的香醇，讓 Okcoffee 去了苦澀，而多了份回甘。」

讀完了信，竟猛然發現手裡捧著裝咖啡的鋁製保溫杯，上面刻劃著 Bingomilk，此時，雨舲的嘴角不禁微微上揚，勾勒著似有似無的微笑。

7

幾天後，就是水深火熱的期末考，或許，大家早慣了它的搏命衝刺，都紛紛臨時抱佛腳，開始咬緊牙關地埋頭苦幹，心想：「苦過了，迎接的就是讓人期待的寒假。」

「妳怎麼不答應他？」卉心正抱著一堆書，和雨舲並肩而行，同時往圖書館的路上走了去。她喘了口氣，接著問：「利用寒假和他們一起去日本北海道走走，多浪漫呢！」

「才不要哩！那是他們班上，為了慶祝大五升大六，特別提前舉辦的畢業旅行，因為大六之後，大家就會分別選擇全省不同的院區，展開了三年的實習了。」雨舲搖了搖頭，接著說：「對於這麼有團體紀念的回憶，他真是搞不清楚狀況，怎麼會想約我一同去呢？」

很快地，圖書館轉眼間就矗立在她們的面前，這個話題便黯然地結束了……

「今晚在函館的山頂展望台上，觀望著百萬夜景，那如煙似幻的鑽石景緻，實在美不勝收，但這一切……卻獨差了妳，著實大煞風景！」2/10 8:00P.M.

書甫從日本稍來了一則簡訊。

雨舲抿了抿唇，只簡單地回傳了一個微笑的標誌。

「今晚入住定山的溫泉飯店，據說它是美膚效果極佳的碳性碳酸氫鈉泉，發現剛開始浸泡的時候，我的皮膚上真的會有很多小氣泡，頓時，全身血管擴張、渾身舒暢。但此刻，滿腦子卻仍就是妳揮之不去的身影，似乎妳現在就在我的身旁，一起感受著它！」，2/11 8:00P.M.

書甫從日本稍來了一則簡訊。

雨舲嘟了嘟嘴，只簡單地回傳了一個驚訝的標誌。

「今天漫步小樽運河，恣意暢遊這古老運河的街道裡，將自身全然交給紅磚灰瓦所建造的歷史遺蹟中，我本應盡情享受這份淡雅的寧靜，但內心卻莫名的愁緒湧上心頭。此刻，我清楚地知道，這不是悼念古往今來的傷感，而是缺少妳的失落……」，2/12 8:00P.M.

書甫從日本稍來了一則簡訊。

雨舲皺了皺眉，只簡單地回傳了一個蹙眉的標誌。

「今天來了北海道神宮，這可是北海道名副其實的「總鎮守」（總守護神）而受到日本人深深的崇敬。素來不迷信的我，竟失了魂，飄了進去，開始虔誠地祈求祂庇佑我們感情能開花結果！」，2/13 8:00P.M.

書甫從日本稍來了一則簡訊。

雨舲摸了摸鼻，只簡單地回傳了一個點頭的標誌。

「今天來了登別地獄谷，它是火山爆發後由融岩所形成的一個鬼斧神工的奇景，說不震撼是騙人的，但讓我現在更澎湃激昂地卻是，再過幾個小時後，我們就能處在更近的距離！」，2/14 11:00A.M.

書甫從日本稍來了一則簡訊。

雨舲眨了眨眼，只簡單地回傳了一個吐舌的標誌。

＝＝＝＝

「叮咚！叮咚！」這夜裡，雨舲家的門鈴突然響了幾聲，劃破了此刻的寧靜。

「這……是……」片霎間，雨舲的媽媽開了門，被這突如其來的訪客弄得有些不知所措。

「不好意思……這麼晚……打擾您了……伯母，我……是雨舲的男朋友，簡……書甫。」

他神色緊張地完成了這結結巴巴的自我介紹。

「喔……，你好，那……趕緊近來坐坐，休息一下吧！」雨舲的媽媽這才恍然地回過神，連忙客套地寒喧起來。隨即，書甫帶著靦腆的笑容，含蓄地向她媽媽打聲招呼，並趕緊遞上特地從日本採購的白色戀人和薯條三兄弟，相當禮貌地去表達他的誠意，接著，這才提著剛回國大包小包的行李，跟了進去。

「之前怎沒聽雨舲提起過，你今晚會來找她？」雨舲的媽媽難掩滿臉的困惑，盯著他隨身的滿滿家當上下打量著。

在書甫還來不及答話，雨舲已緩緩地從樓上走了下來……

「你怎麼會出現在這兒？不是今天下午三點多才剛回到桃園機場嗎？」她不可思議地尖叫著，並同時再次揉一揉自己的雙眼，試圖再次釐清眼前的真相。

「可是我……不想錯過，今天 2/14 是一個有紀念性的日子，它是我們相識以來第一個共度的西洋情人節。」頂著滿臉倦容的他，仍不忘率真地表達一份讓他念念不忘地男女之情。

雨舲不禁傻愣愣地呆在那兒，一動也不動……這須臾間，雨舲的媽媽還是放不下待客的禮數，已端了三五盤削好的水果，又回到了客廳。

「書甫，先吃點水果。」她不禁釋出長者的風範與善意，慈愛地關注著他並接著打算挽留他，說著：「現在很晚了，你剛下飛機又連續坐了四個多小時長途的高速公路，看你真的也全身疲乏了，還是今晚就在這兒過夜呢？」

書甫那雙閃著純真熱情的眼睛，殷切地望著雨舲，正彷彿是對能使金石為開的鑽石，此刻，他正熾熱地盼著她可以開口挽留他。

「嗯……今天真的弄到太晚了，謝謝你這份心意。」雨舲卻低著頭，並低低喃喃著說著：「實在對你也很不好意思啊，我想……你還是趕快去搭車回台中，別把自己搞得太累了，到時候弄得你媽媽瞎操心，那就不好了！」

面對雨舲的藉故推託，書甫的臉泛起一片死魚白，藏著內心的落寞與失意，硬是裂開了唇，張開了口，撐開了皮，就為了蹦出那一絲的微笑，接著說：「那可以陪我出去走一下嗎？大約幾十分鐘。」

雨舲的媽媽順勢推了雨舲一把，並圓融地向她使了眼色，笑著說：「我們家旁邊的巷子走起來挺有氣氛的，假日觀光客不少哩，很適合你們年輕人，還不趕快帶書甫見識一下，咱們台南可不是只有古蹟文化，還有浪漫情懷喔……」

書甫深深地向雨舲的媽媽點了點頭，表達他滿腔地謝意，便偕著她，不緩不急地往巷子口走了去。伴著沁涼的微風，她們不約而同地輕輕地吸了一口氣，似乎感到有種沁入心脾的暢快，人生若所有的故事如果都能停駐在這一刻，這該有多美好。

「拆開來看看！」書甫往側包裡掏出一個綁著緞帶的小盒子，接著說：「第一眼看到它，便發現它很適合妳。」

雨舲打開，躺在盒子裡的竟是一只 Fossil 的手錶，深咖啡的皮革表帶，錶盤裡刻劃著藝術體的羅馬數字，整體而言，這可算是只個性卻不失品味的錶。她突然帶著遲疑，抖著驚嚇，緩緩抬起頭看看對面的他。他溫柔地舉起她的手腕，慢條斯理地幫她把錶繫好。

他笑著對她說：「以後人生的每一分每一秒，都由我陪妳走過。」

昏黃的街燈下，手腕上的錶在她眼角的淚光視野範圍內，正幽幽地餘光蕩漾著。事實上，這錶盤對她纖細的手腕而言，似乎有點過大，沉甸甸地壓在手上，彷彿在誇耀彰顯著它的存在。她將手腕舉起，錶盤正刺眼地反射著街燈的光，讓她沒有辦法清楚地看見錶盤上的時間，只窺見倒映著她愁容焦慮的臉。

「我可以吻妳嗎？」一股我見猶憐地情愫在書甫的心底升了上來，那上升的速度，簡直快得像直升機火速地衝上雲霄，煞都煞不住。

雨舲沒有答話也沒有點頭，一動也不動地杵在原地。

他循序漸進地一手抬起雨舲的下巴，另一手撥開她貶到眼睛的髮絲，同時將他溫暖厚實的脣牢牢地貼在她冰透紅嫩的薄脣上，她有點驚慌，但卻因他逐漸加強的吸力而投降了……

但這一吻，卻意外地，又硬把雨舲一年前的的初吻給掏了出來……

「我學長懷疑他女友劈腿，他要我去幫忙了解一下真相。」昱宏邊解釋邊專注地開著車，並揚起脣角接著說：「不過，上個月發現我學長他自己也劈腿了。他們這是複雜的四角關係，而我受人之託總也要忠人之事。所以，我們現在就出發，一起去抓姦吧！」

來不及雨舲回神，狹小地巷弄裡出現一對男女親密相擁，四肢交纏、肌膚相貼，輪番在肢體纏戀中燃起彼此的需索與慾望……

「這就是都市男女的速食愛情。」昱宏平靜地邊說邊拿起車上的手機，準備定格去捕捉這激情的畫面。

「你真打算這樣回去交差。」她深吸一口氣，穩定了情緒接著說：「你也是常用這樣的方式對不同的女孩去表達你界定的感情？」

「這當然不是感情的全部，而是其中一種表達的方式。」昱宏快速拍照後，隨即將車子駛離。

「相信，慢慢地，妳會接受並認同。」昱宏沒有任何表情地接續剛剛的話題，並說：「一起去和我學長交差吧！」

當時，暮色開始逐漸模糊，原本砌滿晚霞的天空，也深了下來，並去了顏色。但搖下車窗仍可隱約瞥見，前方車內正有位黝黑壯碩的男子，緊緊摟著面色嬌媚的女人，並將舌頭伸進她的耳朵輕咬她誘人的耳垂。

「算了，不去壞了我學長的雅興了。」昱宏特意催了油門，加速超車繞離現場。

「他們這對男女朋友確定是彼此有感情嗎？」雨舲不解地揚高語調，並輕蔑地瞥了昱宏一眼。

「每個人都有他的無奈，總想要擁有個上得了廳堂，下得了廚房，明正言順定位為論及婚嫁的另一半。但這卻不見得給得了他要的溫暖，而逢場作戲正是這份空虛感在作祟。」

「所以你認同這個觀點！男女間隨便發生性關係這都是家常便飯，尋歡快活罷了」她拉了拉衣領，失望地搖了搖頭，並說：「道不同不相為謀！送我回去吧。」

霎那間，昱宏在巷弄間緊急煞車，並轉了身低下了頭，雙手撫摸著她的臉，無視她的掙扎，直接將臉貼上去吻在雨舲柔軟的櫻唇上，接著滑過她的臉頰、髮絲，掠向耳邊，親吻著她的耳垂、鎖骨，她的胸前明顯感受到他急促微熱的呼吸，並逐漸凝結了她的思緒，頓時，她的神經已然感到酥麻並隨著他挑釁的舌尖戰慄著傳向她的全身，雨舲的意識也隨之模糊……

「我的唇很軟，舌很巧，對嗎？」他在她耳邊狠狠吐出並緊緊握住她冰涼的雙手，然後壓低音調沙啞地說：「不需要去評論別人，每個人都有他界定的感情價值觀。但我會努力、認真的。」

過了片刻，雨舲和書甫緊密的唇漸漸地分了，兩個人的呼吸都有點急促。而書甫卻明顯地發現她特意地躲避著自己炯炯直視的眼神，此際，雨舲也低下了她的頭，那白皙的小臉竟泛起了兩片紅暈。

「今天的妳真的美到讓我抓狂！」書甫陶醉地讚賞著，深深地摟住她的柳腰，笑著說：「我好幸福。」

「現在幾點了！這樣你回去太晚了。」她驚覺地推開他堅壯的胸膛。

「喔……晚上十一點多了。」他滿足地點了點頭，並牽著她往回走。

「嗯……今天真的弄到太晚了，實在也很不好意思啊，初次見面，就這樣打擾您。那麼，先謝謝伯母了，我得先回去了喔！下次再來登門拜訪。」書甫連忙地在門口謝別了雨舲的媽媽。

「哈哈，別這麼說啦！出門在外，都該把你們當成自己的孩子。也謝謝你專程幫雨舲過節，圓她一個少女夢。」雨舲的媽咪邊說邊幫書甫將隨地的行李提上了計程車，並順口解釋著：「雨舲爸爸去台北出差，不然，就可以載你去搭車。」

面對書甫逐漸消失在自己的視線，雨舲的心中不免五味雜陳。拿出了壓在小盒子裡面的一封信：「我的 Bingomilk，很遺憾地，今年日本的北海道缺少了妳的陪伴。沒有了妳，總覺得時間過得比蝸牛還要慢，任何的山河水秀，都提不了勁。我真的很後悔報名了這提早的畢業旅行，但如果沒有這些日子的遠洋相隔，我根本沒有察覺，原來妳在我心中的位置已滿的溢出來了，沒有絲毫的空間再去容納別的事物。」

她怔怔地看著手腕上的錶盤，發現此刻隨著指針的行進，竟可以很清楚地感受到脈搏正規律地配合著「蹦！蹦！」……

雨舲的媽媽看到癱在沙發上的她，猛盯著那只錶眨都不眨眼的她，突然像蠟人一樣，臉色蒼白，毫無表情。忍不住說了：「過去了，就讓它過去吧。想哭就哭出來吧……」

「嗚……為什麼這只錶又出現了！」雨舲掩面哭泣著，並使盡全身僅有的力氣叫喊著，「林昱宏為什麼那一晚就是不出現！」她這一切彷彿想要將身上的靈魂也一併抽乾，去宣洩她內心的傷痛。

「那一晚或許他有其他更重要的事情要去處理。」她媽媽面對著她，坐了下來，抱著雨幹，連忙地拍打著她的背，希望能安撫她的情緒，接著說：「妳懂得，他的個性本來就不會交代的很清楚。」

「妳知道的，那一天對我很重要。當時，妳還陪我東奔西跑地去買素材，籌備製作著這份屬於我的心意，倒數著這天的到來，就為了給他刻骨銘心的震撼。」她哽咽地說著。

「是的，我記得很清楚，妳送他一只手錶，那錶還特別親手用紙糊成的，上面還沾著十二顆色彩繽紛的星星。」

「嗯，這是一種象徵，就意味著我們相依相伴的分分秒秒，正如同繁星點點的斑斕燦爛！」她繼續啜泣地說著，「但沒想到，分手的那一天，正是端午連假的最後一天，當時，我為了怕妳阻止，自己便偷偷利用北上的中途，特別轉乘去新竹，就為了幫他慶生，想親手把這份禮物與心意交給他。」

「唉，真傻，相處了那麼久，妳還不懂他嗎？他和簡書甫完全不一樣。林昱宏他根本不適合驚喜、不適合浪漫，他要的一切就是簡單、務實、平凡的細水長流。」

「但我就是圖他一個難以忘懷的感動，所以當晚我還特意沒事先聯絡他，便偷偷地動身啟程了。」雨幹接著抽噎地說：「但是結局卻得到他堅決冰冷地回絕，『妳怎麼又悶不吭聲地跑過來，妳已經不是初犯，這樣會造成我的困擾和不便，妳懂嗎？這對我而言，並不是驚喜而是負擔！今晚，妳絕對是見不到我了，趕緊直接買票搭回台北吧！』」

「這是因為他覺得每次都順著妳也不是辦法，想要藉機加快速度讓妳跟上他的腳步，成熟一點。只是，他這次思慮的確有欠周詳，讓時機點剛好撞到他自己的慶生日！別再把他想得這麼壞，好嗎？」她摸了摸雨舲的頭，並開始整理剛剛被她抓亂的頭髮，而此刻，內心不禁動搖著，掙扎著，究竟是否該對自己的女兒，揭開這保守一年多的秘密，但最後仍狠著心，僅嘆了口氣說：「寬恕他，饒過他，才能救自己，尋找下一站的幸福，懂不懂？」

「我不懂，我恨他！」雨舲歇斯底里的猛搖頭狂吶喊著：「我怕妳擔心，一直沒有告訴妳，其實……我那一晚差點被色老頭擄了去……」

「怎麼會這樣？」她不敢置信地紅了雙眼，並搖晃著雨舲的肩膀，喃喃地說：「妳這是在嚇唬我，對嗎？」

「是不甘心惹了禍……那晚，我便死心眼地摸著夜，靠著記憶中的地址，硬是要找尋他家裡去，怎知在暗巷處，卻被一位糟老頭從前面攔住，開始對我全身上下打量，並頻頻發出猥褻的笑聲，淫穢的言語挑釁……」雨舲開始不聽使喚地顫抖著。

「後來呢？」她暗暗打了哆嗦。

「幸好老天保佑，遇到巡邏警察，幫我解了圍，不然，我真的無法安然無事。

那晚，淋著雨，我早已分不清是雨水還是淚水，只是感覺自己那顆赤裸裸的真心，被刺傷地千瘡百孔，此刻，我終於懂了，原來用盡一生也得不到他的『明白』，卻換得自己遍體鱗傷。」雨舲闔上了眼，擦去臉上的漬跡，但卻都拭不去心中的那份隱隱作痛，並淡淡地說：「最後，頂著那薄透恍惚的記憶，已讓我記不清楚警察是如何安全地將我送回到台北的租處。」

雨舲的媽媽，看著無助脆弱的她，又激起想狂吐心中憋了許久的無奈，但卻再次地服了現實，輸了勇氣，止住了想傾洩而出的衝動，心中幽幽地想著：「答應了就是答應；選擇了就是選擇了，不論結果是對與錯，這只能說是命了，昱宏，你說，是吧！」接著，又嘆了口氣，說著：

「妳一生終會被妳的執著害苦了。算了……既然當時阻止不了妳們相遇、相識、相交、相知、相愛，但至少……現在我有能力陪妳走過。」於是，就這樣摟著她，悄然地讓今夜深了、去了。

8

寒假飛逝地過了，開學後，回歸的日子開始恢復規律地節奏擺動著，雨舲常常覺得自己空蕩蕩的，生活總是少了什麼，甚至感到周遭空氣的凝重乏味已逐漸壓迫地讓她的時間擺動地異常緩慢。為此，書甫便特地神秘兮兮地精心佈了一場局，想給雨舲加些不一樣的調味……

出現眼前的可是赫赫有名「Tiger City 威秀影城的 GOLD CLASS 頂級影廳」，那時尚氣派的裝潢，低調奢華中卻又不失典雅風範，著實讓雨舲飽受了場精彩的視覺饗宴，她忍不住驚嘆著對書甫說：「怎麼突然這樣大手筆，包了整個全場？」

「時間過得很快，大五後同學們也將各奔東西了，所以想善用這學期的獎學金，請死黨好友們一起徹底享受狂歡，而咱們也能藉機留下難忘的回憶。這不是很有意義嗎？」

雨舲只點了點頭，就沉默了……

「嫂子，您好！」竹竿男和其他一堆男男女女陸續出現了，他興奮地和雨舲揮了揮手並雀躍地和她笑著說：「這次真可託您的福氣，讓我們可以免費地沾光來這兒！」

雨舲的整張臉像缺氧似的，憋得通紅，好不容易才咧開了笑，並向他點了點頭，接著轉了身又沉默了……或許這畫面讓她不禁又開始臆測著：「打從聯誼的當晚，散場回家後，這竹竿男就迅雷不及掩耳地大辣辣的向她示愛，遭拒後，卻又可以立馬轉向去當簡書甫的軍師，常常利用和卉心交頭接耳所得到的情報，三天兩頭地向他同學獻策。這到底該說他熱情還是無聊，抑或是善變？甚至完全無忠誠度可言。」

「這影廳內的座位只有三四十個，不用擔心人多吵雜、位置擁擠這些問題喔！最經典就是這皮製座椅，讓我們坐起來的感覺簡直就像是坐在按摩椅上，和身體的包覆角度幾乎完全密合。」書甫連忙向旁邊的雨舲介紹著這份影廳的專屬呵護，並笑著指著座椅的一端說：「來……這一側還有座椅調整器，它可以輕鬆調控椅背的幅度，連小腿的高度都可以調整，如果妳喜歡傾斜一點或者局部想加強放鬆，按它準沒錯。」

「哇，這影廳的座位的確大又舒服，所以整個包廂才僅有三十幾個位置。發現按下旁邊的按鈕真的可以讓我的座椅變成躺椅，這下子，真讓人忘記今天的目的是來看電影。」雨舲闔上了眼，輕抿著唇，微微揚起嘴角，露出一抹不易察覺的微笑。

「在這影城內，你會覺得這世界就好像剩下你和身邊的那一個人，其他人彷彿都離你很遠，因為他們完全沒有機會打擾到你。有沒有感受到其實它根本是屬於你和我的兩人世界呢？」他沒有等她回話，直接又指著座椅的另一端，並按下了服務鈴說：「這裡還貼心的準備了紙拖鞋，並且，我按的位置就是服務鈴，按一次燈亮呼叫服務生準備專屬毛毯；若想要取消，長按就可以了喔！」

半晌間，服務生便掛著客製化地笑容，送來了一條毛毯。這一切讓雨舲很快地融入，她慵懶自在地感到這兒像是自己的家。拖了鞋子，並躺在剛剛設定好的專屬大沙發椅上，蓋上毛毯，安靜地等待今日的電影播放。不知是氣氛的營造，或是環境的舒適，抑或者，根本就是這陣子失眠頻率的惡化，已讓她眼皮重得快要撐不開，意識也越來越稀薄……

不知過了多久，雨舲逐漸地甦醒了，她尷尬地盯著螢幕的片尾曲，喃喃說著：「Tiger City 威秀影城 x GOLD CLASS 頂級影廳確實給了我們一場驚豔的電影觀賞享受！」

「是啊，特別和妳一起，這座影廳、這部電影顯得更有意義。」他並不捨去拆穿她的掩飾。散場後，那一群死黨好友繼續此起彼落地讚賞著這影廳、歡笑不斷地談論著這電影。而書甫卻和大夥兒打聲招呼後，便暗自地偕著雨舲來到了這人來人往的街頭，並漫無目的的閒晃著。

今夜的黑幕如灰網般死寂厚重地撒在每個角落，唯有這稀稀落落地街燈帶來了幾分的溫暖。

「今晚讓我突然想起了瓊瑤的昨夜之燈，書中曾提到一段話：每一盞燈即是一戶人家，每一個家又有一個屬於別人的故事。」她嘆了口氣說：「只是在這片燈海中是不是也有屬於我們的一盞燈？而正上演的這齣戲，曲終也是人散嗎？」

書甫不禁怔怔地望著她，然後不假思索地抱緊她，深怕稍不留神，她就這麼突然地消失在自己的視線裡。他說：「我不想離開台中！」

「不，你這鴻鳥，早已羽翼初豐，是時候該展翅高飛了，請飛向你的藍天白雲、飛向你的伸展舞台，不該目光短淺地將自我侷限了。」

「妳怎麼會知道，我們正準備開始選大六之後將去實習的醫院？這該是卉心和妳說的吧，真多事……」他搖了搖頭，繼續將她抱得更緊，似乎不準備讓她呼吸了，接著說：「原本桃園的長庚醫院，的確是我的首選，在緊迫盯人的魔鬼訓練下，迫使我們可以瞬間成長，再加上，許多豐富多元的臨床實務經驗，更有助於迅速擴增自己的視野。」他開始抽出了手，用大大的手掌撫摸著她白皙的臉龐，並帶著鼻音的沙啞嗓音悄悄地說：「但在這兒，卻有讓我更割捨不掉的東西。所以，我還是決定繼續留中國醫藥學院。」

雨舲還來不及思索，簡書甫卻已扣著她精巧的下巴，俯身而下，猛烈地吻上她薄透的紅唇。他用力地吸吮著她的唇，再度讓她幾乎無法呼吸，而她的手卻開始不自覺地揪著他的衣服，使盡全身的力氣想推開他，但最後卻被吻到失去了全部的力氣，只能投降地將剩餘的小手軟綿綿地勾在他那諾大的肩膀上。

過了許久，他終於嘆了口氣，心疼地摟著她說：「弄痛你了，下次你要是不喜歡，你就說出來吧，我尊重妳，對不起！我的 Bingomilk。」

「既然你口口聲聲地說，可以尊重我的意志、尊重我的靈魂，那麼麻煩你也尊重我的選擇，好嗎？」她面無表情眼睛冷冷地看著簡書甫說：「去長庚吧！」

他深吸了一口氣，收回摸在她臉龐的手，心亂如麻地在原地站了一會。半晌後，他咬著牙對她說了：「好的，我聽妳的，照原本的規劃走。」

他鼻音又更顯濃重了，而那沙啞的嗓音流洩著脆弱，一瞬間揪緊了她的心，此刻，她只能暗暗地想：「書甫，對不起，我怕終究我給不了你一顆完整的心。但至少我能做的就是不能自私地綁住了你……」

9

接下來的日子裡，雨舲的心中，不定時有萬般思緒反覆地在她心中翻攪著，常浮現和昱宏虛無不存在的回憶，同時，卻又因現實生活中，書甫溫情不斷的憐惜，而交錯糾葛著對自我批判無情的正義感。或許，這就是驅使了她，經常陰晴不定的朝夕無常……

「你怎麼會在這兒？」雨紟正準備上學，剛下樓，打開大門，撞現書甫和她四目交接。

「我……想說，妳不知道幾點起來，怕……吵醒了妳，所以一早便過來這兒等。」他察覺了今晨的她，臉上寫滿了不耐與焦躁，便不自覺地將雙手放在大腿上來回摩擦著，並加快說話速度，接著說：「最近，可能因為妳準備期中考，而把自己繃得太緊，放輕鬆點，好嗎？這是ALL PASS 糖，GOOD LUCK TO YOU!!」

「是啊！我沒你這麼優秀，隨便考一考就可以第一名，行了吧！」她一把抓住了他捧在手上的心型糖果禮盒，便拋下一臉神情錯愕的簡書甫，頭也不回地走了。

連續的幾天裡，竟都沒有再收到簡書甫的訊息或來電，她不是盯著手機發呆，就是朝著周遭嘆氣。心裡悶著，沒有人會像她這般矛盾吧！但她寧願解讀成自己是在思索，思索一切自己應該清楚的事情，或思索著已走過和將要走的路。如果冠冕堂皇地的說是思索規劃人生她也不介意。不過，讓人可悲的是，她依然沒有理出個頭緒，反倒讓自己陷入蠻煙瘴霧！這不是自娛反倒是自虐嗎？

某天的夜裡，一通無預警的來電，稍微地驚嚇到正陷入心緒不寧的她，所以她本能性的以迅雷不及掩耳的速度接起電話。

「雨紟，很抱歉，沒事先得到妳的允許，再度侵犯了妳的寧靜。妳可以下來一下嗎？」手機的另一端，傳來了氣喘吁吁的熟悉聲。

她緩緩地下了樓，開了門，目光立刻滯留在眼前的粉嫩甜美側背包，它前面除了大蝴蝶結外還有微微抓皺起來 更增添了包包的立體感。愣了幾秒後，才發現書甫正舉著它擋住自己的臉，她不禁噗哧地一笑，說：「你這是哪一招？」

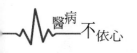

「周幽王烽火戲諸侯，只為搏美人一笑！！！」簡書甫摸了摸頭，憨憨地也笑了。

「謝謝你，我很喜歡它。」她不由自主地再深深地望了那包一眼。

「我幫妳戴戴看，好嗎？」他沒等她接話，便溫柔地將背帶扣在她肩上，深情地低語：「我不是故意惹怒妳，別對我生悶氣，好嗎？」

頓時，周遭的街道正宛如條平坦靜謐的溪流，盤踞參雜在濃墨重重的樹影裡，只有些許因微風沙沙作響的樹葉，彷彿正回應著雨舲內心此起彼落的愧疚。

她沒有多說什麼，只輕輕地擁抱著他，就這樣靜靜地守候著彼此，不知道過了多久，她才鬆了開，送走了他……

隔天一去學校，卉心便像蜜蜂似的纏著雨舲不放，嗡嗡地作響著：「哇，怎麼會有這麼閃的包，白大小姐，還不速速招來？」

雨舲總對她翻了翻白眼，抿著嘴，什麼都不說，任由她瞎起鬨。

「好啦！我的好姐妹，知道妳玩得起，喜歡拿妳尋開心。」卉心逐漸收起玩心，開始一本正經，目不轉睛地盯著白雨舲，說：「但是，我們童話世界的白馬王子，卻為了他的白雪公主，快要被宣告破產，淪為可憐兮兮的乞丐公子了！而這故事最慘的結局竟是他捧在心窩的公主，還三心兩意、捉摸不定，甚至，喜怒無常、陰晴不定。」她開始搖著頭說：「王子送對禮、說對話，公主就眉開眼笑，王子便飛上雲霄；王子獻錯禮、聊錯話，公主就蹙眉翹嘴，王子便摔入地獄。」

「妳在瞎說什麼？」雨舲開始顯得呼吸短而急促，四肢漸漸地緊繃，血液彷彿正瞬間凝結。

「我的天啊，妳真的像住在童話城堡裡的白雪公主，不食人間煙火。」她嘹亮而尖銳的嗓音，更讓雨舲坐立難安。

「沈卉心，請妳不要再賣關子了。妳可別忘了自己的身份，可已有男朋友了，卻整天和竹竿男交頭接耳地討論我和簡書甫的事，美其名是關心我、怕我出事，但骨子裡，卻都利用了這些，成為妳和竹竿男暗通款曲的工具！」雨舲不禁克制不住壓抑在內心的煩悶，打從和簡書甫交往至今，總覺得自己淪為被大家夜間上網八卦關注的焦點，那如噴泉一湧而上的激動，催化著她繼續嘶吼的說：「更何況，妳要劈腿也得選對象，那竹竿男追我不成，風向球立刻轉向討好妳，這樣的感情能有幾分真呢？下一個被劈的人就是妳！」

「是，我就只能活在妳的光彩下，撿了個被妳挑剩的，還得先向白大小姐報備許可。」卉心不惶多讓地頂了回去，並咆哮著說：「如果我們無話不談的姊妹情誼，就活該被妳這麼糟蹋，那我也認了。」她甩頭立即準備離去，卻仍忍不住不屑地瞥了白雨舲一眼，冷笑道：「妳真以為中國醫學院的獎學金，就是中央銀行的印鈔機，可以全年無休地去製造妳的下一個感動！」

雨舲怔怔地望著卉心漸行漸遠地背影，霎那間，她好想大叫，但卻像啞巴似的，竟無法發出任何一語，只能由著她沒入走廊的盡頭。

「書甫，你老實和我說，這到底怎麼一回事？」雨舲回過神後，便立即撥了通電話。

「妳先別急，剛剛發生了什麼嗎？」這可是相識以來，書甫第一次接到雨舲主動的來電，他不免顯得又驚又喜。

「我……覺得……這……陣子你頻頻帶給我許多出其不意地浪漫，但這……我忽視了，已顯然……超過你的獎學金所能負荷的範圍。」她竟開始淹沒在一種前所未有的罪惡感。

「喔……我的 BINGOMILK，原來是為了這個，這根本與妳無關，我的小公主原本就該活在

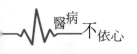

童話世界裡的城堡，享受一切的純真與美好，不該想這些！」

「不要再塘塞我這些，我只要知道，你這些錢是哪兒來的？」她崩潰地大叫，因這些話，頓時，在她的耳際間傳來，已顯得格外反諷。

「我……我……我覺得最近想讓自己的身型結實點，可你也知道我懶得動，所以乾脆中午索性不吃，不自覺體重減少，體脂肪也降低了耶，而這錢竟就多出來了啊。」他故作鎮靜地解釋著。

「就這些？你手腕是怎麼扭傷的，可別告訴我是打籃球、逞英雄、蓋火鍋而傷的！如果你還要繼續這樣遮掩、閃躲，那我不想浪費彼此的時間了，我要結束通話了。」她開始想到，那晚，他拉起包包的背帶，掛到她的纖肩上，那彆手的窘樣。

「好……我說……我說……請妳千萬別再和我嘔氣，我……找了些差事，週一至週五在學校旁的餐飲業徵了份長期的夜間工讀，而假日則兼了幾份家教。這也沒什麼大驚小怪的，妳每週末都固定回台南，平常日也只能匆匆見妳一晚，那漫長的空窗期，恰好有這些點綴可讓我更充實些，心自然也踏實了些，不會讓我無時無刻總承載著對妳滿滿的思念！」他小心翼翼地娓娓道來。

片刻間，電話的那端陷入一片沉寂無聲……

「雨舲，還在嗎？」他不免些許擔心的說道，而聲音柔柔的依然好聽。

「我……我……嗯……沒什麼。」雨舲頓了一下，想說的話哽在喉間，根本說不出來。她緊緊地握住手機，那積壓許久的內疚，終於變成了眼淚流下，過了半晌，才抽著鼻子回道：「暑假快到了，許久前，你不是提到很想再來台南走走，和我爸媽正式地碰面吃飯，我想，就安插在下個月中旬，介紹你們認識，好嗎？」

「好！真好！太好了！我的 BINGOMILK 萬歲、萬歲、萬萬歲！」簡書甫像個大男孩似的，歡呼著、吶喊著。

「但……有個條件，你必須允了我喔。」她低喃著道著。

「什麼？一副鬼靈精怪的。妳的出現，就註定了被妳吃得死死的。」

「別再兼那些苦差事，已經倒數大六尾聲了，珍惜剩下的日子吧！去長庚，可沒那麼輕鬆自在了，好嗎？」

「可我……」他想了想，知道她脾氣倔起來就像頭驢，好不容易抓住機會讓她爸媽點了頭認了他，不想壞了大局，只好依了她，說：「好吧！那我去著手安排一下下個月的台南輕旅行喔。」

「嗯……去吧！」白雨舲掛了通話，便把手托在臉龐，深鎖眉心，她如潭一般深邃透徹的眼眸竟泛起一片朦朧。

10

炎炎仲夏的漫漫假期，悄然地來了，這天氣真異常地悶熱，一絲風也沒有，黏乎乎的空氣也好像僵住了，那火球般的艷陽像正撕開大地的皮，不僅刺得我們的眼睛都睜不開。刺得讓人睜不開眼，連馬路上，柏油都已被太陽烤得發軟了。馬路上，柏油像都快被烤化了……簡書甫正滿頭大汗地像隻蜜蜂，不停地穿梭在台中的大街小巷，想精心挑選帶去台南的大小伴手禮。

在馬不停蹄的行程安排下，緊接著，他正預備趕搭８點半的客運，這可都算準了當天約定的午餐飯局。

隨著高速公路上的地標指示，一站站地被拋諸腦後，突然越來越感到坐如針氈，時間也變得寸陰若歲。但他的內心卻正持續沸騰澎湃著，「不知雨舲的爸媽會滿意我嗎？上次夜晚冒昧地打擾，會覺得我太唐突太輕浮了嗎？」。

「叮咚！叮咚！」他終於坐計程車到了門口，神色顯些緊張地按了門鈴。

「喔……書甫，好久不見，快進門歇會兒。」片霎間，雨舲的媽媽開了門，她親切自然地和他遞上了熟悉的問候。

「你是簡書甫嗎？」雨舲的爸爸正拉高音調，快速地用眼神上下打量著他，接著綻開微笑，並跨步去拍了拍他的肩膀，說道：「聽說你大六了喔！接著，將去長庚實習，很好啊……年輕人可千萬別目光短淺地兒女情長，反倒該多爭取些機會去歷練和成長。」

雨舲面對著自己的爸爸突如其來的親暱招呼，不免讓她想起了他一年前的態度反差……一年前，相同的地方，差不多的時刻，只見自己的爸爸不苟言笑地對初次見面的昱宏，說著：「聽雨舲說，你現在在聯發科服國防役喔！它的股價是還可以。」

「伯父您好，是的。所以您平常也一直都有在關注股市，並從事這方面的投資理財。」林昱宏也改了一貫地的作風，並顯得緊張和不自然，開始一本正經地注視著雨舲的爸爸。

「外界傳聞 IC 產業，目前員工福利，以聯發科最敢給，台積次之，最差就是宏達電！你之後，應該是打算繼續留在現在的公司吧？」

「如果整個大環境沒有什麼太多的改變，應該是會先歷練個幾年。」

「科技業的確一日千里，沒腦力沒體力沒耐力的確也留不久。你不是才二十六歲，還渾身熱血，是該闖一闖！但人生有些事可就不比男人的事業，栽進去不見得可以讓人全身而退。這就好比股市，一開始已經知道不會持續紅盤走勢，倒不如撤場認賠，才不會血流成河。」

「但本來不看好，卻中途股價反轉攀升，一路長紅，高點作收的也不算少數。這好比賭局，一開始就出場，怎會有反敗為勝的機會！」

雨舲的媽媽明白自己的老伴，因經年累月地在金融界打滾了幾十年了，看的人事多了，不免對已入社會的昱宏，去接近自己剛上大一的女兒頗有芥蒂。她急忙打圓場地說：「時間不早了，我們趕快去用餐吧！別聊這麼無趣的話題了。」這才化解了蓄勢待發的兵戎相見。

此刻，簡書甫竟突發一語，這猶如火星撞地球般迅速地將感慨萬分的雨舲，從一年前拉回現實，他說：「伯父伯母，這是台中東海蓮心冰的雞爪凍，他們家可是特選國內電宰大廠大成等上等雞爪，可經過獨家中藥配方滷製後，才急速包裝冷藏。而這爪肉內富有膠質、滑嫩頗有彈性，可以補充您們現在極需要的鈣質喔！」

大夥兒還來不及回話，他又從大背包內拿出了一盒嘉味軒鮮奶太陽餅，說：「這家的糕餅講求現代人訴求的三低『低糖、低脂、低熱量』的健康概念，研發簡單卻豐富的各式產品，這太陽餅是其中最原始美味的。外皮酥脆但不油膩，可以讓您們不用怕高膽固醇而忌口喔！」

緊接著，他又以迅雷不及掩耳地速度，再掏出了台中大龍家鹹蛋糕，說：「聽雨舲說，伯母您愛吃糕點，我選了這款蛋糕，是因為它中間的餡料是使用新鮮熱炒的杏鮑菇去代替豬肉，吃起來的口感可完全不輸給葷的鹹蛋糕，綿密的口感，再加上嚼勁的杏鮑菇，風味很獨特的低熱量甜點喔！」

「你這太客氣啦！不過，的確很有心，我們家雨紟有眼光、好福氣！」雨紟的爸爸再次拍了拍他的肩膀，並回頭向雨紟的媽媽嘎嘎地笑著說：「看來我們倆老，這次可以放心啦！」

頓時，雨紟的媽媽也會心地笑了並點了頭說：「走吧，咱們去餐廳！我們訂好的飯菜都涼了喔。」

識大體又懂禮數的簡書甫，果真瞬間奏效地拉近了他和雨紟爸媽的距離，讓整場飯局瀰漫在輕鬆自然的氣氛中結束。隨後，回到家中稍微小憩後，時間卻也隨著四人的相談甚歡，快直逼下午五點了……雨紟的爸爸朝書甫比了個 OK 的手勢，接著，吱吱咯咯地說：「我雖老了，但可還懂年輕人的心，趕快帶雨紟去成大走走吧，等一下就直接騎庭院內的那台機車去吧！」

書甫面帶尷尬地道了謝，接著，攙著雨紟，不緩不急地伴著這風和日麗的午後往目的地駛去。

連假的成大校園周遭竟是那麼寧靜，沁人心脾地微風漾起，正輕拂著絲絲柳絮；西下的落日餘暉如輕紗披灑著茵茵綠地，透過雲隙間穿梭滲入的光束，與雄偉壯觀的教學樓，形成了豐富的影像與光影間的相互輝映。悼念著歷史遺跡的老榕樹，也化身隱沒在這淡淡的若隱若現中，今日的黃昏竟是如此幽美……

「南部和中部學生的生活型態都一樣，放假了，一切便人去樓空！還給這校園最純樸的原貌。」雨紟突然發聲了。

「那你覺得我和你曾經所認識的男孩子，個性上有什麼獨特不一樣的地方嗎？」接著，書甫卻沒頭沒腦地拋了這個問題。

「哈哈，我覺得相較之下，你心思很細膩，行事似乎也相當拘謹和認真！」她不假思索地回答。

「其實，我一直沒有勇氣得到一個真實的答案，但我終究還是忍不住想問妳：『妳是最愛我的嗎？』」

「難道你不知道，男女間不該碰觸的話題，就是去討論現在和過去感情的比較嗎？提起需要回憶，而這回憶就是種回味，懂嗎？」她四兩撥千金地想岔開這話題。

「我不在乎，我想聽曾經的妳，最原始的妳！」他堅定地讓她無法閃躲。

剎那間，她靜靜地神色不動，目光直視前方的老榕樹，黯然地想著一年前，心中不禁酸了起來……

「你為什麼和之前的女友分開呢？」那時，雨舲就倚在這眼前的榕樹下，逼問著林昱宏。

「有一年的暑假，她約我來這兒，告訴我她要離開北部了，她成功地通過大一升大二的轉學考，開學後，她要來這兒讀書，並且要我忘了她，因為這期間，她在網路上認識了一位成大醫學系的醫生。她覺得對方可以給她幸福的未來，也是他鼓勵她轉來成大，並給了承諾，等她畢業後，立刻想結婚想娶她！」

「你很愛她？」雨舲咄咄逼人地追問著。

「我很受傷！在她身上付出了這麼多，甚至還做了數不清的愚蠢事。最後連人家默默地準備考試、決心離開北部，並且還暗地劈腿了，這些全然不知。」他那只空洞的眼盼，呻吟著內心地痛楚，深吸了口氣，接著說：「最後只得到了一個白袍之戀可以給她幸福的婚姻與人生的願景。那時的我才多大啊，就活該被否定一切嗎？所以我立志要闖出自己的一番事業並得到屬於我的肯定！」

「也因此，此刻的你，對我什麼都不想做了。乏了，倦了，是嗎？」她開始忿忿不平地向林昱宏嚷嚷著。

「是妳自己要我回想，要我對過去做一個清楚地交代。」

「我覺得我是傻子，你對她的用心和付出是這樣！你對我卻是兩手一攤，到底我在你心中的份量有多少呢？」

「妳不要這麼野蠻好嗎？每個女孩子都有屬於她的特質和吸引別人的地方。至於過去就是過去了，不可能回來，我們再去比較討論一點意義和價值都沒有！」

「可是……我不滿意你現在對我的模式！」

「我不是也有努力去改變成妳想要的樣子，不然，我昨晚何苦留在台南過夜，大可以直接開夜車回屏東的老家，不用現在又浪費時間帶妳在這裡！」

「你是來尋她的味道，不是我！」

此際，成大校園的鐘聲悠悠揚揚，不急不慢地響了，拉回了已陷入一年前的白雨舲。

「抱緊我，好嗎？」雙頰紅豔似火的白雨舲，轉身將臉埋入簡書甫的胸膛內，淚水迅速浸濕了他的衣襟。

「喔，怎麼了，我的 BINGOMILK！」他伸出了雙手抱著她的腰，溫柔地喃喃道：「沒事的，我只是太在乎妳，才忍不住問妳！妳不想回答就算了。」

雨舲咬著唇瓣，沒有再接話，只是暗地裡想著：「一年前自己地負氣執著，而揚言：『今生非白袍不嫁，我要林昱宏註定輸給白袍！』如今，老天真讓我圓夢了，讓我意外地得到一份完美無瑕的守候，自己若再偏執下去，那真正放不下的已不是對過去感情的眷戀，而是死守著對過去『未釋放的期望』，活生生地讓這一切演變成太可悲可笑了！」

瞬間，書甫滿意地看著她癱軟地倒在自己的懷中，便不由自主地將灼熱的唇攫住她，並緊緊交纏著她緊咬的紅唇，瞬間，他們四片熾熱的唇再度緊緊地膠著在一起，似乎象徵著他們無懼未來不知的命運，而甘願賭上自己的全部。

他們背對著夕陽，讓餘光一直潑灑在他們身上，周圍幽香的花瓣在空中悠悠地轉幾圈兒，再輕輕落地的時候，正參雜著這對男女幸福陶醉地享受這爛漫的氛圍。

11

時光匆匆，轉眼間，簡書甫已正式步入實習醫生的生涯快兩個月了。這天，白雨舲答應了他，準備動身北赴林口長庚醫院，去目睹這傳說中的血汗工廠。

此刻，他們正無聲息地，已置身至林口長庚的湖畔，微風徐徐，碧水悠悠，餘日淺照，暈開溫暖的光圈。湖邊翠嫩纖細的水草，因受水的潤滋長得婀娜多姿，盞盞逐漸開通地燈火，折射在湖面，掀起翠色煙雨的紅樓春夢。

書甫緊摟著雨舲，她被他厚實的雙手，托著身體，他的餘溫正竄遍她全身每一吋，隨著湖水動盪的力量，他們不自覺地搖曳飄浮起來……

「我服給了這美景……，你不覺得讓人沉了！」她輕輕地閉著雙眼，深深地吸了口氣，敞在他胸躺上，正用心感受這一切的美好。

「嗯，我也好喜歡這樣，並熱愛這樣。而這就是我期待的愛情，我會全心全意地去小心呵護它，並阻擋任何事物去殘忍地捏碎它。」

接著，她耳際間迴響著書甫清澈乾淨的嗓音，正淺淺吟哼著【掌心】

「攤開你的掌心讓我看看你

玄之又玄的秘密

看看裡面是不是真的有我有你

攤開你的掌心握緊我的愛情

不要如此用力

這樣會握痛握碎我的心

也割破你的掌你的心……」

他彷彿正盪氣迴腸地道出他內心熾熱地執著與渴望！

「你什麼時候留一手的？」雨舲驚呼著。

「去年底的跨年夜，當主持人撥放這首歌時，我就留意到妳熱淚盈眶。心中便打定主意，有一天，要親口為妳哼出這動人的旋律。」他頓了一下，伸手撥弄了她的髮絲，接著說：「實習生活一成不便地規律，哼著小曲反倒成為我每天的精神寄託。」

她沒有接話，眼眶裡泛著淚水、對他的感動已經滿到一個邊緣……

半晌後，他摟著她站了起來，背著太陽西下的斜光，聲音啞啞地說：「走吧，去我住的宿舍晃晃！」

一入房門，發現這空間的格局不算大但很方正，讓人短時間內即可環視一圈。室內的擺設很簡單，並都井然有序地安放在它們應有的位置，充分反映著這主人循規蹈矩的個性。

書甫將掛在吊衣桿上的白袍，取了下來，披在雨舲那略顯瘦小的肩上，笑著說：「瞧妳，真像不食人間煙火的小天使！」接著，嘆了口氣，說：「可惜，快一年了，還是沒能把妳養胖些。」

雨舲的眼底有掩不住的失落，嘴裡並喃喃說著：「始終有個遺憾，當年高中是該選自然組的，就能和你一樣懸壺濟世，多威風！」

他忍不住伸出了他有力的雙手，將她轉到了正面，認真地、專心地瞅著她，說：「幸好妳唸了社會組，要不，如今我又少了分讓妳崇拜的地方。」

雨舲被逗得呵呵笑，而那樣的淺笑，活像是雨後天邊若有似無的彩虹，看得書甫忍不住將她抱過來放在自己的膝上……

「在長庚的實習生活，苦嗎？都沒能聽你的完整紀錄篇。」她接了話。

「每天晚上都需要讀書做功課，因為隔天早上七點多就會有MORNING MEETING，我們得上去報告，這時，主治醫師或住院醫師便利用這時間開始點人問問題，而如果前天晚上太混，隔天就會在台上顏面掃地，被電到死翹翹。當散會後，又得跟著主治醫師一起去查房，而我們通常會利用這查房的時候多發問，或多報告病人的狀況，就是要讓主治醫師會給的實習分數高一點。等查完房後，就得乖乖黏在電腦桌前開始記錄病人病歷。」

「哇，真是讓人感到充實滿滿的行程。那你們不是得輪大夜班嗎？這樣晚上的時間又更壓縮了，不是嗎？」

「比較困擾的是，我們兩個星期就要換一個科別，然後被迫熟悉那個科別的生態，適應新的單位。換句話說，就是兩個星期就得熟讀那個科別的相關書籍。晚上的時間，除了應付這些所謂的『新知』，還得挪出時間準備每星期要報告的 JOURNAL。而妳點出了主要問題的癥結，院內規定一個禮拜得值兩班，而值班就是要連續上班 36 小時，通常像住院醫師的學長可以睡一整晚，頂多被護士叫起來一兩次，而通常躺下去又立刻被 call 起來，就差不多都是我們這些 Intern 的命運了！」

「天啊！這樣如果又要準備實習結束後的醫師國考，就更可憐了。」她皺著眉頭說道。

「這我目前想都不敢想了，或許，之後一切會慢慢地上了軌道，能摸出一套生存的法則吧！」他在她唇邊低低的嘶啞嘆息著。

「你現在這麼忙，就別天天打電話給我了，以前，還在台中唸書時，不也沒常通話。」

「這怎麼可以相提並論，之前妳答應過我，一週共可見面兩次，每週三可固定去找妳吃飯散步，每週五又可以載妳去車站搭車。但現在我平均每十幾天才能去台南找妳一次，再加上，南北路途遙遠相隔，碰了面也才幾個小時又得被迫分開了。」他連忙阻止地嚷嚷著，同時，又伸手拉出了大腿右前方的抽屜，接著拿出了一個白色的方型小盒子，上面還綁著靛藍色的緞帶蝴蝶結，顯得它十分優雅。

舉動卻讓雨舲的眼睛斜斜地瞪著那精緻的禮盒，並搖了搖頭說：「不是答應了我，不再亂花錢了。」

「別這樣，現在已步入實習了，一個月收入有一萬多元。你瞧！我忙成這樣也沒什麼時間做別的消遣，請讓我至少在忙裡偷閒時，能燃起逛街的興致與目的，好嗎？」他沒等她接話，直接拆了盒子，堅定地把項鍊掛在她修長的細頸上，看著那朵象徵著幸福的百合花懸墜在她白皙的皮膚上，幽幽地綻放著，他不禁開心地點了點頭，笑著說：「這裡頭還暗藏玄關呢！扭開它雙層交疊的金屬花瓣，淡雅地清香立即迎面撲鼻，可是款天然實用的香膏項鍊。」

她抬頭望著他，伸手勾著他的手臂，唇角淺淺地泛上了笑意，說：「這味道香甜濃郁卻不刺鼻，挺好的，幫我抹一些在耳後吧！」

他溫柔地撫著她白細的頸子，並忍不住以舌尖舔著、吮著，可他卻沒有繼續往下吻去，只在她耳邊低語，輕吐著熱氣，說：「喔！我克制住了，我的 Bingomilk，等妳大學畢業後，我們就結婚，好嗎？」

「別胡言亂語了，這還有快兩年的時間，人生的變化很難說。」她低著頭，看著地板說著。

「要不，下週末，我回台中，妳別回台南，我們一起去見見我爸媽，好嗎？他們都很想認識妳。」他發現自己似乎把她逼急了，急忙地改了話題。

她沒有回話，猶豫了一下，才淡淡地點了點頭。

「復健大樓的夜景，挺有fu的，想帶妳去瞧瞧。」他將坐在腿上的雨舲，抱了下去，拉著她，自顧自地往外走了出去。

「這高樓大廈上做裝飾的霓虹燈，把鋪路的石子照得五彩斑斕，每個角落相繼地亮了起來，讓整個寂靜的黑夜照得宛如白晝。」她望向遠方逐漸蔓延開來地燈火通明。

「是啊，這有妳相伴的夜景是如此地美好，可惜卻硬生生地暗示著咱們即將的別離。」他挽著她的手，幽幽地嘆息著。

「咦……右前方側向我們的……好像是卉心的男朋友，可是正和他勾肩搭背的那個女人卻不是卉心啊！」雨舲驚訝地眨了眨眼，想釐清自己是幻覺或是真實。

「難道妳不知道她男友劈腿的缺德事嗎？我以為她早和妳說了。」書甫鎮定自若地答著話。

「我不懂，這到底怎麼了？最近，只覺得她和你的好哥兒竹竿男走得很近。」雨舲不自覺地想起那一天，自己不留情份地和卉心撕破了臉，兩人劍拔弩張的惡言相向。稍頓了一下，接著說：「我訓了她一頓，叫她別整天當個間諜，和竹竿男瞎起鬨。如果有時間，只需好好照顧屬於她自己的感情。」

「她男友在半年前就認識了一位女網友，結果兩人便如火如荼地展開了熱戀，誰知，才短短三個月後，彼此就去簽字結婚。弄到雙方的家長暴跳如雷，封鎖了他們的經濟，偏偏女的很快地又有了孩子、同時卻也沒了工作，但這一切卉心全被蒙在鼓裡，還傻傻地深信自己的男友，因為當了實習醫生特別忙碌，無暇陪伴自己。」書甫拎著雨舲的大包包，繼續偕著她改繞了別的方向，特意地避開了他們，往候車站的方向走了去。

「然後呢？卉心現在到底知道嗎？」她心急如焚地追問著。

「妳真的不打算留下來陪我吃完晚餐，再回去。」他試圖地打斷她。

「告訴我，好嗎？身為她的閨密，我竟然完全無視她這些日子的變化，這叫我情何以堪，天啊！」她自責地呻吟著。

「別這樣，老是把責任往自己身上攬。事實上，卉心並不想讓任何人知道，這些是竹竿男喝醉酒時，無意間和我全吐了出來！」他摸了摸她的頭，接著說：「後來，他們這對男女的經濟苦到了絕境，卉心的男友才想到卉心在醫院當護士的時候，省吃儉用，存了不少錢，好歹也好幾十萬，本想編織各種理由，開口向卉心借錢，誰知，這一借，便把這幾個月所編織的一連串謊言，全給洩了底。」

「她男友真不是人！」雨舲忿忿地咒罵著。

「應該說是畜牲。」書甫也滿腔不滿地接著說：「最可惡的是，她男友還聯合自己的妻子設了仙人跳，引卉心入局。那一天，他誠意滿懷地約卉心去Hotel，佯稱自己是被現任太太以自殘逼迫，才勉強同情地娶了她，其實，自己一生的摯愛是卉心。最後，卉心終究受不了他的哄騙，整個人淪陷在這虛情假意的騙局，那時，他的男友便趁機以針孔攝影機，錄下了他們翻天覆地的激情畫面。事後，他再把這帶子交給自己的太太，讓她去按鈴提告卉心『通姦』，設法威脅卉心付六十萬元的和解金。」

「這會不會太誇張了，他到底有沒有愛過卉心啊。」雨舲難以置信地尖叫著。

「最後，卉心害怕鬧上學校，讓她學業中斷，只好妥協了，將全部的積蓄都給了那豬狗不如的男人。」書甫先將雨舲的包包放在前方候車站旁的坐椅上，右手握住了她的雙手，再伸左手緊緊反抱著她，嘆了口好長的氣，才說：「幸好，那段日子，竹竿男整天陪著她，讓她有個人可以抒發。」

「突然覺得自己好糟糕，整天沉溺在自己的世界，竟都沒有察覺到卉心的異樣。」她臉就埋在他雙臂之間，接著，不停的啜泣著說：「我怎麼會這麼……失敗，真……不配她平日待我……如親姊妹般。」

「妳又來了，雨舲……妳聽我說，妳別這樣……」他看到潸然淚下的她，心不由自主地糾結了，捧起她的臉，憐惜地說：「卉心，她懂妳的。她選擇對妳都守口如瓶，自有她的道理，我們該尊重她，這對她就是最好的安慰和支持，而這等事，過了就是過了，妳又何必再去撕開她好不容易的結痂！」

雨舲還來不及接話，南下的車已駛了過來，書甫只好怔怔地望著她逐漸消失在自己的視線裡。

12

今年入秋冬已久，但悶熱仲夏那整天黏膩的汗臭味，讓人隨手碰觸，全身發燙的感覺卻仍記憶猶存，彷彿意味著仲夏的餘溫還遲遲不退燒。

但反常的是，今天下午一點多，太陽卻收起它那刺眼的烈光，躲進了雲層的深處。整個天陰甸甸的，頓時，全世界好像都被這諾大的灰棉網所吞噬。同時，窗外捲起了陣陣讓人不寒而慄的強風，掠過的樹枝，發出了此起彼落的沙沙作響。

「這怎麼突然就變天了，我上去換那套七分袖的墨綠色蕾絲洋裝再加件短版的紫莓色格子毛料外套，應該就夠暖了。我等等要出發坐車去台中了，待會兒晚上約六點和書甫的家人吃飯呢。」雨舲邊向她媽媽嚷嚷著，邊沿著樓梯往房間的方向走了上去。

「雨舲，妳若這樣穿搭，會全身黑鴉鴉、死氣沉沉的，可一點氣色都沒有。妳待會兒上樓，順便直接去我的房間，把化妝台靠牆面的大抽屜拉開，裡面有個音樂盒，盒中有條米白色的溫潤珍珠長鍊，挺襯妳今天的服裝。」

「好啦……穿搭這種事，有您……幫忙，鐵定……登得了大雅之堂。」她喘吁吁地大聲回應著，並飛快地找到了那盒子，正準備掏出那今晚赴約的項鍊，卻冷不防地瞥見了被擠在最內側的一個扁掉不起眼的粉色小盒子，在好奇心的作祟下，讓她不由自主地伸手想把它拿出來探個究竟。

此刻，映入眼簾的是，這盒子上面刻畫著歪歪斜斜的字體，但仍不難察覺是個「舲」字，那似曾相見的感覺突然轟炸她整個腦子，讓她怔愣了好半晌。

不知過了多久，她開始不聽使喚地顫抖著打開了它，竟發現了一枚碎鑽鑲嵌的小戒指藏在裡面。緊接著，她失去理智地奔下了樓，衝去了庭院，拾著那枚戒指，歇斯底里地朝她媽媽吼叫著：「您怎麼會有它，這到底是怎麼一回事，您瞞了我多少事情，快告訴我！」

「妳別這樣，好嗎？很多事情過去了就是過去了，事實如何已經不重要了。」雨舲的媽媽刻意迴避了她銳利的眼神，轉過身背對著她，繼續若無其事地把洗好的衣服晾在繩子上。接著話鋒一轉，說：「趕快去準備接下來的行程，待會兒，載妳去坐車了。」

「您別這麼自以為是，重不重要是當事人自己判斷。」雨舲冷冷地說：「妳不告訴我實情，我沒心情去台中了。」

「妳別這麼任性好嗎？都和人家長輩約好了，怎麼沒理由地就爽約。」她回過身往室內走了進去，並開始不悅地訓著自己的女兒。接著，她嘆了口氣說：「那妳先回答我，妳現在有真心喜歡上簡書甫了嗎？」

「他真的給了我一份完美無暇的感情，讓我彷彿成了全天下最幸福的小女人。現在的我，真的很滿足也很珍惜他。」雨舲跟隨著腳步走進了客廳。頓了一下，又說：「我想，誠如您所言，錯過了他，鐵定會成為我今生的遺憾。」

「沒有錯，要記住妳現在和我說的。做人不要總感傷離別，而要懂得惜取眼前人。」她媽媽坐了下來，頭倚在沙發上，指腹揉壓著眉心，開始不規則地做著按摩，緩緩地說：「一年前的某一次，昱宏送妳回家時，夜深了，我便挽留他在我們家過夜。隔日清晨，妳還沒睡醒，他就坐在和妳相同的位置，把妳手上的這戒指遞給了我，和我說：『雨舲真不止外表純淨，靈魂也像天使一樣自然無瑕，能遇見她是難得的緣份，我不想再像以前，總傻傻地錯失了機會。如果伯母您不嫌氣，可否先讓我和她訂婚，等她畢業後再結婚呢？』我當時很錯愕，他比妳大了足足七歲，先撇開年齡的差距，光社會的閱歷與經驗，和剛離家北上大一的妳相較之下，妳簡直是張白紙。甚至，我認為他是火，你根本玩不起！」

雨舲不禁想起那晚在車上他們輪番你一言我一語地，相互調侃嘻鬧著，當時，他確實沒正經地說了：「我特地專程繞上來台北，開車帶妳回南部，這可算準了是種投資啊！待會兒，想向妳爸媽提親，讓我們先訂婚，等妳大學畢業再結婚啊……」他不自主地揚起嘴角露出了竊笑，左手繼續握住方向盤，伸了右手去撫摸她那光滑細緻的大腿說：「這樣我就不用等那麼久了，也不怕妳跑了，我在妳身上，投入的時間心血都沒了，哈哈……」

隨著這段回憶的綿延起伏，她不自覺拉高音調激動地說：「然後呢？為什麼這戒指還是在您這兒呢？」

「我婉拒了他，和他說：『我的女兒還太年輕，我實在不忍割捨，加上，你們也才交往沒多久，一起走過的路太短、一起闖過的關太少。先緩緩吧！等過些時候，時機成熟些再說。』，接著，當場想把那戒指還給了他，但他卻堅持留給我保管，並堅定地和我說：『如果伯母連這份小小心意，都執意要退給我，那就代表您是看輕這戒指的份量了。希望您先代我收著它，等您覺得合適了，再交給雨舲。』」

「可是您為何一直沒有告訴我這件事，後來，我和他分了，您怎也沒再聯絡他，並把戒指還給他呢？」

「我……我……當然想啊！可是……唉……」她的眉心揪得更緊了，唇色略帶紫白，吞吞吐吐地說：「可……也……還不了了。妳去幫他慶生的隔天，他便打給了我，和我說：『伯母，很抱歉，昨晚雨舲來找我，滿心歡喜地想給我出其不意地驚喜，可我……始終沒有出現，這想必會傷了她。唉……但只怪造化弄人，我原以為控制得當的血癌，想不到復發了，那天下午我是去看了報告，才知道這該死的結果。您放心，我不會誤了雨舲，就讓她恨我吧！讓這一切成為我們之間永遠的秘密，以她執著的個性，選擇不知道就是最好的安排。』當時，我聽了真的好震撼也很難過，很想好好地安慰他，卻覺得當下說什麼都沒意義了，最後，只問了他戒指如何還給他，他卻簡單地回覆我：『別再還給我了，這對我很殘忍，勞煩伯母自行處理吧！』所以妳便看到它一直保存在我的抽屜了。」

雨舲的腦海裡開始排山倒海地閃過一幕幕場景……記得分手的那一晚，自己還譏諷著他：「我一度懷疑你是染了什麼病，這些日子，呈現給我的，就是一副要死不活的疲憊樣，我看膩了也受夠了！」平常最忿忿不平的，也是：「你是不是得了什麼怪病，常常週末聽到：『頭好痛、噁心想吐、渾身疼痛，只想休息，懶得出門了。』」這……並非全因平日的工作壓力所致；連……連在……他們纏綿悱撤的激吻中，常不經意地伴隨著他經常性的流鼻血，這更不是他所言的興奮感：甚至……原來……那……陽明山頂的聯誼會後，當他準備取車回家時，猛然地神色蒼白、全身盜汗、舉步不穩、四肢僵硬後倒下，天啊……這都並不是他解讀的眩暈症！

雨舲不禁渾身發冷，如置冰窖，臉色漸白，顫顫地喚著：「媽，這一年我熬得好苦，真的好苦……為什麼那一天的真相竟是這樣！天啊……我到底是恨他？還是愛他？還是不恨他也不愛他，是自己的偏執和不甘？」

「這一切都不重要了，去追隨自己的幸福吧！孩子，妳自始至終都沒有和他相欠任何事，懂嗎？縱有情債，這一年，也該還夠了。」她媽媽牽著她站了起來，拍著她的肩膀，說：「別想了，去整理一下，是時候載妳去坐車了。」

「我……現在……真的沒辦法假裝若無其事。」雨舲像是遭什麼蛇蠍猛獸襲擊，猛然地甩開她的手，摀著臉倒抽氣，而讓一滴眼淚都流不出來。然後，身子歪斜著往樓上的房間晃了上去，冷冷淡淡地拋了句：「我不去了！我自己會處理。」

「妳可以怪我自私、怨我狠心。但妳不要再苦了自己，陷在那死胡同啊！」她像榨乾自己所有的力氣，仰天呼嘯著。

雨舲把房門一推，「砰！」，發出了這如雷貫耳的巨響，以示她內心極端的憤怒和不滿。接著，她無力地倒頭臥在床上，渾身發冷，便順手拉起了棉被，將自己團團包裹著，然後閉著眼，僅露出那死白的臉蛋兒。

不知這樣靜靜地過了多久，桌上的手機終於響了起來。她裹著被子，爬了過去，搶在最後一聲響結束前，接通了，無力地說：「我……我……人很不舒服，沒辦法赴約了。」

「怎會突然這樣，嚴重嗎？要不，我現在去搭車看妳。」簡書甫聽了急得像熱鍋上的螞蟻，追問著：「什麼症狀呢？是發燒或頭暈，還是胸悶氣喘？」

「沒什麼，我想休息了，先這樣吧！」她開始不耐著回應著，又補了句：「千萬別來找我，我只想一個人靜靜的。」便掛了通話。

這對話著實讓書甫的心沉到了萬丈深淵，連「撲通」一聲的反彈都聽不到。

「怎麼了！雨舲不舒服嗎？」書甫的媽媽目不轉睛地盯著自己的兒子，接著笑著說：「瞧，你這沒了魂的樣子，看來這兒媳婦的茶是喝定了。」接著，她走向餐廳的櫃台，向服務生交代著，說：「我們今天臨時有狀況，先幫我們取消了，下次再來光顧您們。」然後，回頭對他揮了揮手，說：「走啦，回家吧！還愣在那裡幹嘛，莫非要留下來應徵工讀。」

隔天 MEETING 結束後，書甫立刻撥了電話給雨舲，響了好幾次，都仍無法接通。他心裡更是七上八下的，時間彷如隔世地漫長，終於挨到他巡房後，再重撥了一次，這次通了，他緊握手機的手冒了汗，緊張兮兮地說：「回台中後，人有比較舒服了嗎？」

「哪有人大清早的，就打電話給別人。」雨舲略顯不悅地挑了挑眉說著。

「我……我……不好意思……打擾妳了。還在休息嗎？」他被她的當頭棒喝弄得有些手足無措。

「我沒事，現在準備要去學校，不說了。」她沒等他接話，即匆匆按下了結束的按鈕，便拋下了一臉茫然困惑的簡書甫。

等了一天，又熬到了晚上七八點，他估計雨舲應該一切整理就緒，正慵懶地躺在沙發上發呆。於是，他索性又鼓起了勇氣，撥了電話，這會兒，還是響了好幾次，卻仍無法接通。正準備放棄時，電話又通了，這次，他卻慌了，開始結結巴巴的說著：「妳……妳……怎麼了嗎？我……做錯了什麼事嗎？」

「我正在演練會計學的題目，明天要小考。你打來的，真不是時候！」雨舲毫不客氣地數落著。

「我……我……對不起，那你先忙吧！」書甫哽著嗓音，沮喪地抖著雙唇，聲音非常微弱地說著：「那我……先掛電話了。」

「嗯！」她無意識的的答著。接著，便不假思索地讓他的聽筒只剩下了「嘟……嘟……」的回音。

兩天後，晚上十點，書甫雙腳輕輕地在地板磨蹭著，一手托著下巴，另一手捏著手機，靜得只聽到書桌上的鬧鐘正嘀嘀嗒嗒地走動著。他嘆了口氣，還是決定按下了通話鍵。很快地，電話通了，他倒抽了一口氣，說：「要睡了嗎？」

「我本來就早睡，這你應該知道的。」雨舲一邊打著哈欠，一邊懶洋洋地答著。

「好吧！那……妳去睡吧！」書甫咳了兩聲，喃喃地說著。

這飛快簡潔地兩句對話，又讓今晚恢復它原有的空虛寧靜。

過了三天，下午六點，書甫望著窗外飄來的一陣雨，突然意識到冬天來了，身體不自主地打了個冷戰，心中爬滿了憂傷，揮之不去。就這樣呆呆地佇立著許久，他終於緩慢地從白袍的口袋裡掏出了手機，撥了熟悉的號碼後，便緊緊地閉著眼，等候著一個他想要的答案……只響了一聲，就傳來雨舲的「喂！」。

「妳在忙嗎？」他腦子裡原本擬定了許多版本的對答，但最後卻迸出了這制式的開頭。

「我正在吃晚飯。」雨舲嘴里咀嚼著食物，含糊不清地地說：「你……有重要的事情嗎？如果……沒有，我想……先用餐了，冷了，不……好吃。」

「好……吧！那……先這樣。」他張開了眼，發現眼前瀰漫著一片白茫茫地霧氣，全糊成了一片，什麼都看不清楚。

過了一星期，到了週日的午後，醫院卻顯得份外冷清，寥寥可數的幾個人影，在簡書甫的眼前晃來晃去，他整個頭整張臉便隨著他們偶然地來來去去搖擺著，那空蕩蕩的飄忽感盤旋而上，快要把他整顆心給掏空了。一支倒背如流的電話號碼猛然地紊亂著他的思緒，像魔力般驅使著他去撥打著……

「怎麼了？找我有事嗎？」雨舲機械式地答著。

「現在在家嗎？這週過得好嗎？」他唯唯諾諾地問著。

「還好，日子不是都一樣。」她低低地說著。

這一刻，通話的兩端，陷入一片無聲的寂默。靜靜地……過了不知多久……

「我……我……不知道到底等到何時撥電話給妳，才不會妨礙妳。」他濃重的鼻音中夾雜著無盡的委屈，難過得喉間似哽著什麼似的，說：「我等得好累……我……我……想……之後，我不會再主動打給妳了，就……等妳……有空……不忙了……再打給我，好嗎？」

「嗯。那先這樣吧！」她沒有再多說什麼，便結束了通話。

接下來的日子裡，白雨舲的手機，就再也沒出現過簡書甫的來電。

13

卉心正坐在竹竿男的懷裡，在那張狹小破皮的黑沙發上親暱激吻著，他迅速地伸手到她背後，拉開洋裝後的拉鍊，解開紫蕾絲胸罩的排扣，開始撫摸著那傲人的雙峰。緊接著，便俯身把頭埋入她的胸前，循序規律地用溫熱的唇瓣輕輕吸允著她粉嫩的胸口。而大膽的她，也同時地動手去扯開他褲子的拉鍊，直接伸手進去游走其間。這挑性的舉動，卻更讓他將她緊閉的雙腿用力打開，脫下她包臀的黑色小褲，並以舌尖在她敏感的地方來回摩擦。

「噹！噹！」茶几上的手機猛然地作響，扼然地終止這場激情的澎湃。

「誰啊！」卉心不悅地嚷嚷著。

竹竿男坐了起來，看了來電顯示，垂著頭，繃著臉，冷冷地說：「這該問妳的好姊妹，白雨舲！」

「自從上次她搞不清狀況，誤會我和你劈腿在先，而去對不住我那禽獸的前男友。我便好一陣子沒和她說話了！」她開始一邊整理著自己的衣衫不整，一邊嘆著氣說：「但這也不能怪她，因為我看她老把自己苦陷在感情的泥淖中，遲遲游不上岸，便不忍再把自己的悲慘遭遇，向她吐苦水倒垃圾了。」

「書甫幾乎是燃燒自己的生命在愛她，她到底還在發什麼神經啊！」竹竿男仰起頭，瞇著眼，滿臉疑惑地望著卉心。

「這是她的私隱，沒有她同意，我不能隨便搬到檯面上說。」她背著他，照著鏡子，梳理起自己披肩的黑髮。頓了一下，又回過頭看著他說：「想必剛剛是簡書甫打來的，他說了些什麼，讓你成了一副喪家犬的樣子。」

「我們一起幫幫他，好嗎？」他從沙發上站了起來，向她走了過去，雙手抱住她的頸子，揪著她，說：「自從半個月前，白雨舲她不知吃了什麼藥，便開始特意去疏遠簡書甫。讓平常不喝酒的他，開始常常會借酒消愁地去麻木自己，這樣長久下去，他早晚會染上酗酒的惡習，毀了自己。」他拉起卉心的手，放在自己的胸口，接著說：「剛剛又去喝得酩酊大醉，迷迷糊糊地說，下星期日是……好像是什麼雨舲的生日，他……不知……又弄了什麼鬼東西，希望雨舲可以出現，看到它！」

「喔……我知道了，你想要我主動去找雨舲，設法讓她和書甫碰面。」她撅著嘴，低咕著說：「對兄弟都這麼用心，真不知……」

她還來不及說完話，竹竿男已將嘴貼在她柔軟的唇上……，過了片刻，她使勁地推開了他，說：「少來這一套，對了，你現在收入一個月也上萬元了，怎麼每個月存在我這兒單單這三千元，其它的錢呢？這樣存到何時，我的戶口才可以有六十萬的現金啊！」

「我知道上次被那禽獸騙了妳的辛苦錢，妳一直耿耿於懷。」他皺了皺眉，從口袋裡掏出一支菸，點燃了它，說：「給我點時間，我會儘快把妳帳冊上數字的缺口補平的。」他深深地吸了一口煙，又把口中的濃嗆白煙吐了出來，接著說：「家裡也需要錢，妳知道的，我的經濟並不好。」

她沒有再多說什麼，拿起了茶几上的包包，便解了門鎖離開了。

※※※

午後的陽光穿梭地遁入了教室的長廊，灑滿了每個角落，在這冬季的氣節裡，帶來了些許的暖意，頓時，一抹光影正停留在白雨舲的臉上，讓她泛起了微微一紅。

此際，沈卉心已悄然地與她迎面而上，突然地伸出了雙手，去捧住這陽光恩賜的美麗容顏。緊接著，她與她的額頭相抵著說：「我們別再嘔氣了，好嗎？」

雨舲被這突如其來地舉動，先是驚嚇了好一大跳，身體禁不住一震。待略顯回神後，便開始一把眼淚一把鼻涕地說：「不……卉心……是我……對不起妳，所有的事……我都知道了！」

她繼續啜著淚，上氣不接下氣地說：「我……一直……想和妳解釋道歉……但是……我……我……自己……出……事了。」

卉心看著泣不成聲地她，忍不住緊緊地抱著她，聲音沙啞地說：「我們好姊妹不是當假的，這我都明白。」停了幾秒，又說：「希望妳不又怪我多事，但實在心疼妳這樣折磨自己。」想了一下，接著說：「妳……和簡書甫怎麼了嗎？」

雨舲一動也不動，整個人僵在那裡，眼睛撐得是又圓又大的，眼神卻是遊蕩恍惚地空靈，最後，低低地說著：「原來……林昱宏……不是存心當晚……沒有出現，是得癌症了。而他甚至……早買了訂婚戒指要求婚……卻因病……一直寄在我媽那兒……。」

卉心使命地搖晃著她，激動地大聲嚷著：「天啊！雨舲妳醒醒，這是上演八點檔連續劇嗎？怎麼可能會發生在妳身上。」

雨舲沒力地闔下了雙眼，讓眼角地最後一滴眼淚滑下……

「那妳告訴我，妳現在到底是有愛上簡書甫了嗎？或還割捨不下林昱宏呢？」卉心停止了搖晃，直逼著她，問著。

「我……我……不是割捨不下林昱宏，應該說是對不起他。」雨舲繼續閉著眼，攤在那兒。

「那……妳……就對得起簡書甫嗎？他為妳快染上酗酒的惡習了。」她藏不住心中的壓抑，直接地想令雨舲照著她認為正確的答案做。

「我也對不起他，我更對不起妳，我對不起好多……好多人！」她張開了眼，仰面朝天，崩潰地叫喊著。

「別這樣！我看到妳這樣，真的很心痛。」卉心伸出了手，抓住了她顫抖冰冷地雙手，然後，試探地小聲問著：「妳有打給林昱宏了嗎？有找到人嗎？」

她咬著唇，甩了甩頭，過了幾秒，才說：「打了，那電話被停用了！」

卉心聽了，鬆了口氣說：「聽我說，人生很多事情沒有辦法強求，我們做人，應該把握當下，別再去想早不屬於我們的東西。」她搓著雨舲的小手，想把它弄暖些，接著說：「過幾天是妳的生日，去見見簡書甫好嗎？樂沐法式餐廳不是妳一直想去的，晚上六點，他會在那兒等妳，不見不散！那天我會來接妳去。」她攙扶著雨舲往停車場地方向走去，最後幫她帶上安全帽時，又忍不住地俯在她耳邊說：「花開堪折直須折，莫待無花空折枝。這文謅謅的咬文嚼字是妳的菜，而我這樣說是希望妳能聽進去。上車吧……」。

/////////////

水晶吊燈投下來的燈光是昏暗地，斑駁地，正打在簡書甫焦慮不安地倦容上。此刻，沈卉心卻無聲無息地從他背後，輕輕地拍打著他的肩膀，讓恍神的他，慌亂地打翻了桌上盛滿的杯水，灑得滿地都是。

「啊！對不起，我……不……知道會這樣。」她連忙地道歉。

這高分貝的尖叫聲卻瞬間打破了餐廳的寧靜，這不只讓簡書甫猛然地回過了神，更迅速引來服務生的關切……

「我們臨時有事，退訂了，不好意思！」她沒給他接話的時間，便直接了當地回絕了已側身在旁的服務生。

「可是先生寄放在我們這邊的蛋糕、鮮花、氣球、香檳，怎麼辦呢？」服務生抓抓頭，尷尬地笑了笑，連忙地想弄清楚發生了什麼事。

「全都幫我打包吧！一起帶走。」她不假思索地回答著，便轉身回過頭貼在簡書甫的耳邊，悄聲地說著：「她不會來了，我們撤場。」

沒多久地時間，她們便拖著一大包的東西，走出了門口。今夜沒有一絲月光，前方好像有長的似乎永遠也走不完的黑色巷道，周遭寂靜的死氣沉沉，充滿讓人窒息的孤單……

「還是沒來？」他聲音小到快連螞蟻都聽不見。

「不好意思，幫不了你。我想，能做的，會幫你把這些東西轉交到她手上。」她不知是沒聽到他的話，或刻意地想迴避什麼。

「不用了，我只想麻煩妳把這個給她，其他都不重要了。」他恢復了音量，然後緩慢地從包包裡掏出了個盒子，面無表情地遞給了卉心。

「別想那麼多了，過一陣子，讓她冷靜一下，我再幫你轉交，你趕快回桃園吧！明天還要上班。」她伸手接過了盒子，便和他點了點頭，然後背著他，逐漸消逝在這黑暗的夜裡。

≡≡≡≡≡≡≡≡≡≡≡≡

「你別再喝了，已經吐得我家四處都是。」竹竿男慌亂地收拾這殘局，又是抹布又是垃圾桶，都來不及應付他的酩酊大醉。

不知何時，簡書甫已腿軟地滾到廁所裡，抱著馬桶狂吐，只軟軟地舉起一隻手回應著。

過了片刻，竹竿男把他給拖了出來，他漲得滿臉通紅，連哭帶喊的：「我到底做錯了什麼，該死的，沒了……什麼都沒了……從……前到現在，我都沒失敗過……怎麼這次在她身上卻栽了大跟斗……」

「你沒錯啊，人很好，這些年，全靠你照我，才讓我 PASS 過那些病理學、解剖學等等阿里不達的科目。」竹竿男正和他躺在龜裂的水泥地磚上，仰著頭盯著那塌陷、剝落半邊天的天花板。嘆了口氣，又說：「但感情不是考試，它參入了太多我們無法難掌的因素。」

「我聽不懂你說什麼，突然覺得我好失敗……」他腰一挺，直立而起，準備用頭槌著前方那片掉漆的水泥牆，卻「碰……」地重心不穩，意外地滑倒了，接踵而來的便是一陣強烈的眩暈襲來。

「我租的地方夠殘破了，你還在搞破壞！」竹竿男用眼尾瞥向他，迅速地從袖口拿出了一張折疊的方方正正的紙和一枝筆。他飛快地遞給了簡書甫，然後，又從口袋裡掏出了印泥，接著，抬起他的手，小聲微弱地說：「這需要你簽名和你的手印。」

「什麼啊……我……頭好痛。」簡書甫開始覺得眼前的東西越來越黑、越來越模糊，只能依稀感到他好像被操控著，正塗鴉著什麼……然後……逐漸陷入無意識狀態。

14

一個月後的夜晚，黯然的憂傷爬上了窗檯，白雨舲正微微側著頭，昏黃的桌燈光暈著她眼角積滿的淚水，此刻，她正顫抖地翻閱著手邊的冊子……

它其實是一本月曆，但卻讓她如此地痛徹心扉！

第一頁是一月，上面放置著一張她眺望望高寮夜景時的側拍照，下面便是手寫的附註：「跨年共享璀璨夜景，牽子之手與子偕老」

第二頁是二月，上面放置著一張她俯視手錶時的側拍照，下面是手寫的附註：「2/14 情人節快樂，深深一吻，烙印餘生」

第三頁是三月，上面放置著一張她闔眼睡臥在 Tiger City 威秀影城的 GOLDCLASS 的側拍照，下面是手寫的附註：「默默地守候，是我最大的滿足」

第四頁是四月，上面放置著一張清晨時分，她甩頭而去的背影，下面是手寫的附註：「這樣地離去，原來是最殘酷的懲罰」

第五頁是五月，上面放置著一張她側背著粉嫩甜美的背包，正陽光燦爛地在車站和他揮手道別的畫面，下面是手寫的附註：「幸福原來很簡單，就是一個微笑」

第六頁是六月，上面僅放置著一張他的手機擺在書桌上的樣子，下面是手寫的附註：「原來一通電話可以讓人希望無窮」

第七頁是七月，上面放置著一張她倚在成大老榕樹的側面照，下面是手寫的附註：「等了那麼久，盼到妳的託付」

第八頁是八月，上面放置著一張掌心歌詞的抄本照，下面是手寫的附註：「終於找到生活的潤滑劑」

第九頁是九月，上面放置著一張她身穿白袍的側面照，下面是手寫的附註：「今生有此天使，又夫復何求」

第十頁是十月，上面放置著一張他們全家福在餐廳聚餐的照片，下面是手寫的附註：「很期待妳將現身這兒，成為裡面不可或缺的成員」

第十一頁是十一月，上面放置著一張長庚醫院的外觀照片，下面是手寫的附註：「突然覺得它好冷，真得好冷，我很後悔來這兒」

第十二頁是十二月，上面放置著一張他們第一次聯誼的合照，下面是手寫的附註：「這月份充滿意義，讓我認識了妳」

闔上本子，雨舲的千愁萬緒還來不及傾訴而出，此際，卻被一通無預警的來電捷足先登。

「妳是白雨舲嗎？」聽筒的那端，正傳來尖銳、陌生且不友善的聲音。

「嗯……請問您是……」她正想試探性地摸清對方的來歷。

「我是簡書甫的媽媽，想耽誤妳幾分鐘的時間，我們是時候該好好地聊一聊了。」她簡單清楚地單刀直入。

「伯母您好，我……我……不太清楚您的意思。」

「雨舲，我說話素來很直接，等一下談話中想必有許多不中聽的，但都是中肯的肺腑之言。」頓時，她嗓音開始有些哽咽著說：「妳們年輕人的愛情可以驚天動地、轟轟烈烈。或許，我老了，已跟不上時代的變化，但身為人母，終究不希望自己的孩子受到傷害。我不知道妳們究竟發生了什麼事，讓妳選擇和書甫分開，這本是妳的選擇，我無權干涉，但眼巴巴地看著自己的孩子卻因此遍體鱗傷、一蹶不振，真的很心痛！」停了一下，她啜泣地哭喊道：「他甚至為了妳……現在正入院中。」

「我……我……不懂，書甫到底怎麼了？」

「自從妳們倆鬧僵了，這孩子便開始經常性地戒酒消愁。他那該死的朋友竹竿男，竟鬼迷了心竅，便藉機讓他在神智不清的狀況下，簽下高利貸的借據。」她開始激動地吼叫著：「今天下午人家登門討債，他還一副爛醉如泥的窩囊樣，就被人狠狠地打到重度骨折。」

「天啊，怎麼會這樣！」當下，白雨舲腦子嗡嗡的作響，陷入一片空白。

「這腕骨骨折是粉碎性骨折，它屬於最不穩定的骨折，這次主要是直接暴力造成的。目前院方建議採切開復位的固定技術，相信這修復過程會很辛苦，可能要長達到半年的時間，我們這邊只好決定先辦休學一年。」她嘆了好長的一口氣，又說：「這次的關節扭傷形成骨膜下血腫，很容易會處理不當，造成血腫擴大，而發生附近軟組織內廣泛骨化，日後恐會影響關節的活動功能了。」

「這怎麼……會這麼嚴重！」

「是啊，我想，他日後的心願，和他大表哥一樣，進入長庚的腦神經外科服務，是有困難的。」她掩面哭訴著。

「我……我明天方便去看他嗎？」

「雨舲，謝謝妳的好意。我打給妳，就是想請妳從今以後，當作不曾認識過我的孩子，好嗎？既然當時妳已做了決定，我們就讓這個抉擇走到最後，因為我禁不起我的孩子受到第二次的傷害……」

此刻，通話的兩端，沉默了許久，沒有人再發出任何一語。

「伯母，我明白的意思了，衷心地祝福書甫能儘快……康復。」今夜最後的道別，也只能用這樣的方式。

掛了電話，雨舲緊緊地抱著本子奔向卉心，讓淚水淹沒了一切。

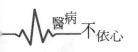

天空灰濛濛地下起了毛毛細雨，一陣陣寒意襲面而來，沈卉心的身體不禁抖了抖，但卻仍毫無猶豫地咬了咬下唇，朝她下意識認定的方向奔了去。

「叮咚！叮咚！」急促地使命按著門鈴，就像世界即將毀滅地瘋狂。

竹竿男拖著慢吞吞的腳步，睡眼惺忪地打著哈欠開了門。他伸了伸懶腰，揉了揉眼說：「發生火災了嗎？哪有人這麼誇張。妳自己不是有鑰匙，搞什麼飛機啊！」

「啪！」一個乾淨俐落的巴掌印，狠狠地甩在他臉上。

「妳發什麼神經啊！」他大聲吼著。

「你對簡書甫做了什麼好事，心知肚明，不要臉的東西！」她不甘勢弱地回嗆著。

他臉色一沉，瞬間一愣，心中頓時一顫，片刻竟都說不出話來，腦海中閃過的浮影就是：「簡書甫傷重臥床的慘狀。」

「你很卑鄙無恥，還讓雨舲受累被簡書甫的媽媽牽怒。」她用力地把身上的硬殼包包，直接往他的頭上砸下去。瞥了他一眼，冷冷地說：「你無情地毀滅你兄弟的滿腔抱負，他這輩子很有可能進不了腦神經外科了！」

「我……我……不知道會這麼嚴重。我自己也借了六十萬，本想利用投資期貨，買空賣空地大撈一筆，就可盡快補平妳帳本的缺口。」他捂著頭，跺著腳，痛苦地哭嚎著：「誰知……一夕之間全沒了，而妳上次又催促我趕快資金入戶。我……怕妳等不急……跑了……。」

「你還要不要臉，自己犯了滔天大錯，現在還推諉卸責，聽起來像是我逼你去幹這檔缺德事。」卉心氣得臉色發白，氣憤地將他撲倒在地，坐在他的胸膛上猛捶。

「我……不是故意的。妳以為我好過嗎？這些日子，我為了躲高利貸，每天膽戰心驚，大路不敢走，有家歸不得，有床睡不好。」他開始反擊地抓住她的手，腰身猛然地使力，瞬間翻了身，將她反撲制伏在地，吼叫著說：「別再羞辱我了，昨天已被簡書甫的媽訓斥的體無完膚。」

「你這……該死的！」卉心撐直了背，蹬了起來，探出了頭去撞竹竿男的頭，發出了「碰！」一聲清脆的響聲，頓時，讓他疼痛地招架不住，直接往後躺了下去。

她站了起來，俯身撿起地上的包包，掏出了他家的鑰匙，便揚手用力地朝他丟了過去，不屑地瞪了他一眼，堅決地說：「這是我們最後一次見面。」

此刻，攤在地上的竹竿男又笑、又哭、又罵、又叫，卻再也喚不回沈卉心的回頭一望。

15

接下來的一年多，雨舲按照抵定的計劃，開始如火如荼地準備畢業後的國家考試，沈卉心看在眼裡，心中實在不忍。

「今年暑假，真的不參加畢業旅行，和大夥兒一起去日本瘋一下。」她正陪著雨舲在車站候車南下。

她傷感地垂著頭，盯著地面的紅磚，活像個人型立牌，一動不動。過了片刻，她終於默默地搖了搖頭，失神地說：「好熟悉的旅遊地點。」

「雨舲，妳真的太感性了。這樣的個性很善良、純真，但是這一輩子，妳卻會因此過得比別人辛苦，懂嗎？」卉心伸出手，想去幫她提左手的袋子，接著說：「這半年多的日子，妳瘦到只剩三十幾公斤，快要變紙片人了。」

儘管她右手已經提了一大堆東西，肩膀上還掛著粉紅側揹包，仍直接地將卉心的手推開，說：「不用了，我還可以，車子快來了。」

「妳就是這樣！可不可以像我一樣地灑脫。這池水，既然濁了，還有別的，別這麼死心眼地為了那些不適合的插曲，讓自己的大學淪為墳墓！」卉心忍不住地又想勸她。

「現在的我，只想專心地準備國考，希望等大四畢業後，能順利地有份穩定的工作。」她仍絕望地低喃著：「蝴蝶本能光彩奪目地婀娜多姿，但牠終逃不過被捕的命運，落得合起兩張翅膀，成了樹枝上乾枯的樹葉。」

卉心本想再多說些什麼，卻被眼前出現的南下班車，硬生生地把那些話吞了回去，只能安靜地目送她逐漸消失在自己的視線範圍。

16

時間的流水猶如白駒過隙，無論喜憂，永不停止。一轉眼已是一年半後……

此刻的清大校園，涼颼颼地清風佛過，伴隨著飄飛的絲絲柳絮；夕陽西下，彩霞餘暉渲開披在一棵棵驕縱的櫻花樹上；夾雜著些許殘瓣隨風撒落，撲鼻而來的便是清香淡雅的花香，讓人眷戀之情油然而生。

「白雨舲！」清脆的嗓音，喚住了她不緩不急的腳步，並令她本能性地回眸一望，身形偏瘦得無異與電線杆一般，正使著那熟悉而冷到骨子裡的眼神，毫不避忌地揪著她。

「這些年，混得還不錯吧！」林昱宏仍不改那自以為是的口氣，輕鬆調侃地用眼角的餘光瞥著她手上的尾戒，接著說：「怎麼會出現在這兒，是來追誰的影子？」

雨舲紅著臉，不由自主地將右手緊緊地握住成拳頭狀，企圖著掩飾什麼。但她卻仍難掩心中巨大的波動，紅著眼，微抖著嗓子說：「你……你……身體沒事了嗎？怎麼瘦那麼多呢！」

「看來，妳媽出賣了我！」他仍故作輕鬆地乾笑了幾聲，但笑聲中卻夾雜著無數地無奈，清了清喉嚨，說：「計劃永遠趕不上變化，遇到了，就去面對它。化療的過程的確夠折磨人的，但結局是我贏了這場仗，那一切都不重要了。」他用披肩的毛巾，擦了擦額頭的汗水，靠近了路旁的長條木椅，直接坐了下來，說：「現在年紀大了，更要運動保養。妳呢？畢業了吧！在哪兒工作？」

一臉愴然的她，仍佇在原地，被他的追問，弄得稍微地回過神，才緩緩地說著：「上了公家機關，分發到台北，今天來這附近的經濟部受訓，下午課程結束後，沒什麼事，便來這兒閒晃。你呢？還在聯發科嗎？」

「很不錯啊！公家機關是鐵飯碗耶。」他流露出驚嘆的神色，接著，回過頭凝視著遠方，倔傲地說：「我早離開聯發科了，自己和朋友出來闖闖，合資開了小公司，最近在研發手機可藉人體經常性運動所產生的熱能，透過物理性作用去轉換成電能，目的是達到代替行動電源的功能，讓手機隨時蓄電狀態。」

「你始終沒有放棄你的抱負、理想。」雨舲仍沒有靠過去，就地找了旁邊的一張單椅，也坐了下來，雙手托著下巴側著頭看著昱宏。

「有什奇怪，人不為五斗米折腰！不就為了賺錢。」他眯著眼，那漆黑的瞳孔，總讓人望不盡看不透，並說：「以前高中愛玩，上了不理想的學校，後來，看多了會想了，肯磨著性子，靜下心去準備研所，最後總算扳回面子。清大畢業後，被之前服務的聯發科給挖了過去……本以為……可以有一番作為……算了，人算不如天算！並且，家裡的經濟也一直不算優渥，身為獨子，只想可以快點讓大家都有好日子過。」他話鋒一轉，調整臉部表情，聳聳肩說：「這話題太沉重了，不說了。哪像妳，白大小姐，從小到大，都這麼被保護著、呵護著。」

雨舲實在不解，矗立在她眼前的他，既自負又狂妄，充滿了社會的現實，毫無殘留些許的浪漫情懷，甚至……還滿腔的性慾需求……這和自己所背道而馳的一切，竟也會讓自己過去地幾年裡掉了心、失了神。或許就單是因他的擔當和善良撼動了她。

突然間，一位稚氣的小女孩又跑又跳地闖入了他們，投向昱宏地懷抱，賴在他身上開始放縱地、率真地撒驕著，不停的親著他、摸著他，發出陣陣尖叫聲、歡笑聲。這幕逗趣的場景，忍不住地讓雨舲露齒一笑。

「雨舲，今天先這樣，我得帶我的小孩回家吃晚餐了。」他將那可愛的女娃兒舉高了起來，讓她橫跨在他的胳膀的兩側，弄得她咯咯地笑不停。

「小孩」這個稱謂的介紹，卻著實讓白雨舲的世界出現了天旋地轉，發不出任何隻字片語。

「如果人生可以選擇，雨舲，我不會後悔認識妳。」林昱宏背著她走了幾步路，回頭又望了她一眼，留下了這句道別，便永遠徹底的消失在她的生命裡。

她五味雜陳的感覺在內心不斷地發酵膨脹，那種從未有過強烈的窒息，只覺得鼻子像是被一隻無形的手緊緊摀住，悶得她喘不過氣來。

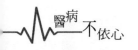

過了許久，雨舲不自覺地隻身走到了那熟悉的綠光水畔，頓時，耳際間迴響了，校園的街頭藝人正伴唱著【掌心】

「攤開你的掌心讓我看看你
玄之又玄的秘密
看看裡面是不是真的有我有你
攤開你的掌心握緊我的愛情
不要如此用力
這樣會握痛握碎我的心
也割破你的掌你的心……」

她悄悄地摘下了戴了快兩年的尾戒，索性地往湖中丟擲了進去，它就這樣安詳地落入幽暗冰冷的地底湖中，卻意外泛起一圈圈細細柔柔的漣漪，漸漸地蕩了開，似乎哀嘆著：「景物依在，人事已非。」

17

在熱鬧喧騰的台北旋轉火鍋店內，雨舲的心樂得快要盛不下蜜糖般的喜悅，許久，胃口沒有這麼好，似個無底洞，一盤盤堆積如山地湧在眼前，那塞著滿嘴油膩滿足的模樣，逗得珮芬直搖頭。兩人就這麼像孩子般挑逗玩鬧著，充滿了陣陣地嘻笑。

「想不到我們快四年不見了，妳還是這樣清瘦。」珮芬向雨舲舉起盛滿飲料的杯子，笑彎了腰說：「為我們的友誼長存，乾杯！」

「當年都靠妳情義相挺，全力一博就為了參加那年七月中旬大一升大二的轉學考，只要能離開台北，不管付出多大的代價，我都願意。」她突然眼睛泛起一片迷濛，低微地說：「算準了不被退學的最低必修學分，我竟然一週只安排週三，大清早地起身搭車北上上課一整天，當晚再搭夜車回台南，並把台北租的房子退掉，利用集中選課的方式，請妳從背後支援我，在這樣危險的邊緣裡湊足了學分。其它的日子，我都賴在台南家裡，全力準備剩下不到三個月的轉學考。」

「當時，我還不可置信地問妳，確定用這樣的模式度過妳的大一下學期？剩下的學分和課程都不管了。這是何苦，有這麼必然與絕對去擺脫那兒？」珮芬沉默了一下，說：「妳卻堅定地回答我，『如果轉學考沒有過，我就重考。早知林昱宏是火，就不該惹！現在的我，只想逃……或許妳笑我懦弱，但我只想自救。』」

「算了，過了都過了。別提這些傷感事了。」雨舲垂著眼，頓了頓，輕輕吸了口氣，提高嗓音說：「最安慰的是，陽明山聯誼竟然幫妳和浩浩牽成了線。」她揚起嘴角，直指著珮芬的鼻子，笑著模仿浩浩的語氣，結結巴巴地說：「妳好……很開心……有機會認識……妳。我是……射手座。」

珮芬滿臉通紅地，用手摀住肚子，大笑了起來。

「浩浩就這麼簡單草率地完成了自我介紹。當時妳還和我說：『他好老土喔！不是我的菜。』想不到你們卻成了一生一世的夫妻。」她突然拍著桌子，假裝氣呼呼地嘟起了嘴，說：「結婚，怎麼也沒給媒人通報。」

「天啊，我的好姊妹，饒了我吧！當時，節奏發展得太快，超乎預料之外，意外地有了小蘿蔔頭，哪敢大張旗鼓地宴請親友，只好私下去公證登記，草草結束。」

「那些繁文縟節的儀式，都不是重點，只不過是過眼雲煙。但這些年，他對妳好嗎？」

「他很顧家，也很愛小孩。研所畢業後，他便去了台積電，家裡的經濟也還過得去。等孩子大一點，我再出去找些差事來做。」

歡樂的光陰還是得無情地畫下句點，休息半晌後，天色已有些過晚快十點了，浩浩的來電，提醒著他們即將要揮別了今夜的相聚，該離開火鍋店了。

頃刻間，浩浩那張潔淨稚氣的臉，探了出來，向她們揮了揮手。雨舲偕著珮芬，快速奔入車內，坐在後座的位置。

「她……她……她是？」雨舲瞠目結舌地望著繫在安全座椅的小女孩，那似曾相識的熟悉與錯愕，如噴泉般一湧而上。

「那傻丫頭就是我們的女兒啊！」珮芬疑惑地看著受到驚嚇的她，問著：「妳怎麼了？」

「可是……那天……我巧遇林昱宏，他身上抱著他的小女兒，和眼前的娃兒長得一模一樣。」

雨舲甩了甩頭，使盡全部的力氣逼自己沉澱，想弄清了持續地渾沌不明，她驚叫著：「告訴我，到底怎麼一回事，妳們都一直有聯絡，為什麼要聯合騙我？」

「別這樣，請原諒我們，故事的主角林昱宏既然選擇了沉默，我們又如何去接開他的瘡疤呢？」她揪著心，哽著喉說：「當年他發病，整個世界崩塌了，他默默地經歷了好長的一段黑

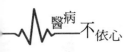

暗期，他封鎖自己，不要任何人打擾、不要任何人陪伴。過了整整一年半，他才重新站了起來，開始他嶄新的人生，並再度和我們密切地聯絡往來。那天，我們碰巧去清大附近繞繞，妹妹吵著跑去找他，才讓妳撞見他們黏在一起。」她嘆了好長的一口氣說：「他選擇和妳佯稱已婚生子，我想，表面孤傲自信地他，骨子裡卻脆弱的像螞蟻，他再也無法預知下一個未爆彈，更不願拖累另一個人一起去承擔，而這世上唯一不用解釋和交代的就是他的事業。」

「我該……怎麼幫他？」她聲嘶力竭掩面哭嚎著，像無助的小孩。

「妳該像他一樣堅強，他都可以，妳為什麼不行。勇敢一點，真心祝福對方的選擇，我認識的白雨舲不該這樣懦弱。」珮芬抽了幾張面紙，遞給了雨舲，說：「想哭，就徹底哭出來吧！過了今夜，就好好地把這一切放下，去過妳自己的人生。」

她孱弱的肩膀持續地顫動著，哭得泣不成聲，攤在珮芬的懷裡，劃別了今夜……。

18

座落在台北市中心的小巷弄間，有這不起眼的咖啡館，它充滿懷舊的昏黃光線，反射在雨舲烏黑的雙瞳，彷彿一景一物都上了唯美夢幻的鍍金膜，伴隨著桌前古圖騰的編織麻布，再加上，鋼琴和小提琴聲的琴瑟和鳴、相互融合，讓自己的唇角勾了上來、心也不自覺地浮了起來。

眼前的大吊鐘緩慢地擺動著，象徵著時間一分一秒地向前邁進，直到時針指到了五點鐘，桌上的手機，突然發出了響聲，飛來了一則簡訊……

「對不起！恕我無法赴約。雨舲，很開心接到妳分享了上榜的喜訊，公家機關的穩定規律，很適合妳天真單純的本性。這次，接獲妳熱情主動的邀約，是我曾盼了不知多少日子，內心飽受過期待、失望、落寞，但經過了一段不短的煎熬，我終於說服了自己『放手』。今日的聚會，或許，是我逃避的個性使然，以致我沒有勇氣面對。妳可能很難想像我曾墮入了自暴自棄的黑暗期，我失去了健康、學業、朋友，更沒了基本的自信與尊嚴，我從一位台上的佼佼者，成為處處倚賴別人幫忙的行屍走肉。這沉重地打擊，讓我一蹶不振，直到我未婚妻許綺文的出現，改變了一切……。她是醫院的復健師，我曾以為愛情唯有一見鍾情，根本不信所謂地日久生情，但她的陪伴與鼓勵，卻讓我活出了原有的積極與樂觀。自妳傳訊後的三天裡，我許久未有的焦慮、雀躍、抗奮，又翻天覆地的接踵而來。我實在無法預知妳我的碰面，又會發生什麼無法掌控的局面。

雨舲，妳懂嗎？我好怕，我真的好怕……我會再沉淪下去，無法自拔。甚至會衝動地立即取消明年一月和綺文的婚禮，去傷害一個無辜善良的女孩。所以……原諒我的蝸牛心態，謝謝妳 Bingomilk，給過我那份刻骨銘心的愛，我會將它深植我心，直到永遠。祝妳幸福

書甫」

雨舲內心無止盡的痛，如洪水劇烈地爆沖著河岸，再也無法承受巨大的壓迫而終究潰堤，劈哩嘩啦地洩了出來，瞬間浸濕了整支手機。

過了片刻，她站了起來，拿著包包，直接往門口衝了出去，天空飄起了綿綿細雨，此起彼落地打在她身上，她不斷地哭嚎著、奔馳著，像似和命運卑微地抗議著、搏鬥著……

突然間，旁邊有一大群熱血的新鮮人，正熱鬧喧嘩的鼓譟著，讓她不由自主地停了下來，發現自己置身在台大校園的椰林大道，她悄然地靠了過去。原來他們正如火如荼地造勢著迎新聯誼茶會。主持人是今年預備升大二的年輕夥子，正活力全開、載歌載舞地帶動全場氣氛，此刻，他鏗鏘有力地吶喊著：「大學最重要是什麼？絕對不是文憑，更不是社團，而是『泡妞』。以下小弟就獻醜，現唱〈掌心〉，願現場的學弟學妹都能有志者事竟成！因為我們都很年輕，絕對夠資格去尋覓一份屬於自己的幸福。」

那沉著的嗓音，開始迴盪著校園的每個角落，更唱入了白雨舲的心坎裡……

「攤開你的掌心讓我看看你
玄之又玄的秘密
看看裡面是不是真的有我有你
攤開你的掌心握緊我的愛情
不要如此用力
這樣會握痛握碎我的心
也割破你的掌你的心……」

不知過了多久，雨停了，她仰起了頭看見了如煙似幻的七彩橋，正若隱若現地橫跨在淺煙薄霧的天際間，讓她不由自主地驚呼著：「很美！真的很美！」，心想：「是的，雨過天晴了！畢竟自己今年也才二十三歲，還很年輕，不是嗎？」

第二章　這樣的愛只有放手嗎？

1

刺眼炫目的藝術崁燈下，讓台北 101 櫃姐殷情接客的笑容，更顯得僵硬做作，她訓練有素的伸手挑選了幾款經典 GUCCI 包，將它們分門別類地擺在檯面上，依序是咖啡色 PVC 皮革彎月拉鍊肩背包、紅色復古風荔枝紋雙縫線斜背包、象牙白圖紋防水拉鍊托特包。並開始了老套制式的開場白：「這三款包，是我們當季新品，容量、材質、顏色、設計都不一樣，不知道是否符合小姐的需求與喜好呢？」

「哪一款最貴，就買那一個吧！」涂見飛忿忿地搶一步作答。

「全都買了。」白雨舲面無表情地冷冷說著。

短短幾秒鐘，涂見飛彷彿一隻抓狂的猛獸，眉心凝聚出黑青色的光團，四周的空氣瞬間凝滯了。

「還不拿卡出來刷，愣在那裡做什麼？」她毫不客氣地指使著。接著拋了一句：「我先去車上等你。」

過了片刻，他拎著三個大紙袋，氣呼呼地上了車，很用力的朝她冷哼了一句說：「滿意了。」

她轉過身，抬起一雙失神的眼睛呆滯地望著後車座的大包小包。緩緩地開口說：「你以為……我願意嗎？」

「上次買的，怎麼都沒看妳用。」

「我賣到二手精品店了。」

「妳發什麼神經啊！」他猛然地催了油門，讓沒繫安全帶的雨舲，意外地向前栽了下去，撞到副駕駛座前方的抽屜。

「放我下去。」她痛到哀嚎著。

「我……我……不是故意的。」他趕緊將車子駛到河堤邊，減速停了下來。

她直接開門下車，沿著堤防邊的人行道，用力抬腿、拉開雙手的擺動，使命地快步向前衝刺著，企圖狠狠地將涂見飛拋諸腦後。

幾分鐘後，他也不甘示弱地立馬直追，展開了和她之間的相互較勁。

她驚覺到他的咄咄逼近，便卯足全力、加大了步伐，漸漸地拉開了和他的距離。汗水早浸濕了她渾身的衣裝，慌亂地節奏伴隨著短而急促的呼吸聲已讓她快要立刻休克。「噗通！」突然被自己錯亂的腳步絆倒了，撲倒在地上，她終於失控地大哭，並咒罵著：「早知道不管你了，我們分一分算了。」

他連忙加快了腳步跟了上來，心揪得彎下腰趕緊將她環抱了起來，走到了旁邊的草皮上，才慢慢地將她放了下來，同時俯身而下，開始溫柔地親吻著她滿臉的淚水、她顫抖的雙唇、她冰冷的白頸。過了許久，才在她耳邊停了下來，哽著喉流露出沙亞地聲音說：「對不起，但別逼我，好嗎？」

雨舲的心猛烈的抽痛了一下，她仍忍著而沒有捂住胸口，因為她明白自己為何心臟跳得如此激烈，痛得她神色發白。今天的情景已不是第一次發生，是自己一直沒有勇氣去結束這樣的輪迴……。

面對眼前的涂見飛，她打從心底認為他的外表並不討喜，一六四公分加上七十二公斤的矮胖身型，糊在一起的五官黏在那全臉的痘疤上，再搭個明顯的棱角臉型，構成了相當不協調地比例。撇開先天條件不論，還有嚴重內向地的表達障礙、甚至粗心大意地不解風情。以上這一連串的組合，他確實不可能是她會一見鍾情的對象。

但這歸根究柢要不是一年半前，單位的同事高杰負心欺騙，又怎麼會再度誘發自己對「白袍之戀」的寄托與幻想，又怎麼會對眼前的他滋長了這密不可分的依賴，又怎麼會造成了今日戒不了的癮！

2

記得那一年的十月底，氣候提早變冷，北風像刀子似的猛烈地狂刮，不只把人凍得鼻酸頭疼，雙手就像冰棒、兩腳就像冰塊似的，都失去了知覺。在這樣的夜晚裡，想要出門都很懶，更何況是還要扛著一堆行李走過大街小巷地搬家，這等吃力不討好的苦差事，著實讓雨舲愁著不知如何開口請同事幫忙。

此刻，一通無預警的電話，竟自告奮勇地淌了這渾水：「雨舲嗎？我是高杰，今天聽宋課長說妳這幾天要搬家，自己一個女孩子隻身在外，要幹這些粗重活，怪可憐的。我今晚沒事，過去幫妳吧！」

面對高杰的拔刀相助，讓她一顆空蕩蕩的心瞬間變得格外踏實，滿滿的暖意爬滿了心間。更不自覺地打從心底加深了她對他的好感……。

高杰不只有張光鮮亮麗的學歷，是台大建築研所畢業的高材生，並已取得了建築師執照，只是礙於家庭因素，家人想他在公家機關多歷練幾年，並多累積些人脈，等腳步踏穩後，再出去自己開業。因此，單位內的長官，都很仰賴他的能力，並期許他日後有一番大作為。這讓剛入職場不久的雨舲，一直默默地欣賞他出眾的才氣。

事實上，自上次搬家後，她和高杰的距離便急速拉近，開始常常一起吃午餐、晚餐，甚至還提議下班後，倆人一起去逛街、看電影，呈現了「友達以上，戀人未滿」地關係。

這撲朔迷離的曖昧直到了年底的聖誕夜，開始有了劇烈的改變。

「走快一點，趕快上車，我送妳回家。」高杰焦急地催促著落在後頭的白雨舲。

「你……你……今晚沒安排特別的節目嗎？」雨舲喘吁吁地跑了過來。

「我……今晚有事，不好意思，無法陪妳了。」他面有難色，吞吞吐吐地說著。「先上車。」

「可是，今天是不一樣的日子。你不覺得嗎？」她難掩心中的失落，慢慢地坐上了機車後座。

「我……不懂耶。」他故作鎮定地答著，並加快了車速。

「反正，今晚我要你陪我吃頓晚飯。」她忍不住激動地發出尖銳的聲音。

「到你住的地方了，今天先這樣吧！」他緊張地開始想掙脫她。

「如果你現在就走，我們以後永遠就是純粹的同事關係。」她跳下了車，嚷嚷著。

「對不起，下次再和妳解釋。」他無奈地嘆了口氣，向她揮了揮手，便消失在巷子口。

「你……你……王八蛋！」她使出全身的力氣，發出了乾脆的咆哮聲，響徹了整條巷子。

隔天上班，或許是自尊心作祟，白雨舲準備裝作什麼事都沒發生過。

「雨舲，妳不是和高杰拍拖嗎？我們都看好妳們，郎才女貌地天設一對耶。」宋課長驚訝地睜大眼睛，指著手上的喜帖，問著她。

這一切都來不及思索、反芻，排山倒海的關心正圍繞著她，接踵而來……。

材料處的美雲姐：「對啊，一直不好意思點破妳們。心裡本來實在佩服高杰，怎可以輕而易舉地把妳這大美女追走。」

營建處的立揚哥：「我們處內的未婚男士們，原本都忌妒死高杰了。」

資訊處的凱倫哥：「甚至，那一堆豬哥們還私下打賭，誰追到妳，就將單位內尾牙頭獎的禮金，拱手奉上。」

「妳們到底在說什麼？」雨舲的心像藏著一隻小鹿，「咚咚咚」，心蹦得很快，雙手緊張地抓住前面的裙身，眼神不安地閃爍著，身體有點瑟瑟地抖著。

「你們別再這樣瞎起鬨！嚇著她了。都散了，開工吧！」宋課長推開了他們，靠過去幫她，輕輕地拍了拍她肩膀，順手把手上的帖子遞給她，低低地說：「或許，我們大家都會錯意了。不理他們，回位子做事吧！」

雨舲拖著腳步，回到自己的位置，不料雙腿忽然乏之力，一屁股坐了下去，怔怔地看著手上的帖子：

「新郎 高杰
新娘 許育瑩」

剩下的那一堆字，逐漸越來越模糊，再也進不了她的眼裡。

雨舲勉強地打起精神苦撐下去，佯裝成泰然自若地模樣，內心卻承受巨大的煎熬，默默地倒數時間一點一滴地結束，好不容易挨到五點半，她二話不說地站了起來，躡手躡腳地溜出了辦公大樓。這時的她，活像個沒有靈魂的軀殼，開始漫無目的地在大台北市遊蕩著……。

一陣驟風襲面而來，讓她打了個冷顫，才想起落下了大衣沒拿。她只好壓低著頭、駝著背、將身體蜷曲著，同時加快些腳程，想讓自己感覺暖一點。片刻間，竟「蹦」地一聲，猛然地撞到了一位持著手機，正在說話的女人。

「對……不起……」雨舲錯愕地抬起頭來，急忙的道歉。

「妳這該死的，撞死我的小孩怎麼辦！」她摸著那微凸的小腹，狠狠地指著雨舲破口大罵。過了幾秒，才低下頭瞪著墜地的手機，說：「這 I-PHONE，妳賠得起嗎？」

「發生了什麼事？」一陣熟悉的聲音從雨舲的背後傳來。

「高杰，是你！」她本能地背對那女人，轉身過去。

「原來你們認識，這莽撞的倒楣鬼，不但想撞死我的小孩，還把你昨天送我的新手機撞壞了。」這女人開始大聲地鬼吼鬼叫。

「別這樣，她是我同事。人家不會是故意的，我們先趕緊把手機送修吧！」高杰只瞄了雨舲一眼，便神態自然地繞過她面前，接著背著她，走到那女人的身旁，似乎暗示著：「她們是同一國的。」

或許是女人的天性與直覺，逼她開始擠出刻意的笑容，挑高了眉，拉高了音，眼睛斜斜地看著白雨舲的背影說：「我是她未婚妻許育瑩，一個半月後，要記得帶男朋友或老公一起來參加我們的婚禮喔。」

她深深地吸了一口氣，回過身，看著他們，扯出了一個禮貌性的微笑，然後，便硬是從齒縫間拼出一句話：「好，恭喜啊！我會和我男朋友一起赴宴。」

白雨舲若有似無的回嗆，果真成功地奏效了，竟讓高杰的臉上，出現了不甘扭曲的表情。

「那到時候見，我們還要趕緊去修手機。」許育瑩勾起高杰的手臂，柔弱地倚在他身側，朝著對向的十字路口，一起走了過去，丟下一臉錯綜複雜的白雨舲。

不知是天冷，衣服穿的少，還是內心的悲憤感隱隱作祟，讓回了家的白雨舲，開始慢慢的細微地顫抖著，渾身火熱地發燙著，渾渾噩噩地反覆昏睡著，在這半夢半醒中，她依稀看到了那抹好久不見的深情笑容，正伸出那雙渾厚結實的雙手，想去緊緊地抱住她，但這咫尺之間的距離又霎那間消逝了，她使命地想抓住他，卻只揪到那白袍一角，什麼也沒撈到，此刻，她只感到全身軟綿綿地，喃喃自語的說著：「我窮盡一生的力氣，也要找到和你一模一樣的守候，永遠呵護我，不忍傷害我。」

隔天一早，桌上的手機響了，驚醒了睡夢中的她……

「雨舲，我是宋課長，妳沒事吧！今早怎沒看到妳。」電話的一端，傳來了著急的問候。

她猛然地往下看了手機上的時間，才發現原來已經早上九點了。她頓了一下，回了神說：「課長，不……好意思，我昨天人不舒服，持續發高燒，一直處於意識模糊不清的狀況，那麻煩您可以幫我請假一天嗎？」

「好的好的，出門在外，一個人要多小心，知道嗎？等一下自己找時間，去我們機關有長期配合的心悅聯合診所，看一下身體。那邊掛號費比外面便宜一些，並且離妳租的地方很近。」

他和藹可親的像慈父一般，悉心的叮嚀囑咐著。

「謝謝課長，我會去的。」結束了通話，雨舲的眼眶紅了，可能因為人脆弱的時候，總特別容易感動。

她坐在床上發呆，不知不覺，又坐了很久很久，身體持續發燙著，呼吸越顯急促，讓她又躺了下去，頭脹痛到快裂開，天旋地轉的感覺越來越強烈，漸漸地再度沒有了知覺……

不知又過了多久，她終於奮力地睜開眼皮，本能地伸手拿了桌上的手機，瞄了一下時間，「20:30」。搖搖晃晃地起了身，站了起來，窗外的月光，放射出柔和的光芒，一點都不刺眼，倒讓她甦醒了，心想：「趕快去看醫生吧！明天一定要安然地去上班，不然同事們不知又會胡亂揣測些什麼。」

搶在九點停掛前，白雨舲成了心悅聯合診所的最後一個病人。正因為這樣，很快地便喚到了她的名字。

「我發燒、喉嚨痛、頭痛、全身皮膚刺痛，目前沒有鼻塞、流鼻水。請給我吃了馬上可以退燒的藥，讓我明天可以精神奕奕地上班。」她搶在涂醫師問診前，已簡單明確地交代自己的症狀和對他的預期。

「妳……我要不要……幫妳檢查一下。」涂見飛被弄得有些不知所措。

「如果不影響你下診時間，當然這樣是最好的。」她不假思索地張開了嘴巴。

「嗯，不好意思，我可以先聽一聽妳的心跳嗎？」他不由自主地地慌亂了起來。

「喔，太久沒生病了，都忘了程序。」她圓滾滾的眼睛正牢牢地凝視著他，接著，挺直了背，等待他的進一步診斷。

他的手竟不聽使喚地抖動著，慢慢地才將聽筒準確放在她的胸口，瞬間都安靜了，彷彿只剩「碰！碰！」的心跳聲正此起彼落迴盪著……。

「我怎麼了嗎？」過了片刻，雨舲似乎已感到身體僵硬了，不適地急著想換個姿勢。她的話落，診療間內便啪啦響起一連串金屬墜地的聲響，讓倆人不約而同的盯著地上的聽筒。

「不……好……意思。」涂見飛臉紅氣喘地賠不是。

「喔……沒關係，您平常應該很少病人。」她忍不住摀住自己笑開的嘴。頓了一下，說：「您不要誤會，我沒別的意思，因為心悅聯合診所主要是服務我們機關單位內的同仁，患者的來源一定會被侷限住了。更何況，聽說所內的醫生，本身也已專聘於三總、榮總等公立醫院，主力並不在這兒。」

他沒有接話，只是全臉漲得發紅。

「如果我沒其它大問題，那麼我先出去等藥了。」她順勢站了起來，朝門口走了出去，想化了這份尷尬。

「等一下。」他簡短有力的呼叫，立刻讓她掉過頭。

「妳……呼吸……心跳都還正常。」

這次，她再也忍不住「噗滋」地露齒一笑。接著，她沒再多說什麼，只和他點了點頭，就走出了診間。

幾分鐘後，白雨舲拿到了自己的藥。走出診所，正打算離開時，天空卻飄起了濛濛地細雨，她本來決意冒著雨，跑回家。

「小姐，妳……妳……」背後傳來了熟悉的結結巴巴，又止住了她的念頭。

「我有東西沒拿嗎？」

「剛剛忘記幫妳噴……說錯了……是喉嚨，沒幫妳檢查到。」

「喔……沒關係啦，您太客氣了，還追出來呢。藥袋裡有止痛藥，我按時服用，就能舒緩許多。」

「可是，我……」他著急的亂抓著頭，好不容易迸出了想表達的話：「這樣……有沒有可能，明天……還是會影響妳的工作。」

「那麼別讓我淋雨衝回家，這才會影響我明天的工作。借我傘，好嗎？」她認真地看著他。

「本來……沒有問題的。可是我……只有一把傘，我的車子停得離這邊有點遠……我好像也……需要它。」停了幾秒，他又吞吞吐吐地說：「這樣說，好像很唐突，可以請妳在這邊等我，我去取車，然後繞過來再把傘給妳。可是……這樣好像也很不得體……還是我待會兒……直接載妳回家。不然妳生病了，其實，即使撐傘，但在外面吹風也都不好。」接著，他從口袋裡的皮夾子掏出了身份證、健保卡、醫師證明等等相關證件，連忙的想遞給她，試圖藉此去澄清自己的身份，說：「這樣可以證明……我……不是壞人嗎？」

「只可以證明你沒有偽造私文書罪。」她簡潔地伸手推開了那些身份證明的佐證文件，並說：「我在這兒，等你，麻煩了。」

不久後，涂見飛搖下了車窗，作了手勢，暗示著雨舲上車。

「該如何稱呼你呢？」她坐在副駕駛座上，打算準備繫上安全帶。

「涂見飛。」他繼續一本正經地直視眼前的路。

「我是白雨昤，你平常主要是在哪兒服務呢？」找不到帶子的插入口，放棄了，她開始轉頭正視著他。

「榮總。」

「我在公家機關的所屬單位擔任法務人員。」

這樣主動、被動得一問一答間，車子已駛到了巷子口。

「放我在這兒。」雨昤下了車，準備關上車門時，朝他笑了笑說：「謝謝你。」

「傘先借妳吧！住的地方離巷口還有些距離。」他先伸手拿了藏在座椅下的傘，直接從搖下的車窗口遞給了雨昤。停了幾秒後，再伸手拿出了紙和筆，飛快地寫了些字，再遞給她說：「我留一下我的連絡方式，等妳有空再還我。」

她本想推卻，但突然間滿腦子卻找不到一個適合的理由，只好接受了這份所謂的「好意」。

3

兩星期的午後，白雨昤正從公司的後門走了出去，準備尋覓著今天的午餐。突然被人從後面拍了一下肩膀，讓她驚恐地回頭一望，看見原來是他……。

「白小姐，您好，很巧遇到了妳。我今天來心悅診所支援，原來妳上次說的服務機關真是在這兒附近。」

「喔，涂先生，今天你說起話來倒很流暢啊！」她忍不住虧了他一下。

「我……我有什麼問題嗎？」他又瞬間漲得滿臉通紅。接著，摸了摸頭，緩緩地說：

「不……好意思……我的傘，妳還沒還我。我忘了留下妳的手機號碼，沒辦法連絡上你。」

「哈哈，對喔！醫學系出來的記憶力都不錯。」她不自覺嘴角揚起了微笑，暗藏著截然反差的評價，這該打從心底誇他率真還是骨子裡是鄙棄他小家子氣。想了一下，點了點頭說：「早該還你了，不好意思。可是我們中午休息時間沒有很久，我急著去解決我的午餐，或是今天下班你還在這兒嗎？如果方便，就五點半同時間同地點見。」

「好的，沒有問題，那麻煩白小姐留下你的聯絡方式，以免妳又忘了。」他一邊說著一邊從襯衫的口袋裡，掏出筆和紙，迅速地遞給他。

「我……好吧！」她翻了翻白眼，還是選擇沒有多說什麼，就飛快地留下資料拿給了他，便匆匆離開。

五點半整，涂見飛很準時地出現了，他來回踱步著並左右張望著白雨舲的出現。過了四十幾分，目光終於掃射到她的姍姍來遲。

「不好意思，讓你久等了。」她揪著眉，嘟著嘴，歉意地眨著眼睛，去掩飾自己的蓄意遲到。

「別……別這樣說。妳辛苦了，上了一整天的班了，還要……再加班。」他又漲得滿臉通紅，並伸手抓了抓頭。

眼前的反應，讓她的心中爬上了些許的罪惡感，還夾雜股莫名的暖流湧上。頓了一下，她才緩緩地將手上的傘還給他，吐著舌笑著說：「雖然你的一板一眼會讓人很倒胃，但你的赤子之心卻令人很舒服。」

他驚嚇得睜大眼睛望著她，怔怔問著：「那……妳會和我做朋友嗎？」

「喔……會啊，那一晚我們早就是朋友了，不是嗎？」她噗哧地笑出來。接著和他揮了揮手說：「下次再聊吧！我要回家了。」

「我車子停這附近……可以送妳嗎？反正離這兒很近。」

「你又來了……不論離這兒近不近，既然是朋友都應該誠意地送送我，怎會加強那一句『因為很近才送我呢』？」

「我……我……對不起」

「走吧！你帶路。」她沒有接續剛剛的話題，心裡嘀咕著：「這傢伙絕不是悶葫蘆而是標準的宅男，天啊，要教育的空間真的很大，鐵定不會成為我男朋友，不然我會活活氣死。」

「你是什麼科啊？」

「看片子打字」

「涂先生……喔……不，既然是朋友就稱呼你見飛了。見飛，你這樣解釋你的工作，未免太不專業了吧！聽起來倒像工讀打雜的。」她轉過頭，認真地揪住他說：「你開車的樣子，很吸引人。請用你現在這份專注與自信解釋你的工作好嗎？它的職稱是什麼？平常主要處理患者哪些症狀呢？在醫院扮演的角色是哪些？」

「了解。我……我是放射診斷科，目前是總醫師還沒升主治醫師。就是看X光、斷層掃瞄、核磁共振的片子，然後把片子看到的問題打出來，有些有腫瘤，看是否惡性；有些是否有骨折，然後提供給內、外科醫師。反正我們是二線性質。」他額頭開始不間斷地冒著冷汗，吞吞吐吐的聲音完成了他的工作簡介。

「主要是患者疑似有腫瘤等問題，想進一步了解病況，內科醫師會安排進行X光、斷層掃瞄、核磁共振的檢查，這時這些相關的報告就需要你們科別的醫師進行判讀，並將結果提供給內科醫師；或是像患者車禍等劇烈撞擊問題，想進一步了解病況，外科醫師也會安排上述檢查，並請你們提供報告判讀結果。簡單地說，你們是擔任二線角色，在臨床上去協助一線的內、外科醫師精確地找到病症的源頭。」她有條不紊地將上述整理歸納出重點。

他滿臉通紅地狂點著頭，好不容易又迸出了句：「是……是……是。」

「你真得很適合這科別，不用溝通。看來一個月一次的心悅聯合診所義診，要你去支援家醫科的人力不足，真難你了。」她搖了搖頭，嘆著氣說：「好了，我到了，下次再繼續幫你做語言潛能開發。」

〃〃〃〃〃〃〃〃〃〃〃〃

步出公司，才五點多，天空陰沉沉地飄起了迷濛細雨，氣溫明顯降了許多，身體不自主的抖了起來。再往前走了幾步，雨勢漸遽，轟隆的巨雷將烏雲密布地黑寂劈出了條活路，眼角一閃即逝的餘光還來不及回神，便被眼前的滂沱大雨捲起的塵土飛揚，搞得烏煙瘴氣、寸步難行，只好退回原步。

「雨舲，雨下那麼大，沒有 CALL 你男朋友來接妳嗎？」宋課長的聲音從身後傳來，讓她回過了頭去。

「男……朋友？」她的臉上不禁露出訝異的神情。

「喔……看來是高杰出賣了妳，四處散播妳的好事。」他揚高了語調，含著意猶未盡的味道。

她愣了一下，終於擠出了一絲微笑，低低地說：「我男朋友待會就來。課長，您趕快去接女兒啦，下雨天容易塞車。」

「好好好，不想讓我撞見妳們小倆口。」他笑著點點頭，便揮了揮手先離開了。

她繼續佇立在門前，像石頭人般，凝望著霹哩嘩啦地陣雨，正此起彼落地敲擊著玻璃窗，發出不規則的砰然聲響，呼應著她內心紊亂不安。過了不知多久，她慢慢地從包包裡掏出了手機，漫無目的的滑著螢幕，目光突然停滯在一封已讀不回的塵封訊息：

「白小姐您好：

請問今天下午有空嗎？可以一起去看電影嗎？

涂見飛 敬上」

看了上面的日期，已是兩週前。過了幾秒，她決定回覆他：

「見飛：

此刻突然下起了大雨，讓我想起了你的傘。

被困在汀洲大樓前的雨舲 留」

飛快地傳來了一則新的回訊：

「白小姐您好：

我現在不在汀洲院區。大約 20-25 分鐘後到，請小心！

涂見飛 敬上」

寥寥數語，但不知是天陰或心冷，雨舲的眼眶竟紅了起來。

片刻後，一張憨厚的臉，從車窗探了出來，作了一樣的手勢，要她趕快上車。

「謝謝你，還特地繞過來救我！」

「不……會，妳沒事……就好了。」

「你上次不是約我看電影，這種天氣最適合了。你是計劃看什麼呢？」

「我……我不知道。」他一手握著前方的方向盤，另一手抓了抓頭。頓了一下，說：「要不，我們現在繞過去看現場有哪些上映的電影。」

「你這樣不行拉！太沒誠意。如果現在沒有強打片子，那不就白跑一趟。」她嘟著嘴嚷嚷著，但又暗地裡想著這次始終欠他一次人情，就別難為人家了。接著說：「好吧！我們直接去汀洲路的那間影廳。」

沒多久，車子便停靠在路邊，他們一前一後地步入了電影院。她開始仰著頭瀏覽著熱映中的片名，讓眼前的字幕跑馬燈繞了三輪，忍不住搖了搖頭，嘆氣說：「沒什麼好看的，你選吧！」

「我……我……」他開始死抓著褲管，掌心冒著冷汗，抖著嗓音，指著她身後地背板說：「要不，就看那一部……。」

「好，就這樣。」雨舲沒有轉過身去看他究竟選了哪部，因為她明白今晚看什麼都一樣，所以不需要太計較。

進場時，電影已開演了，剎那間，她無法置信眼前的場景，空空蕩蕩地一個人影都沒有，原來他們包了全場。於是，她更篤定了，這樣的電影應該只有像涂見飛的人會選……如坐針氈地度過了一世紀般漫長，終於撐到了片尾曲，她腦海裡浮現的念頭就是：「我……自由了。」至於若應逼她說出片中有什麼，只能回答：「有好多隻狗瘋狂地吠叫嘶吼，然後……有許多血淋淋的畫面，最終……似乎死了不少人。天啊！聽起來像狂犬病的電影嗎？」但這都不重要了，重點是她沒欠他了，她迅速地站了起來，面無表情地說：「我們回家吧！」

出了電影院，一陣陣冷意襲來，強風迎面而上，夾雜著讓人刺骨的雨絲，正不留情面地打在臉上。他打了個冷顫，啞著嗓音說：「我……們去對面的台大校園……散散步，好嗎？」

她很想狠狠地拒絕，實在不想陪他冒著大雨受著寒風，還得佯裝成浪漫地雨中漫步。但心太軟又讓她允了他的邀約，撐著被風摧殘的歪七扭八的傘，一起蜷縮著身體，在這人煙稀少椰林大道徘徊著。可能太靜了，只聽見樹葉沙沙地作響，顯得分外冷清，她開始不耐地說：「你說一說你的家庭、朋友，好嗎？不然，是找我出來吹北風嗎？」

「我爸爸經商，但……在我高中就身亡了，家中便一落千丈。剩我媽媽一人，很辛苦地……才把我們養大，她很沒安全感，所以死命地買了她自己巨額的壽險，希望有一天……離開人世，不會像我老爸遺留一堆被朋友倒的循環負債。而我媽唯一地寄托就是信奉一貫道，所以我每個月的薪水，會全數用來繳納她的龐大保費和宗教的捐獻，這就是她常常教我的孝道，要『順』才有『福』，因此，我是一位……很孝順的好孩子，現在……日子也過得還可以。」

「天啊……什麼年代了，還有這種迂腐的觀念，竟還專制地掌控兒子的經濟大權，並且冠冕堂皇地強說是孝道。」雨舲心中暗暗地不以為然，但著實很佩服涂見飛的坦率，可以這麼短地時間內對她毫無保留地交代一切。她接著問：「那你還有其它家人嗎？」

「我弟弟和我一樣在榮總服務，他是急診科的住院醫師。另外，有一位妹妹，她之前在大醫院擔任護理師，但身體越來越不好，索性辭了工作，目前屬於不穩定狀態。」

「那你弟弟也需要和你一樣，每月薪水全數繳回，任憑你媽支配嗎？」她問出了口，馬上為自己的唐突感到有些後悔，畢竟這是人家家務事，又關自己什麼事。

但他卻立即毫無避忌地回答：「我媽和我說，我是大兒子，是兄長，而所謂長兄如父，該扛起一肩的責任，所以除非我的薪水，家裡用不夠，才會和弟弟要。」

聽完後，她心裡釀起了翻天覆地的變化，一股慷慨的正義感油然而生，不禁同情地哀嘆著：「真是一個奇怪的家庭，多麼不公平的待遇！覺得眼前的這個男人既可憐又愚孝，激起了她想要去幫他，想要去導正他，想要去灌輸他什麼才是正確的觀念。」

四周鼓蕩的風越來越強烈，狂風中所夾帶著雨水越來越冰冷，身體也漸漸僵硬了起來，雨傘決定制止在這樣詭異的天氣去漫無目地的飄遊，她開了口，而那顫抖的聲音像快報廢的鑽土機：「要不……我們就去吃晚餐，不然就送我回家了，好嗎？」

見飛又開始不安地抓了抓頭，一副快被宣布死刑似的說：「那妳還想和我吃晚餐？或是要回家？」

「我……現在只想先上車。」她竟感覺自己已顫抖到快抽筋了。接著，她轉身掉頭往台大校園門口的方向，加快了腳步走了出去。

涂見飛狂追著那把傘，用力地抓住它，一心一意地只想控制它完全籠罩在雨傘的頭頂上。但風勁卻逐漸地增強，「碰！」傘架瞬間活生生地夭折了。唯一幸運地是，他們只差幾步就進車門了。

「既然傘也壞了，那送我回家吧！」坐在副駕駛座的她，一邊和他交代著下一步的安排，一邊狼狽地擦拭著滿臉的雨珠。

「不不不……吃飯了。」他雙手緊握著方向盤冒起了青筋，剛剛進水的眼睛有點酸澀，但仍不敢眨眼睛，只死命地盯著前方的道路。

「見飛，當你是朋友，直接和你說了。首先，約人家碰面看電影，你應該先選好熱門的強檔電影；然後，看完電影，若時間稍晚，禮貌上也該邀請人家一起共享晚餐；最後，要漫遊校園，也該選個風和日麗的晴天。」她劈哩啪啦地道出了許多不滿，吞了吞口水，又說：「可以的話，請不要每次都是我是一個人發問，你回答，又不是學生參加口試。」

「我……我……我……對不起。」他憋紅了臉，憋著像喘不過氣似的。

「我到了，今天先這樣吧！」她指著前方的巷口，示意要他放她下來。

「我直接繞進去，放你在門口，我再倒車就好了，雨太大又沒了傘。」他這次沒聽從她的囑咐。繼續向巷子內駛進去，緩緩地在雨舲的租處停了下來，伸手往後座拿出了份禮袋，遞給她說：「這給妳，我今年初和我弟去日本玩，買了很多巧克力送給親友，剩了幾盒沒送出去。」

「你放輕鬆點，和我說話不用太緊張。像這樣不是就沒結巴了嗎？」她瞥了他一眼，接著說：「收到這份禮，會覺得你很有誠意。但請不要再多交代是『送親友剩下的，送不出去的，才給我』」。她說完，沒等他接話，便下了車，頭也不回地進了門，留下不知所措的涂見飛。

4

接連下了兩星期的雨，讓人都快發霉，原本以為今日天氣會好轉，但一早醒來，拉開窗簾，外面是灰濛濛一片，昏沌不明的雲層不斷翻滾著，沒有一絲陽光可以照射進來，取而代之的是稀稀疏疏地飄雨，徹底粉碎了她的想法。死瞪著桌上的那張帖子，它還是不會憑空消失，實在想找一千萬個拒絕出席的理由，但是這代表什麼？「哈哈，妳根本沒有男朋友。」、「喔，原來妳還對高杰念念不忘。」這一連串接踵而來的假設，就像是被炸彈轟炸過似的，讓她整個腦袋空白一片，但神智卻還份外地清楚。

眼看時鐘指向十二點的位置，她狠狠地下了一個決定。拿起帖子旁邊的手機，搜尋了那熟悉的名字，再度跳出了許多封已讀未回的訊息：

「白小姐您好：請問昨天有感冒嗎？　涂見飛 敬上」

「白小姐您好：請問今天上班累嗎？　涂見飛 敬上」

「白小姐您好：今天要記得多休息。　涂見飛 敬上」

「白小姐您好：今天還是下雨，記得出門帶傘。　涂見飛 敬上」

「白小姐您好：請問今天有空看電影嗎？　涂見飛 敬上」

「白小姐您好：請問今天有空吃晚餐嗎？　涂見飛 敬上」

「白小姐您好：請問今天有空散步嗎？　涂見飛 敬上」

接下去的七天裡，幾乎一模一樣的問候，會在差不多時間裡發送。

她深深吸了口氣，便開始低著頭飛快地打著字：

「見飛：你現在有空嗎？可以陪我去出席一場婚禮嗎？　急著要出門的雨舲 留」

很快地，她收到一則新的回訊：

「白小姐您好：好的，沒問題。我大約 20-25 分鐘後到，請準備！

涂見飛 敬上」

很準時地，十二點二十五分，白雨舲已坐在涂見飛的旁邊，她手心牢牢地揪握著保暖大衣，開始清楚地交代著他：「或許這樣說，有些冒昧，但是情非得已，等一下你會遇見我很多同事，看到他們，你不用緊張，只需要點頭、微笑。」猶豫了幾秒，又說：「你出席的身份就是我男朋友。」

他沒有接話，只是手握的方向盤，開始不聽使喚地恣意扭轉，車子便像蛇似的行徑，不按照牌理地往目的地前進著。

一入婚宴場地，營造著溫馨浪漫地氣氛，七彩繽紛的滿天氣球，把空間打造得五顏六色，撲鼻而來是淡雅的花香，不論是鬱金香或是滿天星，都特意將新娘的捧花搭配的淋漓盡致。新人在悠揚的小提琴的伴奏之下，執手緩緩入場……。

「本來……還以為妳不來了耶！」材料處的美雲姐一邊幫雨舲斟著果汁，一邊忍不住咬舌根。輪到了見飛的杯子，她挑著眉，嘴角勾起一抹挑逗的笑容，繼續斟著果汁，拉高音，說：「你是雨舲的男朋友嗎？什麼時候開始交往的啊？在哪兒服務呢？本來我們同事間都誤以為台上的新郎和雨舲一直火熱地拍拖著，想不到各自有歸宿。」她讓杯子在八分滿的位置停了下來，突然兩顆黑白分明的眼珠子直視著他：「高杰還是沒你好福氣，我們家雨舲超難追的，你使了哪些法子，分享一下嗎？」

「是我的真誠與努力感動了她！」停了幾秒，他突然像變了一個人似的，神態自若地說著：「我叫涂見飛，目前是在榮總服務，一直很擔心沒辦法隨時隨地陪伴在雨舲左右，會有人虎視眈眈地把她刁走了。」

這番話，引來了拍手聲、嘻鬧聲、讚嘆聲、歡呼聲，大家此起彼落地鼓噪著，讓整桌的氣氛相當熱鬧。很快地，新人也已步行到她們這桌，準備敬酒。

新娘許育瑩特地嘟嘴咬著新郎高杰的耳朵，在雨舲面前製造出甜蜜幸福的模樣。她還來不及回神，突然覺得自己正被一隻厚實的手用力地摟著她的腰，另一隻手則繞過她的腰身去牽起了她的雙手，一起扶著那八分滿的高腳杯，將它移到了兩人接近相偎的臉旁，笑著向眼前的新人敬酒。

又過了半晌，雨舲便想向同桌的同事示意有事得先走了。見飛便隨著雨舲一同起了身，微笑地向大夥兒道別，匆匆離開了會場。

「雨停了，我們一起去大湖公園走走，好嗎？」車上的涂見飛不禁開了口，打破了原有的寂靜。

「嗯！」她選擇沒有多說什麼。

「這是內湖的新地標，風景很優美、整個湖光山色、綠草如茵，讓人心曠神怡。」他慢慢地緊跟在她身後，頓了一下，接著說：「心情不好時，來這兒靜靜地走個兩圈，所有煩惱都拋諸九霄雲外。」

「你也有煩惱？」這瞬間挑起了她的疑惑。

他想了一下，才答著：「其實也不全然是我自己的煩惱，我媽一直希望我趕快升上榮總的主治醫師。可研究學術論文的確不是我的專長，現在還欠一篇 SCI 的國際著作要發表，已經努力了快一年了，被退稿的次數都快數不清了，所以目前還一直卡在總醫師的位置。」

「你又是為了你媽的寄託，那你自己本身沒有什麼抱負與理想嗎？」

「我覺得其實也不一定要待榮總，可以去中小型醫院，不用有論文升等的壓力，薪水待遇也差不多，養活三餐也沒問題，人生這樣不是就很快樂，何必眷戀那個名。」他突然伸出一雙手緊緊地從雨舲身後，環住她，定住要繼續往前走的她，並依附在她耳後吞吞吐吐地說：「現在的我……就只差一個老婆，可以當我女朋友嗎？」

她被他的突如其來，弄得有些驚慌失措，但卻沒有推開他。一座拱橋彷彿垂虹映入她的眼簾，伴隨著細柳隨風婆娑舞動著，漾起微微輕風搖晃著山嵐倒影，一切彷如畫中，此刻，那抹似曾相似的彩虹，又如煙似霧地橫臥在天際間。

靜靜地過了許久，她開了口，問：「你為什麼都不問我，高杰的事？」

他牽著她，背著夕陽餘暉，頂著彩霞滿天，不急不徐地走回車內，並從容地答著：「你如果想說自己就會說了。重點是我覺得現在很快樂，人生就這樣簡簡單單不是很好？」

「你今天怎麼表達地那麼流暢？進步很多。」坐在副駕駛座的她，側著頭，好奇地盯著他。

「我……我下了功夫。」他急忙地從後座掏出了幾本書，說：「不過，其實重點是多錄音多練習，然後放寬心，記住別緊張。」他摸了摸頭又說：「雖然我本來就不太會講話，但我平常和我家人或同事溝通，基本上也不太會有嚴重的問題。主要還是怕生或是對比較在乎的事物，才會頻頻發生……口吃」。

雨舲難以置信地翻閱著這些書本，差不多是「學習兩性相處」、「勇於表達自己」、「說話的藝術」、「請給自己多一點自信」之類的書，心裡想著：「想不到他真的是認真的。」

5

接下來的日子裡，涂見飛會安排一連串的行程，將白雨舲的生活填得沒有絲毫喘息的空間……。

平常日的晚上，他捨棄了原本北投區還存續有三年的健身會員籍，改報名了汀洲大樓附近的健身房，但這並非為了就近和她一起鍛鍊身形或訓練肌肉，而是想帶著她共同去享受館內水療SPA的設施。涂見飛一直很樂於沉浸在水溫的冷熱刺激、感受浮力的放鬆作用、甚而藉由水壓的高低沖擊、水阻的前進力及阻力、水流的自由落體等等效應，去幫助人體達到被動式運動，進而達到他舒活情緒、減低壓力、消除疲勞的功效。

雨舲曾對他說：「你這樣好浪費，把北投區剩下的會員籍用完再說吧！」

但他總是摸摸頭，笑著說：「我不玩車、不玩3C、也沒別的投資嗜好，就剩這點娛樂，久而久之便也成了我每日的精神寄托。但認識妳之後，找妳也成了我另一個斷不了的習慣，乾脆讓你們兩個結合，我就不用左右為難了。」水療SPA便悄然地也成了他們倆人生活不可或缺的一部份。

每個星期最雀躍、最期待的就是週末的到來，白雨舲總會計畫去不一樣的地方嚐試不同的小旅行，而涂見飛永遠都是樂意地點頭奉陪到底，倆人的足跡便慢慢地遍佈了整個北台灣、甚至東台灣。

擎天崗的芒花蒼蒼……

和風徐徐，陽光溫和，遼闊的草原景觀，讓人想起了「天蒼蒼，野茫茫，風吹草低見牛羊」

《敕勒歌》。她們在攻頂擎天崗地標後，開始尖叫著，緊緊地相互擁抱著，舌根相互地交織著，早分不清是口水或汗水，只想好好地沉醉在七星山、紗帽山山層疊巒的山景，眺望一望無際的芒花和成群牛兒。

北投溫泉的悠悠我心……

北投溪沿兩岸建成，周圍鳥語花香，渾然天成。北投露天溫泉浴場更是充滿各式各樣地大小高低溫的溫泉浴池，可以讓人完全地曝曬在大自然當中，她們相互潑灑著、嘻鬧著、忘卻時光的流逝，只盡情地享受眼前的日光瀰漫、微風徐徐、蟲鳴鳥叫、徜徉在綠意盎然的生氣蓬勃中，暢快地與湯水渾為一體。

烏來瀑布的稀哩嘩啦……

烏來瀑布在日據時期，就擁有「雲來之瀧」的美名，其瀑布高達八十公尺，寬約十公尺。當雨勢巨大，瀑布的水流瞬間便一分為兩道飛泉自山谷馳洩奔下，頓時，她們眼前水花四濺，一股沁涼的感受直逼心肺，水煙與霧氣間的流動變化，時而伴隨著山嵐地飄忽迷濛，化身成天地間唯有二人地渾然忘我。

新店碧潭的湖水蕩漾……

新店溪流經此地，形成綠水悠悠，水波蕩漾的湖面，伴隨著綿延起伏的和美山景，她們便一前一後地在河濱自行車道上，追逐著彼此的蹤影。日落黃昏，攜手共度這這歷史悠久的「碧潭吊橋」，相伴俯瞰著這水天一色的河岸美景。星辰拱月、滿天繁星，倆人開始踩踏著夢幻的天鵝船戲水遊畔著這充滿浪漫異國風情的「水岸」，碧潭之夜，越夜越美麗！

林家花園的古色古香……

置身庭園閣樓彷彿飛躍時代遁入古代，瑰麗堂皇的建築工藝盡收眼底，曲折變化的亭池閣台座落其中，她們正流連徘徊於曲巷幽徑中，目睹著眼前的古木老牆，舞榭歌臺，不禁對林家的滄海桑田，感到不甚唏噓，因此，更加牢牢地握住彼此的手，想去珍惜眼前的一切。

桃園大溪的繽紛花海……

滿山遍野的廣景花田競相爭艷著，共有數不盡地花草接力綻放著，四季均維持花團錦簇的盛況，她們漫遊在每個角落都感受到瀰漫著濃濃浪漫繽紛的夢幻氣息。傍晚時分，天邊的紅霞雲彩伴身，他則選擇在站在這居高臨下的位置，一邊深深地吻著她，一邊踏著腳下的大溪風光。

基隆沿岸的海蝕奇觀……

嘆為觀止的大自然神奇力量，塑造了海岸奇特的海蝕地形景觀。岩石岬角海岸，更造就了海蝕洞、豆腐岩等等奇觀綿延羅列，她們緩緩地從忘憂谷步道盤旋而上，隨著清涼的海風迎面而來，她倚著他俯身鳥瞰著一片綺麗非凡的特殊景象。

宜蘭翠峰湖的世外桃源……

「翠峰湖」是全省最大的高山湖泊，層峰疊巒著環抱碧湖，置身於此，享有傲視群雄，誰與爭鋒的的快感，此刻，全世界彷彿悄然靜止了。湖邊景象更是變化萬千，春、夏、秋、冬四季各有截然不同的風貌，他緊擁著她竭盡所能地也無法摸清湖面的現況，因為此身早已化身在雲霧飄渺間，他只能瞧見遠端的山頭裊裊白煙，終於可以明白告訴她「翠峰湖」為何有「薄霧中的少女」的雅號了。

花東景緻的壯闊傳奇……

花蓮的每寸土地都是人間瑰寶，她們在這兒盡情地恣意揮灑著那一去不復反的青春年少，縱情於鬼斧神工的太魯閣公園中尋覓探訪，放逐於一望無際的七星潭裡踏浪戲水，馳騁於清水斷崖邊感受臨崖逼岸的驚心動魄，遊賞著寬廣遼闊的青青牧場，和成群結隊的牛群們咫尺之隔。她跑他跳、她笑他叫，活似神仙眷侶般，置身這宛若天堂的人間仙境。

踏遍了數不盡的千山萬水，烙下了說不清的回憶蹤跡，有一天，她終於開口和她媽媽說：「涂見飛已徹底地成了我的影子，深植我心，揮之不去，如影隨形。這份依賴，就好比嗎啡，成了我戒不了的癮。」

她媽媽僅憂憂地答著：「聽妳說過，他家庭有些問題。先別被這份依賴牽制了妳、蒙蔽了妳，要不最終鐵定會傷了妳。因為共組婚姻不是只有妳和他，還有很多割捨不掉的東西，妳慢慢地會懂得。」

6

白雨舲剛步出了辦公大樓，手機稍來了一通熟悉的來電顯示，她遲疑了幾秒，便一如往常徑直地走進一條狹小的靜巷中，然後趕在最後的鈴聲結束前，接起了它：「喂！涂媽媽您好！」

「雨舲，剛下班嗎？沒有打擾到妳吧！常聽見飛提起妳高度近視、眼睛不好，並衍生了偏頭痛的問題，我實在很擔心，之前叫他從家裡帶一些我請親友幫忙買的特製秘方給妳，妳這幾次服用下來，身體有改善嗎？是三個月前陳阿姨的黑色藥丸有效？或兩個月前林阿姨的紅色藥水有用？還是李伯伯的白色藥粉有幫助呢？我想做個記錄，之後可以長期請他們買。」見飛的媽媽定期性的關心又定時地出現了。

「喔……謝謝涂媽媽，我……」雨舲沉默了一下，忍不住又開口地說：「謝謝您像我媽一樣地關心我，可是……。」

「傻孩子，我早把妳當自己的媳婦一樣，還客氣什麼！那我就繼續叫李伯伯再買一個月份。對了，自從我們幾個月前搬新家後，妳就沒來過了，這月底和見飛一起回家裡坐坐，我順便再把眼睛的藥親自拿給妳。」不知是有意或無心地匆匆打斷了雨舲，因為她總習慣自顧自地劈哩啪啦交代完後，就掛了電話，而留下憋了一肚子話的雨舲。

結束了通話，白雨舲就立刻掉頭走出這讓人屏住氣息的狹道，直往健身房的方向快步走了過去。幾十分鐘後，她們恰巧在門口碰面了。她使著那雙宛如在怒視著仇人的仇恨目光瞪著涂見飛，忿忿地說：「我以為你今天不會來了，已淹死在一堆片子裡。」。

他癱坐在門口的石階上，雙手掩面低垂著頭，失聲地痛哭著說：「妳……別又這樣。」

「你已經多久沒來這兒？醫院有那麼多的X光片或CT片或MRI，可以讓你日以繼夜地打嗎？」她按捺不住壓抑好一陣子的波動情緒，開始激昂地說：「你媽媽真的越來越離譜，每個月不是頻頻地向她那些道友們買新的保單，拼命地去投資自己的巨額壽險；要不就是不分青紅皂白地像捐家當似的，把你每個月的薪水幾乎全數捐獻；甚至，連你的好妹妹，明明二個月前找到工作了，但旅遊出國、胡亂購物等等所有開銷也仍然是你這大哥一手包辦。」她往後靠了樑柱，深吸了一口氣，繼續咆哮地說：「這都算了！最近幾個月她老人家不知道又捧哪個親朋好友的場，在一個鳥不生蛋的地方，買了一個投資報酬率明顯不成比例的房子，還瘋狂地想要在頂樓蓋一個富麗堂皇的大佛堂，而這每個月房貸又得你一個人付，你弟到底是生來幹什麼的！擺明她們就只要你一個人爆肝地狂加班，才有法子賺到那些外快去貼補這些無止盡的漏洞。」

「別這樣……我媽她也很關心妳，妳之前和我一起回家，她不也大包小包裝滿吃的、用的給妳拿上來，怕妳一個人在外面……沒好好照顧自己。」他嚇出一身冷汗，吞吞吐吐的顫聲回道著。

「這是兩碼事。我沒有否認她對我的好，可是我真的無法接受她的教育模式和理財的觀念。」她上前一步，直接坐在他旁邊，並伸出了雙手緊緊地抱住了顫抖的他，低低地說：「你這樣不是孝順她，而是害了她，繼續下去，你會毀了你自己，懂嗎？」她含著深情的目光注視著他，並溫柔地挽起他的手，柔聲地說：「你口口聲聲說要和我共組一個家庭，那你就該勇敢地承擔一切，去解決和你媽的問題，終止她的予取予求，經濟沒有辦法獨立，將來又如何保護我和你的家，這樣的你又如何得到幸福？」

「只要你和我媽……都能快樂，我就幸福了。」他畏縮地偷窺了她一眼，暗暗地說著。

「你……你……你」雨舲被氣得身體狠狠抖了幾下，眼眸中儘是怒火，最後冷冷地落下：「好，你要我快樂，我這就去尋找我的快樂，看你多能滿足我。」

到了晚上九點，百貨公司內仍舊燈火通明、人潮川流不息，內部職員們繼續殷情熱絡地和來來往往的客人相互寒暄。白雨舲正環視著這些繁華貴氣的櫥窗、尋求著消散自己怒火的安慰，游移著、閃爍著、遲疑著、困惑著、眷戀著，就這樣茫然地迷失了自我，最後只見尾隨在後的涂見飛不停地刷著卡，陸續去結清了所有的款項，才提著大包小包的禮袋，和她一前一後地上了車，接著便不發一語地將她和那堆所謂的「滿足」一起載回了她的租處。

一樣的戲碼，不停地重複上演著，白雨舲漸漸地分不清那些所謂的「滿足」是她所追求的「幸福」嗎？只知道心裡的那份絕望感和無力感會三不五時地讓淺意識的貪婪泛濫地擺佈著，開始拼命地想製造機會讓對方購物、刷卡，頓時，自己便會得到一陣難以言喻的快感。特別是期待著，等事過幾日，再將那些新品廉價地轉售到二手精品店，便可以徹底地得到自我安慰的救贖、解脫。

家裡與日俱增的入不敷出和日積月累創下的循環卡債慢慢地讓涂見飛喘不過氣，幾乎所有的時間都在和醫院的X光片或CT片或MRI搏鬥著。

逐漸地，他和她的碰面只容得下高樓林立、五光十色的信義計劃區了……。

7

「見飛，你要多加把勁啊！我們一級教學中心需要門診、教學、研究、論文四者都不可偏廢，你近期所出的診斷報告書，其數量和速度都沒有問題，但不要一直貪圖這種短期的蠅頭小利，多放點心思讓你的SCI PASS，不然怎麼捧你升主治醫師。」放射診斷部的余主任又抽出一根煙點上，繼續吞雲吐霧著，待消磨些時間後，接著說：「目前科內你的總醫師年資算最久，遲遲地升不上去，只好先安排你下鄉高雄一年，才有法子讓你後面的學弟升上來你這個位置。」他滅了菸頭，吸了口氣，便把一份文書遞給涂見飛說：「這派令一個月後生效，希望在一年內可以得到你SCI PASS的喜訊，不然到時候沒辦法保你回來了，懂嗎？」

他拖著沉重的步伐，走出了濃煙瀰漫的辦公室，還來不及回到報告間，立刻被一通電話攔住，看到了白雨舲的來電顯示，心裡大概猜到了七八分，低低地說：「妳現在在哪棟百貨公司，我去找妳吧！」

「最高的那棟 101 大樓，快點。」她懶得多說什麼，便匆匆地結束了通話。

很快地她們碰了面，她完全沒有理會到他的眉頭深鎖、滿臉愁容，她仍一如往常自顧自地走進了 GUCCI 專賣店，隨意地和櫃姐交談了幾句，便決定買下架上的三款限量當季新品包。但這晚，當涂見飛去刷卡、結單後，卻不再選擇沉默不語，他開始對她發洩著壓抑許久的壓力、宣洩著掩飾好久的委屈，這便瞬間挑起了她不甘示弱地反嗆，她們從車上爭執到車下，從柏油路追逐到草叢間……她終於倒下了，他蹲下身子吻著那些傷口，慢慢地「抱起了她，吻著她」……他真的好想去表達他萬般的無奈與歉意，但卻不知從何著手。

過去的一幕幕場景正不停地白雨翰的腦海中重播著，她不禁想著：「如果所有的故事可以停留在一開始，那該有多美好！沒有衍生這些現實的問題，只有我和你。」此刻，倆人便靜靜地躺在草皮上，盯著高懸天空的明月，各自不知在想什麼，讓時間一點一滴地過了很久……。

「這週末……和我一起回雲林，好嗎？」他臉頓時刷白，猛然地打破了這份寂靜，抖著嗓音說：「因為最後一篇 SCI 的文章，一直卡住……讓我升不了主治，下個月就得下放去高雄的小醫院一年，我怕我可能無法這樣隨時可以立刻出現在妳面前……，這事兒發生得很突然，最近又很多事壓在一起，所以今晚……原諒我。」接著，他鼻子一酸，眼淚差點落下，哽著嗓音說：「而我媽……一直希望這週末在新家頂樓成立的大佛堂，舉行的開幕儀式。妳可以和我一起出席。」

她愣了一愣，才緩緩地點了點頭。他尖叫地迅速跳了起來，順手便將她高舉起來，一直轉著圈讓她的身體跟著晃動，惹得她不自覺發出咯咯地笑聲，心裡閃過一絲的念頭：「是的，這就是簡單樸實的涂見飛。」

8

這天，艷陽高照，男女老少熙熙攘攘地先後在涂見飛的新家進進出出，有人捧著一束鮮花、有人端著一盤水果、有人拎著一袋金紙、也有人備著一些素的牲禮，不約而同地在差不多的時間，聚合在頂樓，呈現一番熱鬧的新氣象。

「雨舲妳來了喔！」一位個子不高、皮膚黝黑、略顯福態的中年女子熱絡地跑了過來，拉起她的雙手說：「妳怎麼還是那麼清瘦，見飛真失敗，都沒能好好地照料妳，我看了好心疼。」

「涂媽媽，恭喜您，完成一樁心願。」雨舲從包包裡面拿出了早已準備好的禮金袋，塞到了她的手中。其實雨舲打從心裡何嘗不是經常矛盾著、掙扎著，見飛的媽媽素來待自己不薄，除了平常的噓寒問暖，三不五時地要見飛從家裡帶吃的用的給她，總怕她一個女孩家出門在外刻薄了自己，可是只要每每想到她亂無章法的理財之道和沉迷於宗教的狂熱，轉嫁到對見飛的獨裁控制，自己就很不能諒解。

容不下白雨舲有太多的想法，許多道親道友們便向前團團地圍住了她，開始三姑六婆地咬舌根：「何時才能喝到妳和見飛的喜酒呢？」、「長那麼漂亮，見飛真好福氣，追到了妳！」、「所以妳現在在哪兒服務呢？」等等問題排山倒海地蜂擁而來，這不禁開始讓她感到窮於應付，而在這慌亂之餘，眼角的餘光卻掃到已被擠到廳堂一角的涂媽媽，正拿著一堆文件，催促著身旁的涂見飛，好像要他趕緊在上面簽署些東西，但讓她更不解的是，涂見飛為何會微微顫抖著身體、揪著眉心、緊咬著雙唇，一副百般不情願似的。

這份好奇心鼓催著她快速地敷衍了那些阿姨叔伯們，讓自己可以盡快移動自己的腳步，而默默地靠近了她們，一眼便看著涂見飛手上的文件，顯眼的標題印著：「信用貸款」，她開始控制不了自己的情緒，提高了音調說：「涂媽媽，我們去見飛的房間聊一下，好嗎？」

隨即她們三人先後進入了涂見飛的房間，雨舲確定關上了房門，才開始激動地說：「其實，有好幾次您打電話給我，我都很想和您討論見飛的事。您知道嗎？您每個月贊助朋友的保單、隨興宗教的捐獻，這些零零總總加起來要幾十萬的開銷，您兒子為了盡到您所謂的「孝道」，幾乎把每個月的薪水都匯回家裡給您任意運用。但幾個月前，又多了這新房子的房貸壓力，他幾乎日以繼夜的加班，整個人淹沒在診斷報告的世界中。前幾日，科內的部主任也暗示如果他再不放心思在升等論文，那下個月開始就永遠放逐在高雄的小醫院，您還指望他能在榮總當上名醫嗎？」

「雨舲，我所作的安排都是為了幫您們積福報，宗教的前世今生因果輪迴是一門很大的學問，前幾次妳來，礙於時間的壓力，我無法好好幫妳上課，以後有機會，妳可以排假和我一同去印度靈修，到時後，妳一定會認同我的做法。見飛還無法升上主治醫師，是因為他緣份未到，這歸根究柢就是他對宗教的虔誠不夠，要再修練。」她不緩不急地設法想要搏得雨舲的支持。

「算了……先不提那些，那為什麼還要見飛去信貸借款，還高達 200 萬金額。」雨舲指著見飛手中的那份文件，搖著頭說：「妳這樣會逼死他的。他這樣以後有什麼能力可以維持屬於自己的一個家庭。」

「雨舲，妳說這話，我真的很不高興。他是我兒子，我怎麼會害他。佛堂新建，至少也得有模有樣，這也是為了妳們將來的家庭積福報，以後我還準備把這個堂主之位，傳給見飛，讓他可以繼續發揚光大，庇蔭妳們後代子孫。」她的語氣也開始變得尖銳。

「我覺得人要量力而為，不要去執意追求超過能力範圍的事情。而且，我無法苟同您的教育觀念，為什麼家中所有開銷都是見飛一個人獨自承擔，就只因為他是大兒子嗎？那他的弟弟就不用盡到為人子嗣的本分嗎？」雨舲也不惶多讓地頂了回去。

「妳是在胡說什麼，憑什麼說我都沒和二兒子拿家用。自從他們的老爸死了，丟了龐大的債務，靠我一個女人，做的死去活來才把他們養大，並且給了他們現在的成就，這冥冥之中要不是有神佛庇佑，能撐到現在嗎？」她哽咽地說著。

「那您也不該全數幾乎都扛在見飛身上，拿不夠了才轉向他弟弟，既然兄弟就是要公平。」雨舲卻仍絲毫不減剛剛的銳氣。

「孩子是我生的、我養的，我有權力教他們吧！」她逐漸加大了些音量。

涂見飛整個人蜷縮在房間內側衣櫥邊的地板上，像殼蛹般緊緊地抱住自己的身體，並將臉埋入雙膝的縫隙中，渾身抖動著，不發任何一語。

「叩叩！」門片上的敲擊聲，愕然地終止了她們的爭吵。

涂媽媽趕緊轉換自己的心情，並瞬間也調整了臉部表情，清了清喉嚨，才打開了房門，準備出去主持今天的點燈儀式。

房間只剩下怒火未消的白雨舲和害怕哆嗦的涂見飛，她靠近了他，並肩坐了下來，暗暗地說：「剛剛為何不據理力爭，每次遇到事情，你永遠只是懦弱地躲起來，這樣如何保護我！」她深吸了口氣，闔上雙眼，接著說：「等點燈儀式結束後，就送我去搭車，我想自己一個人提早回台北，靜一下。」

涂見飛沒有多說什麼，只能由著她假藉身體不適的理由，讓她匆匆地告別了會場的所有人，包含心知肚明的涂媽媽。

9

接下來的日子，儘管白雨舲的手機總不停地塞滿了訊息、或毫不間斷地出現未接來電，她依然強迫自己偽裝成視若無睹，甚至，特意常常保持關機的狀態，想徹底地和涂見飛劃清界線，決心結束這永無止盡的輪迴……

這週日的午後，氣溫異常的驟降，天空出現了層層烏雲，正波濤洶湧地翻滾著，片霎間，急遽地雷聲隆隆閃閃地，沒多久便一陣陣傾盆大雨從天而洩，路上只剩掐指可數的行人正零零散散地逃竄著。恰巧驚醒了還在睡夢中的白雨舲，她懶懶地從被窩裡探出了頭，慢慢地拿起桌上的手機，打開了它，想確認一下今天的氣象報告，看看到底發生了什麼事。突然間，一通來自家裡的來電硬是插了進來……。

「妳現在人到底在哪裡？」雨舲的媽媽焦急地逼問著。

「現在這種鬼天氣，當然在我租的地方啊！怎麼了啦？」她被弄得有些莫名其妙。

「妳和涂見飛到底怎麼了？那孩子剛打電話給我，說什麼……他從上星期已經下鄉到高雄服務，然後，妳都不理他，他一直很著急。今早心情還是很不好，就索性買了高鐵票北上找妳，從九點一直流浪在台北街頭，到現在下午三點了，妳還是一直關機，都連絡不上妳，他只好打給我。」

「我不想再一直欺騙自己，我根本無法接受他媽媽的主導模式，加上，他這懦弱沒擔當的個性，簡直是隻烏龜，完全無法據理力爭。」

「前幾次他開車載妳回家，和他見過幾次面，發現這孩子本性很善良，但缺點就是怕事、沒有處理事情的能力，我和妳爸爸也挺擔心他之後沒法子保護妳。」她嘆了口氣說：「可妳要和人家分開，總也要說的清清楚楚，不是突然人間蒸發，這種逃避的態度和他有什麼分別。現在台北天冷又下雨，妳趕緊下去見見他，和他說清楚妳的想法，相信他會尊重妳的選擇。」

掛了電話，她怔怔地望著窗外，雨越下越大，彷彿強力的水柱正不規則地打擊在玻璃上，形成了幾道小瀑布，飛快地洩了下來……靜靜地過了許久，她決定走了下去，拉開了門，竟發現一個蜷縮著身體正使命地拉著被風吹的歪七扭八的傘，渾身不停地顫抖著。

她連忙地撐了一支強韌骨架，傘布雙層的全自動大傘，跑了過去，說：「這種天氣，怎麼會跑來這兒？」

「不要……突然地消失……好嗎？」他抖著泛白的唇瓣，立即丟下手邊那把斷了好幾折的傘，頂著已濕了大半的身體去緊緊地抱住她。

她呆呆地立在原地，停下了全部的動作，看著他蒼白的倦容，浸濕的頭髮，不禁無語凝咽，僅能任憑冰冷的淚水自紅了的眼眶裡洩了出來。她早已數不清究竟這是第幾次為了他流了這麼多的淚水，而始終道不盡滿腹說不出的無奈……。

他偕著她，撐著傘，穿梭在台北的大街小巷，像無頭蒼蠅沒有盡頭似地一直游移著，突然間，他們一起來到了「信義房屋」的門口，雨稍放慢了腳步、停了下來，她閃著那雙黑白分明的大眼睛認真地看著他，瞳孔裡閃燦著希望的光芒，堅定地說：「我想買棟屬於我們的房子，我再也不想要那些不著邊際的名牌精品。我想在台北市中心打造一個我們的家，每個月的房貸可以當成你固定的儲蓄，而且在這黃金地段，房價只會升值不可能貶值，還是另類穩定的投資，這樣你就可以名正言順地和你媽媽要求你某部分的財務要自己管理，因為你即將創造一個屬於自己的家庭。」

涂見飛還搞不清狀況，便滿頭霧水地被她給拖了進去。業務專員許仲介立刻滿臉笑意地前來迎接，迅速簡單地詢問了白雨紟的需求，便經驗老道地列印了標的物，然後單刀直入地說：「那麼就選擇這棟欣欣台大的九樓十一戶，靠窗可眺望台大的椰林大道，內有挑高四米二，含公設約二十坪，屋況新，只需簡易裝潢。它開價合理，總價才 1280 萬，有機會 1170 萬成交。如果雙方收入穩定，可幫您們貸款到七成，所以只需準備三成的頭期款，約 351 萬，這樣有問題嗎？如果沒有問題，麻煩先幫我們簽署這份斡旋單，以便可以盡快連絡屋主議價。」

「沒有問題！」白雨紟毫不猶豫地便拿起筆，示意涂見飛趕快簽名。

整個人還在狀況外的他，還來不及思索，便依著她的意思照辦了。走出了店門口，他微微一震，似乎想起了什麼，盯著白雨紟看了半天，驚愕地叫著說：「我們怎麼會有頭期款？」

「你別擔心，我準備先斬後奏，才能逼我爸爸付這款項。可這房子你也得共同承擔，除了當我的貸款保證人，每個月的還款你要負責，不然你若全全置身事外，那買這房子就這樣一點意義都沒有了。」她握住了他冷冰冰的手，鎮靜地說著。

「可是我……我還沒有和我媽媽說這事兒，她打從心底認定我將來會回雲林接她堂主的位置，她絕對會反對，我在異地落地生根。如果沒讓她打消傳位這念頭，加上又沒取得她的同意，就每個月花這預算……，不行啦！我看……我真的不能暗地和妳做這檔事，鐵定會完了……。」他開始漸漸地進入了狀況，腦海裡不停地閃爍著她媽媽惡言斥責的樣子，雙腿不禁開始發軟，整個人又顫抖了起來。

「那算了，你回高雄吧！一點誠意和擔當都沒有。」她氣呼呼地咆哮著，便伸手用力地搶走他手中的大傘，然後轉身快步地將他拋諸腦後。

他連忙地追了過來，從身後牢牢地摟住她，不經意地卻讓那把傘隨風墜地，傾洩而下的雨水將兩人淋得全身都濕透了，他喘吁吁地貼在她耳後斷斷續續地說：「不要離開我。就全照妳說的辦吧！」

10

「妳……妳……妳……在幹什麼傻事！」雨舲的爸爸當場指著雨舲的鼻子大發雷霆地叫罵著，喘了口氣，又說：「自從接到妳的電話，我和妳媽，就徹夜未眠，趕上最早的高鐵班次，妳做事非得搞得全家雞犬不寧嗎！」

「我想要有一個答案，如果這檔事，最後涂見飛仍沒法子擔起來，那我就和他徹底玩完了。」她睜大了雙眼，完全不退縮地直視著怒火衝天的爸爸。

「我是叫妳和他交代清楚雙方的癥結點，明確地向他表明他這樣的個性，導致妳無法和他繼續走下去。不是叫妳去……唉，算了，涂見飛人在哪兒，我們想見見他。」雨舲的媽媽邊嘆氣邊搖頭。

「我現在打給他，他在這兒附近，待會兒，我們一起去旁邊的港式茶樓喝個早茶吧！」她將桌上的手機拿了起來，飛快地撥了電話號碼，俐落地交代完事情，便直接掛了電話。

沒多久，他們便在茶餐廳裡碰了面。整場飯局，涂見飛異常地安靜，甚至，不發一語，食慾也一改往常，幾乎沒什麼動到碗筷，只瞧見他頭壓得低低的，面色發白，三不五時地頻頻顫抖著。

「見飛，我想知道你的想法，買房子這等事，你是心甘情願地，或是雨舲逼迫你的？」雨舲的爸爸忍不住發了聲。

「我……我也不是不想買，我怕……怕我媽會激烈反對……。」他突然慌亂了起來，一股沒腦地撞翻了自己前面的杯子，將裡面的茶水灑得滿身都是了。

「別急！別急！大家只是純粹聊聊天，沒什麼大不了的。」雨舲的媽媽急忙地用紙巾擦拭他淋濕的衣服，無意間，竟發現他早嚇出一身的冷汗。

匆匆地結束了飯局，雨舲的爸爸先藉故在門口送走了涂見飛，才轉身對自己的女兒說：「瞧……他這模樣，怎可能有能力去說服他媽媽，妳做事實在太衝動了！」

她硬咽地泣訴著：「你不要潑我冷水，既然決心睹這一把，就該相信他。」

「不要再哭了，妳為了他流了多少眼淚，再這樣早晚會哭瞎的！」雨舲的媽媽輕輕地把她擁入了懷裡，緊緊地抱著，在她耳邊小聲地說：「但不管怎樣，對他要做最壞的打算，如果真的不行，在房子沒有虧損的狀況下，把它賣了。放心吧！爸爸週一會把頭期款的款項轉給妳。」

11

進入這十二坪大的套房，流線造型天花板與精緻水晶燈打造出客廳的低調奢華，室內皆採平鋪的木質地板打造溫潤的觸感，粉色壁紙與豔紅色的沙發，活潑繽紛的色調配置，將她浪漫的性格展漏無遺。

獨留挑高的空間給主臥房，內設有白色的浪漫蕾絲雙人床、並加入人體工學的概念規劃，特將化妝台隱藏入櫃中，形成櫃中櫃的隱藏設計。透過白雨舲的細膩規劃後，無論是色彩的選配或畸零空間的利用，甚至是精美傢俱的選配，讓上層的臥式空間完全不會有壓迫感，而還能擁有寬闊的景觀角度。

此外，在客廳的旁邊還特地架高了地板，藉著若隱若現的珠簾，區隔出書房空間，而在書桌側面還以 KITTY 造型作變化，打造了獨一無二伸縮長度的書桌，讓它充滿了溫馨活潑的氣氛。接續，進入衛浴的門面，是一造隱形門，一入內便是一聲聲的讚嘆，立即窺見了一面彩雕明鏡，閃爍在紫羅蘭色的壁磚中。

屋內的每個角落，處處充滿著白雨舲對家的用心與嚮往，全心全意地打造了一間屬於她和涂見飛的夢幻精品屋。但這一切卻未必可以得到對方的認同……。

「叮咚！」她開了門，看見剛下高鐵的涂見飛，揚起嘴角微笑地說：「趕緊進屋去瞧瞧我的佈置，喜歡嗎？」

他直接大步地走向客廳，將背包卸下來放在地上，便重心不穩地往沙發中間的位置，跌坐了下去，面色凝重地說：「我還是好怕……我媽會知道，她上次和我說怎麼最近幾個月都少匯了六七萬回家。我真的……無法和她開口說買房子的事，我只有試探性問她說，如果之後在台北買房。她馬上打斷我，立刻抓狂地把我罵到豬狗不如，說我不知好歹，準備拋棄她，放棄堂主的念頭。完全沒再讓我說話的餘地，之後就掛了我電話。」

「所以你現在就要放棄了，那我做了那麼多，又算什麼？」她使盡全身的力氣吶喊式的嘶吼著，眼前一陣迷濛，鼻子一酸，淚水立即又奪眶而出。

他又開始伸出雙手抱著頭，劇烈地顫抖著，不再多說任何一句話。

過了很久，她打破了一片寂靜，緩緩地開了口，說：「算了，能瞞多久是多久吧！」此刻，她心裡終於知道要涂見飛出面說服她媽媽，是一件遙不可及的事情。

漸漸地，她變得不喜歡他出現在這個屋子裡，因為他們似乎受到了詛咒般，只要在這屋內，他媽媽的影子便會變本加厲地如影隨形，開始驅使著他「縮著腦袋、渾身顫抖、嘴唇發青、雙目赤紅，卻一個字都蹦不所以然」。而這畫面就讓自己忍不住去歇斯底里地又哭又叫又鬧又吵，卻仍得不到一個渴望的慰藉。

於是，往後的每個週末，他們之間的相處模式慢慢地演變成他週五會事先訂好南下的高鐵票，週六一早雨舲便會去車站附近的超商店取票，然後搭車南下台南，他再從高雄開車去車站接她，就此展開了接近一年的南部生活……

這一週在南灣乘風破浪、掌舵揚帆；在恆春東門外，驚賞著地下天然氣冒出的出火景觀；在墾丁海域中搭乘海底玻璃船，觀看裡綺麗的海底生態。

下一週在澄清湖尋訪曲橋、湖泊、亭樓，置身一片蔥籠綠意中，享受著涼風習習，欣賞著碧水綠波、湖畔煙嵐。

下下一週在日月潭，水天一色、碧海藍天，遊覽高空纜車，更將綠蔭湖光盡收眼底。穿梭在群山環抱、薄霧瀰漫的九族文化村，欣賞著各部落的載歌載舞、熱鬧非凡。

他們的足跡開始遍及了南台灣，甚至拓及了中台灣，白雨舲曾和媽媽感嘆地說：「我想，這一生中，只有涂見飛這個男人能和我一步一腳印地踏遍全台灣的每個角落。」她媽媽愣了一下，摸了摸她的頭說：「這並不重要，能給妳幸福才是重點。」

這天，在俯瞰大高雄美景的附合式景觀餐廳五十廣場茹絲葵景觀餐廳，她終於驚奇地詢問著他：「為什麼來到了高雄，你又可以恢復昔日地帶我去遊山玩水，甚至，還常常帶我去這些高檔料理店，然後每個月的房貸也如期支付了。你媽媽那邊不需要應付了嗎？」

「我……我現在來這小醫院，工作內容很單純，也沒其它行政雜物，週一至週五空了許多時間，包含了漫長的晚上，我……便索性也兼了其它醫院片子，加上接受去支援落後地區的醫療門診，這些額外的酬勞雜七雜八地也不少。其實……我挺愛這種鄉下地方，勤打片子就有賺不完的錢。」他揉了揉佈滿血絲的眼睛。

「你這樣下去，再過幾個月，怎麼可能 SCI 升等論文會 PASS？」她蹙緊了眉，眼神中有著一抹輕描淡寫的煩惱，心裡終於明白為何老看到他總是眼睛紅通通的。

「我……一定會努力讓它 PASS，不然怎麼回台北找妳。」他抓了抓頭，開始啜著杯裡的飲料，沒打算多解釋什麼。

頓時，白雨舲也識趣地閉了嘴，但她骨子裡卻非常清楚，涂見飛可以平靜地繼續每個月繳付她六七萬，那是他一直逼迫地去欺騙自己，那筆錢還是像之前一樣給了她拿去買精品，並非付房貸。

12

日子刷刷地一眨眼又是一年過了，涂見飛終於通過了升等評鑑，回到了台北。但這並沒有帶給白雨舲絲毫地喜悅，取而代之卻是一連串的爭吵不休……。

因為他們恢復了經常性的每天碰面，而地點無法避免地就是那「欣欣台大」，他就又會開始克制不住的莫名恐懼、無法呼吸、全身冒汗顫抖，然後，緊閉著雙眼，泛著青灰色的面容，紫白的嘴唇哆嗦著：「我媽……我媽開始察覺我收入變少，我……我自從回了三總，升了主治沒辦法一直打片子，我要會診、研究教學論文……，怎麼辦？」

她看在眼裡，痛在心裡，話在沉默裡，但淹到喉嚨憋不住時，就會坐在地板上，揉著眼睛，嚎啕大哭地大叫著：「這你該和你媽徹底談判，表明你堅絕地立場，你都成年了，她該尊重你的想法。」

直到她揉酸了，哭累了，睡著了，他便悄然地離開了。而這發作的頻率高達一星期四、五次，這漸漸地讓她的眼睛常併發了紅腫、乾燥、感染，甚至，衍生了劇烈偏頭痛的症狀，幾乎無法再天天神采奕奕地戴上隱形眼鏡，出現在他面前。

這天傍晚時分，涂見飛直接在她的辦公大樓外候著，一看到她走出來，便迎面而上，拉起她的手，主動地開口說：「我們去看眼睛，好嗎？」

「什麼？我……不懂。」雨舲甩開他的手，繼續往「欣欣台大」的方向走了回去。

「妳再這樣早晚會出事……妳自己看看，妳的眼睛一天下來到底有多少的分泌物，還不停地繼續揉著它，甚至，還不時地嚷嚷著自己的頭痛到快裂開。」他一改昔日的作風，竟強行用手臂拖住她的腰身，把她活生生地硬拉進去臨停路邊的車子裡。

「你到底要幹什麼？」坐在副駕駛座的她，驚聲地尖叫著。

「我上網找了一間中西醫針灸合併的專治眼睛疑難雜症，我想帶妳去那醫治。」他沒有理會她，直視著前方的道路，往目的地駛去。

一走進診所，便發現川流不息地人潮，雨舲深深地被嚇到，不禁喃喃地說：「生意怎麼好成這樣！真的那麼有效果嗎？」

完成了掛號的動作，等了將近兩個多小時，才輪到她們。王院長先進行了例行性的問診後，便說：「白小姐，請問您目前度數多少呢？」

「近視 1500、1600，閃光 300、400」

「妳屬於高度近視地危險族群，不宜再長期大量使用 3C 產品，多休息。然後，眼睛乾澀、敏感，切勿再搓揉眼睛，若經常性感染，會傷害角膜，嚴重地影響視力，請小心注意。」

接下來，王院長便以熟練地手法，右手持毫針輕輕地刺入眼部周圍幾個重要的穴位如：陽白、魚腰、四白、睛明、球後、太陽、風池等。遠端穴位：合谷、養老、光明、太衝、行間、內關、崑崙、足三里……等，去幫忙改善眼底組織循環，幫助視神經修復。後續，便剩下留針的時間約停留十五分鐘後，才慢慢地拔針，完成了一個醫治的過程。最後，就是櫃檯領取三天份的代煎水藥，共計一千二佰元。

這看似迅速，但卻因為絡繹不絕的患者，前前後後等待到領藥結束的過程，加總起來卻花了將近三個小時。但涂見飛不僅絲毫不覺得藥錢長期下來也是額外的負擔外，還始終耐著性子伴著她，儘管後診的過程中難掩他一天的疲憊，時常不經意地打著盹，甚至，待會兒回去還得為了今天的提早離開，落下許多沒處理完的片子善後。

但反諷的是，這幾個月治療的過程，對白雨舲的眼睛卻起不了太大的作用。因為她們的模式竟演變成在連續兩天的日子裡，會無法避免地在「欣欣台大」裡為了相同的事，爭吵到不可開交、兩敗俱傷，到了第三天他又帶著她去診所問診、針灸、領藥。相同地情節一直不停地反覆地重演著……。

她曾不解的是為什麼他這般重視自己的身體，但卻始終無法為了她去據理力爭、勇於承擔，非得讓他們彼此陷在一個無解的輪迴。她越來越感到無力感，甚至，逼得她好想放棄……。

13

這天，單位內的同事很有默契地準時地結束了手邊的工作，正準備下班，宋課長突然開了口和她說：「雨舲，待會兒有事嗎？和我們全家一起吃個飯。」她一想到今晚又輪到在「欣欣台大」上演相同地戲碼，便沒有多加考慮地點了頭。

很快地，她們一起相聚在辦公大樓旁邊小巷子間的時尚咖啡廳。它外牆是選用黑白相間的磁磚，去突顯鮮明的視覺反差感。一入室內便看見一整排透明的試管裝飾，研究室的精神隨處可見。讓人驚奇地是牆面上也掛滿了動物標本，相框裡有昆蟲解體標本，桌面上還陳列著老舊打字機和陶瓷杯器，甚至，桌邊的櫥窗中還擺放著有年代已久的風扇和望遠鏡，這每個角落都放了各種充滿實驗性的代表，

雨舲不由自主地笑著說：「課長，你真的很重視妹妹，連吃飯的地方，都免不了要找這些

稀奇古怪地東西去現場實務教學，看來這頓飯局她是不會無聊的。」

宋太太摸了摸妹妹的頭，笑著接著說：「才小一就這麼寵她了，無形中成了她的壓力。」

宋課長說：「誰叫有人只願意生一個，這擺明只能專寵啊！」

她們你一言我一語地，四人便在一片和樂融融地氣氛中步入尾聲。其實，對白雨舲而言，打從心裡的敬佩宋課長，明明是清大理工研所的高材生，年紀輕輕地當上了課長，竟還有雄心抱負地去攻讀一個風馬牛不相及的台大法律夜間部，並且在家庭兼顧下也順利地取得了學位。

此刻，樂情的宋太太打斷了沉思中的她，問道：「雨舲，如果不趕時間，我們一起去台大校園散散步再回家吧！」她沒有多說什麼，看著純真無邪地妹妹，便笑了笑點了點頭。

今晚的椰林大道，晚風襲來，微微清涼迎面拂過，她們沐浴在皎潔的月光下，一前一後地走著。突然間，宋課長刻意地放慢腳步，和雨舲並肩地走在最後面，他緩緩地說：「認識妳滿三年了，對我而言，妳一直是很純的女孩，或許這和妳的成長背景有關。但近兩年，妳變了很多，不再那麼愛笑，甚至，常常會暗自地流眼淚。最近，讓我覺得更奇怪的是，愛漂亮的妳怎麼開始接受戴起眼鏡了？」

「我……很想和他分手，但卻始終分不開，不知道怎麼辦，我很痛苦。甚至，我逼迫他買了棟房子，想藉此和他媽媽宣告他財務想要獨立自理，要有自己的人生……。」她一邊抽抽噎噎地哭著，一邊娓娓地將近期的無奈和遭遇傾訴而出。

「人其實明明都知道結果會是什麼，但總是因為不甘心而蒙蔽了自己的雙眼，最後受傷的卻是自己。其實放手，得到的未必會比失去的少！」他迷迷濛濛地看著前方，嘆了口氣說：「大約十年前，我曾交往了一個九年的女朋友，當時，我們已經同居在一起，一直覺得自己會和她白頭到老。結果，我因公被外派到澳洲三個月，她卻和別人劈腿了，事後，還被我多次親眼目睹，但我還是選擇欺騙自己她會回頭，所以選擇一再地縱容她，最終，她還是跑了，我難以置信地崩潰，花了一個月，才把她所有的東西打包地丟出去，消沉了整整快一年。但，妳瞧，我還是得到了出現在妳眼前的幸福，不是嗎？」

「所以我現在應該怎麼做？」她無神的眼睛佈滿了淚水，激動地顫聲問著。

「雨舲，妳很聰明，早知道了，就看妳願不願意走出去。」

她沒有再接話，怔怔地佇在暈黃的路燈下，一動也不動。

過了一會兒，滿頭大汗、活蹦亂跳地小妹妹，興高采烈地跑了過來，仰頭和她說：「阿姨蹲下來。」小女孩飛快地親了她的臉頰，在她耳後說：「漂亮的阿姨，愛妳啾啾，晚安，我要回家了。」

暮色漸垂，寒風微起，周圍的人越來越少，白雨舲目送著宋課長雙肩背著那小女孩，右手挽著宋太太，漸行漸遠地背影。

14

看了一下銀行的吊鐘，大約上午十點左右，白雨舲拿出了包包裡的手機，撥出一通電話，簡單地和涂見飛交代著：「我今天匯了兩百萬到你的帳戶，你查收一下。」

「妳……妳……現在人在哪裡？怎麼會有這麼多現金。」電話的那端傳來了又驚又怕的聲音。

「房子我賣掉了，今天結清了所有款項，扣除了銀行的貸款和還我爸爸的頭期款、裝潢費，剩下的淨利總共是 200 萬。剛好足夠你拿去還你媽媽之前新建佛堂所借的那筆信貸。」她頓了一下說：「我請了一天假，找了搬家公司，等一下會去淨空所有的東西。」

「妳……要做什麼？妳要搬去哪兒？」

「見飛，我真的好累，甚至，再繼續下去，我怕我真的會瞎掉，算了，我不想再欠任何人東西。這次，你讓我徹底地認輸了，實在無力扭轉你媽媽對你的控制力和影響力，所以我決定放手，我們祝福彼此吧！」

「可是我……」他話說到一半，便被旁邊的醫護人員打斷：「涂醫師，請問那 CT 切出來，結果是需要……。」

「你先忙吧！不要再找我了。」她狠狠地掛了電話，任由淚珠不聽使喚地流了下來。

到了傍晚，她已陸續地將傢俱、衣物等一一就定位，塞不下、用不著的，便全都打包寄回了台南。此刻，躺在床上、睜著眼睛環顧著四周，心裡想著：「雖然眼前的地方沒有先前的寬敞、舒適，但內心卻得到前所未有的寬坦、自由。」

突然桌上的手機「噹！噹！」地作響，攪亂了她的寧靜，看了一眼，發現是不認識的電話號碼，便順勢地接了起來，說：「喂……？」

「白小姐，您好，我是大光眼科診所，涂先生有幫您預約今晚七點整，將進行水晶體置換術的評估諮詢。」電話的那端傳來了一陣陌生的關心。

她愣了一下，開始想起這段日子，除了例行性的中醫針灸外，每個週末他幾乎都帶著她四處遍訪不同的眼科權威，甚至，也安排了她進行了他院內的 MRT 試圖去判定她腦部是否有滋長不明異物，才導致劇烈地頭痛、度數異常增加，為了她的眼睛，他的確不遺餘力地去查詢所有可能找到的相關資訊，只要有一線希望，他都願意帶著她去嚐試，但始終無法解決這個問題……。

「小姐，有聽到我的聲音嗎？請問您現在要過來嗎？」這一問，迅速地將陷入過去的她拉了回來。

「我想不必了，先幫我取消吧！」不知為何，她禁不住眼眶又紅了起來。

隔天傍晚，下了班，走出了辦公大樓，便看見了一臉又急又氣的涂見飛，跑了過來，用力地抓住她的手腕，連拖帶拉地將她弄進去臨停路邊的車子裡。

「你到底在做什麼？」進入車內的白雨舲，氣呼呼地嚷嚷著。

他無視於她的存在，直接將車子開到了大光眼科診所的門口，才緩緩地停了下來，一手猛抓著頭，一手拍打著方向盤，叫囂著說：「妳知不知道，這位林醫師一星期只會來台北的這間診所駐診兩天，剩下的時間都在別的地方，好不容易找到了他，為什麼要錯失這個機會！」

她怔怔地轉頭看著他，因為從相識以來就從沒看過滿臉青筋、大吼大叫的涂見飛。

過了一會兒，焦急地他先下了車，特意地繞過去幫她開了車門，並容不下她思索的餘地，便把她給強行地拖進了診所。

片刻間，諮詢師、護理人員已迅速地安排妥當，從容不迫地替白雨舲進行了精準的眼睛檢測，將完整的數據資料提供給林醫師，進行後續地解說判斷。

林醫師詳細地開始解說著：「會建議雨舲採『Refractive Lens Exchange 置換人工水晶體視力矯正手術』事實上，在約三十年前已開始採用，這是一種摘除患者的天然水晶體，換上一個人工水晶體的視力矯正手術，這種方法跟白內障手術相似。這就是將原本眼鏡的度數置入人工水晶體中植入眼睛內的概念，達成調整近視度數的問題。」

「可是這對她有什麼幫助呢？」涂見飛緊張兮兮地追著問。

「因為白小姐有高度近視的問題，儘管現在已有超薄的鏡片，但長期配戴眼鏡，還是可能會因鏡片太厚導致不適。若顧及舒適度、美觀感，去經常性地配戴隱型眼鏡，卻又因為本身體質敏感，交叉感染細菌，會導致角膜受損，衍生乾澀、頭痛的問題接踵而來。加上，這類的族群，很有機會很年輕就得白內障，到時候依然得置換水晶體，那何不考慮現在就進行這項手術，可以一勞永逸地解決問題呢？」

「那後續有什麼風險嗎？」他還是不太放心地想弄清楚狀況。

「或許有夜間眩光的問題，但因人而異，其他幾乎沒有什麼大問題。只是白小姐目前進行的這手術，需要全額自費，沒辦法申請白內障補助，共計約二十幾萬。」

「喔……那我們了解了，再回去考慮看看。」白雨舲聽到了這個手術的金額及操作的過程，連忙地打了退堂鼓，便順勢地拉了拉涂見飛的衣服，示意他該離開了。

她們慢慢地走出了診所，往停車的方向走了過去，他突然牽起白雨舲的手，說：「我們動這手術，好嗎？」

「不需要這麼快做這個決定。」她甩開了他的手，自顧自的往前走了幾步。

「別這樣。我做了很多的努力，只希望到老了，我走了，妳依然可以看得一清二楚，自己可以獨立地照顧著自己，我就……沒什麼遺憾了。」他追了上來，從身後緊緊地摟著她，哽咽地說：「雖然……，我給不了妳最想要的東西，可是至少，我想把求婚戒上的鑽石，化成這人工水晶體，透過手術植入妳的眼睛，永遠每天看著它，戴著它……。」

她沒有多說什麼，淚水卻不斷地順著眼角洩了下來，沉默地接受了他的好意。

幾天後，他便護著她，來到大光眼科診所進行了這項手術。在術後的日子裡，白雨舲接連地請了快一個月的長假，打算靜靜地休養自己，好讓眼睛能完全地修復。而這段時間內，涂見飛特地會錯開了會診、開會、教學的時間，每天一大早七點、午後一點、下午七點都定時會從北投開車過來，出現在她的租處，備好餐點、茶水，並隨時觀測她是否有不適的狀況。有時，天色晚了，白雨舲便早早示意想要他提早離開，趕緊回醫院處理那堆積如山的報告，但他總憨憨地笑著說：「沒關係，等十點，妳入睡後，我再回去弄。」

這段日子，他的悉心照料、不眠不休，已悄然地深深撼動了她，讓她的心再度融化了，放下了原本的堅持、矛盾、掙扎……，重新地去接受他的一切。

15

午後，艷陽高照，曬得白雨舲滿臉通紅、涂見飛滿頭大汗，他們隨興地閒逛著中山北路的大間小巷，原本臨時起意決定要找間咖啡廳小憩一下，頓時恰巧經過了擁有明星名人光環的Julia Wedding News，她的眼睛忍不住地停駐在櫥窗裡的展示婚紗。轉眼間，裡面的婚紗銷售專員李小姐便走了出來，殷情熱切地招呼著她們：「外面很熱，先生、小姐先趕快進來喝杯咖啡，我們輕鬆地聊一聊，欣賞一下我們家的的作品，不是強迫您們一定要選擇我們，千萬別有壓力！」他們同時地愣了一下，過了片刻，涂見飛才開了口：「我們……還沒辦結婚登記。」

專員李小姐立刻堆滿了笑容，拉起白雨舲的手說：「這麼美的小姐，先生再不下訂，別人很容易把她拐走。」接著，牽著她，往店內走了進去，一邊說著：「現在的年輕人總習慣不愛循規蹈矩那套制式的流程，趕緊找了自己喜歡的婚紗店、攝影師、彩妝師，再挑選個好天氣，便先拍下自己一生的留念，回頭再去和爸媽敲訂結婚的良辰吉時。」

這番話瞬間打動了一直想要結婚的涂見飛，他開口接著說：「不然，我們先了解一下價錢。」

「我們的婚紗強項是性感的魚尾和 A-Line，這些婚紗本，都可以參考看看，是否有喜歡的風格。」專員李小姐在介紹她們家拍攝風格的同時，也拿出了包套方案的價目表，然後簡單地說著：「99800 元這個包套很適合您們。」他們不禁微微地一怔，終於明白為何 Julia Wedding News 可以成為台北頂級的時尚婚紗。

專員李小姐很敏銳地察覺到他們的反應，連忙地掏出桌邊的一本婚紗，一邊翻閱著它，一邊自信地介紹著：「這宮廷風格的婚紗，很適合雨舲的公主形象，我們家 SANDY 在造型打扮上非常講究，再搭配 HENRY 從場景挑選、拍攝手法、肢體引導、後製修片都很悉心嚴謹。他們都是店內的活招牌、很搶手，剛好很難得下下週日倆人都有空檔，可以趕快排給您們。」頓了一下，繼續說：「先生方便一次付清嗎？可以幫雨舲的禮服升等。」

涂見飛被這單刀直入的問話，弄得不知所措，停了一下，才說：「那……可以刷卡嗎？」這回話，讓白雨舲整個人大大的抖了一下，她貼進他的耳畔，小聲地說：「會不會太快決定了，我們……」話才說到嘴邊，他便猛然地抓緊她的手，說：「沒……關係。」

「那麼麻煩先生先和我一起進來那間貴賓室，填寫基本資料和刷卡喔！」專員李小姐笑得合不攏嘴，並快速地站了起來，將他帶到另一間獨立的包廂內，暫且將白雨舲留在了原位。

為了打發時間，她繼續翻閱著桌上的相本，卻不經意地瞥見涂見飛落下的手機，在好奇心的蠱惑下，讓她不由自主地開始滑動著他手機上的螢幕，一則來自他妹妹今天早上所發送的訊息，它正標示著已讀未回，這更激起她想一探究竟的慾望，點開了它：「哥，媽要我問你，前幾天她想要你再增借三百萬信貸，讓她可以順利籌辦組團下個月去中東國家靈修三個月費用，你可以嗎？因為你都沒再和她聯絡，她很著急，要你下週末回家，她已幫你找好銀行，需要你本人簽名，如果到時候無法借到那麼多，想要拿家裡的房子去設定二胎增借。請速回訊或回電。」

這封訊息讓她整個人一震，轟的一聲，彷彿有什麼在她腦袋瓜裡炸開，讓她一時無法思考，只能呆呆地一動也不動坐在原地。

沒多久，他們回到了原本的位置，專員李小姐將訂單收據遞給了白雨舲，笑著說：「恭喜喔，這單據再麻煩您收妥。」但卻發現她完全沒有反應，忍不住再喚了一句：「雨舲，妳怎麼了！」

這才讓她回了神，倒吸了一口涼氣故作鎮靜地接著說：「李小姐，可否麻煩幫我們喬下週日拍攝呢？」

「哈哈，雨舲一定是看了我們家 HENRY 的作品集，深深地著迷了。」她邊說邊看著電腦上記錄的的行程規劃，眼神突然一變，立即抬頭回了她：「剛好，有一組新人取消，妳們真是太幸運了，那我們下週見。」

「可是我……我……。」涂見飛想急忙著表達自己的想法，卻被白雨舲的一句：「沒事，我們下週見。」活生生地搶先打斷了。

她直接站了起來，緊緊地拉著他的衣服，可以看出她使出了全部的力氣，很積極地作勢想離開了，他便只好依著她往門口的方向走了出去。

「白雨舲！」身後傳來一陣熟悉的叫聲，立即喚住了她，並讓她回了頭。

「是妳，沈卉心！」雨舲又驚又喜地奔向前去拉住了她的手，激動地說：「妳怎麼失蹤了，都連絡不上妳。」

「自從畢業後，換了手機，不小心把資料都遺失了，超想妳的。」她抽出了一隻手摸著雨舲的臉，說：「是比之前胖了些，但還是太瘦了。」

頓時，白雨舲也開始認真地從上到下端看著沈卉心，一頭金黃色的大波浪長捲髮、戴著 CHANEL 的經典 CC LOGO 珍珠吊飾耳環、擦著 CHANELGABRIELLE 嘉柏麗香水、穿著一襲 DIOR 寶藍色紅印花低胸馬甲洋裝、搭著一雙 LV 的綢緞高跟鞋、揹著糖果粉的愛馬仕牛皮金釦柏金包，渾身的名牌裝扮，顯得既時尚又貴氣。她不禁嘆聲說：「天啊，瞧瞧妳，簡直像優雅的貴夫人，真以妳為驕傲。」

「哈哈，少三八了，這是我未婚夫，Vincent」卉心大方地介紹著身旁的男人。這便讓雨舲的眼光，直接轉移了過去，對方大約有 180 公分以上，梳著小油頭，一身黑牌 ARMANI 的西裝，手上戴著一顆 CHOPARD 蕭邦 HAPPY DIAMONDS 系列的圓形腕錶，穿著一雙 LV 蠟面鱷魚皮鞋，明顯是位公子哥。她和他簡單地笑了笑、點了點頭。

「雨舲，妳也來這挑婚紗，真有默契，它們家可是台北頂級的。當時，我還考慮了 C.H Wedding 頂級手工婚紗，不過來是敗了給了這家。」她一邊把自己的手機從包包裡掏了出來，接著說：「妳的手機號碼多少呢？我先輸入，然後回打給妳，妳也把它輸入，我們下次再好好地聊，才不會打擾妳們太久。」

留下了彼此的聯絡方式，她和涂見飛便一前一後地走出了門口。但兩人才向前走沒幾步，他立刻面色凝重地，抖著嗓音說：「下週末一定得回雲林一趟，不然……會出大事。」

「出什麼大事，才還了兩百萬，又要再借三百萬，她到底當你是什麼。」她緩了些語氣，握住他的手，說：「聽我的，週末不要回去，好嗎？你都決意和我一起拍婚紗、攜手共度人生了，為什麼不能為了我勇敢一次。」

他沒有再接話，只有緊緊地將她的手牢牢地抓著。

16

車子緩緩地在白雨舲的租處前停了下來，涂見飛口袋裡的手機頻頻震得很厲害，他的雙腿也持續抖得非常厲害，汗水早浸濕了他全身的衣衫，心中的驚嚇和緊張一直梗塞在喉嚨裡。坐在副駕駛座的白雨舲，將自己的手疊在涂見飛的手上，放低了音量，軟軟的、柔柔的，含著幾分不安地和他說：「別妥協，過了今晚，就沒事了，明天早上，準時八點半來接我過去 Julia Wedding News。」

經過了一夜的輾轉難眠，天色微明，白雨舲便起身、醒來了，她打開了手機，立即飛來了一則訊息：

「雨舲：

對不起，今天我無法兑現我的支票。我媽昨晚跑出去給車撞，瘋狂地鬧自殺，現在人在醫院，她揚言說我不孝，上天會生生世世地懲罰我、不讓我轉世投胎，所以後來我徹夜趕回家去。相信妳會對我很失望、很難過，但是相信妳很快會好起來，我返家時，會向家裡的神佛祈求讓妳堅強地度過今天，我願一輩子吃早齋還願。

無用的涂見飛 敬上」

手機已浸沒在她止不住的淚水中，眼前白茫茫地糊成了一片，咬緊了自己的唇瓣，恐慌感緊緊地包裹了她，慢慢地拖了床邊的棉被蜷縮著，被褥中的冰冷身軀不停地顫抖著，過了很久，窗外漸亮，她下意識立即打給了沈卉心，全盤托出了她和他的故事……。

「妳怎麼那麼傻，還指望白袍可以給妳幸福。我自從大學鬧了那些蠢事，就看清這輩子絕對不要和醫療體系的人沾上邊，他們根本是一堆假清高的偽君子。」她喘了口氣說：「妳瞧，那天見到的 Vincent，是立祥企業的外貿小開，不只可以給我優渥的生活條件，還能支助我的夢想，想做什麼就做什麼，像我最近準備要開一間精品服飾店。而且，人也長的體面、生性也溫柔。」頓了一下，接著說「上次他生日的 PARTY，我遇到了賀誠磁磚的小開，他要我幫他介紹女朋友，今天週日，他鐵定沒事，我約中午十二點，叫他開車去接妳。不要再理那個該死的涂仔子，妳就專心地打扮得漂漂亮亮，轉移自己的注意力，開心地準備赴約，他們家族生意可擴及到馬來西亞等等海外都有設廠，生意做很大喔！」絲毫沒停留給白雨舲思索地時間，便匆匆地掛了電話。

過了幾分鐘，傳來了一則新訊息：「他等一下確定可以過去接妳，真是緣分冥冥之中註定好了，快把妳家地址傳給我。」她遲疑了一會兒，深深地感覺胸口正隱隱地作痛著，呆呆地又過了幾分鐘，她才緩緩地回傳了地址給沈卉心。

頓時，瞬間覺得時間流動得極度緩慢。好不容易挨到正午十二點，她便準時地下了樓、走出了大門，一眼便望見了一台艷紅色、精緻車體線條的 Ferrari 法拉力跑車駛到了巷子口，她慢慢地走了過去，對方立即搖下了車窗，一個燦爛陽光的微笑向她綻開了，他爽朗地問：「是雨舲嗎？我是 David 請上車。」

瞬間洩壓閥清脆的「咻！」聲加上咆哮乖張的聲浪，Ferrari 法拉力跑車將他們飛快地帶到了信義計畫區。沒多久，他停好了車，特意地先下了車，然後再繞過去幫她打開了車門，接著放慢自己的腳步帶著她來到米其林三星主廚光環的餐廳 S.T.A.Y，映入眼簾的門面，沒有浮誇奢華的裝潢，但卻充滿著低調優雅的氛圍。

「請問是張先生嗎？您今早預訂的包廂，已幫您安排妥當，請跟我來。」服務生正不緩不急地開始進行帶位的動作，安排他們就座後，接著便說：「今天中午幫您們準備了『時光潘朵拉雙人饗宴』，請問可以開始上菜了嗎？」

整場法式料理的饗宴實在有太多讓人驚艷的地方，每道食物所品嚐的味道都超乎想像，顛覆了白雨舲可用的形容詞，她的味蕾一次次地飽受衝擊，最後，她輕嘆著：「BRAVO！」逗著 David 咯咯地笑了起來。

結帳的時候，看著刷卡單上的數字五千多元，心中不禁微微地一震，眼前的 David 既有帥氣高大的身型、又有幽默活潑地談吐，第一次出手便能闊綽大方，確實不失為容易讓人心動的男孩子，可是此刻，讓人可恨的是為什麼涂見飛的身影還是不曾休息地頻頻閃爍在自己的腦海中……。上了車，David 直接開了口：「現在才下午三點多，想載妳去桃園走走，好嗎？」她想了一下，沒有接話，只微微地點了點頭。

在高科技配備的輔助下，坐在饒富運動感的座艙配置中，享受高亢絕美的引擎聲浪，David正循序漸進地挑戰極限，沒有恐懼及心裡負擔，只有滿滿激情與駕馭樂趣，載著白雨舲奔馳在高速公路上。眨眼間的功夫，一片豪華氣派的歐式莊園便矗立在她們眼前，他開始說：「那是我家。」緊接著，甩尾轉向另一條街道，在日式禪風的透天厝停了下來，熄了引擎，準備想帶她一起進入。

才踏入玄關，清水模的壁面鋪排，呈現休閒的工業風，打破既往白雨舲對辦公室的印象，水泥磨光壁面與銀狐白大理石的櫃面，呈現現代時尚感的流露，加上一盞特色復古銅製的桌燈即成畫龍點睛的焦點。整片的玻璃磚與噴紗玻璃做空間的轉換，接待大廳則充滿家的溫馨感，穿透的玻璃取代冰冷的水泥牆面，在若隱若現的變化中善用鐵件裝設壁掛電視，沒有制式化的辦公桌椅，取而代之的是天空藍的沙發與頗富考究質感的不規則型會議桌。

緩了一下，他說：「我計劃著我的女人可以在這兒恣意揮灑她的才氣，我長期有和電視台等媒體通路接洽，準備自創一個購物平台，到時候，希望她可以接下主持、代言的工作，並負責行銷和曝光。」深深地嘆了口氣，說：「一直想要在家族事業外，能再打造屬於自己的另一個璀璨的舞台。雨舲妳願意幫我完成嗎？我說話很直接，不想浪費彼此的時間，我發現妳就是我想要娶的那型，把工作辭掉把家人接上來一起搬到這房子來住。」

「我……我……。」她滿臉通紅地不知所措。

「或許我的唐突，太冒昧，但遇到對的人，就該全力去追求、把握。妳回去好好地認真考慮一下，那麼至少現在我可以先展開為期三個月的交往，讓你進一步認識我和我的家，好嗎？

如果沒有問題，三個月一結束，我們就結婚。」

她沒辦法進一步討論這個話題，便四兩撥千金地將焦點轉移到他的工作、休閒、生活，試圖讓時間不在尷尬地狀態下悄然地流逝了……。

回到了台北租處，已是晚上十點，她坐在了床邊，拿出了已關靜音模式的手機，發現湧出了許多來自涂見飛的訊息和未接來電。她回訊了，但對象卻是David：

「David：

謝謝您給了我難得的奇遇，很精彩、心動，但是很抱歉，我心裡卻已被另外一個人佔據的滿滿地，容不下一絲的空間。相信您很快地會尋覓到另一位可以攜手共度、共創夢想的眷侶。

雨舲留」

很快地，又傳來了幾通來自David的來電和訊息，但卻都被她拒接、拒回了。

17

走出辦公大樓，夕陽斜斜的餘暉打在白雨舲臉龐上，化成了一層薄薄地金膜，讓她顯些刺眼而睜不開。片霎間，那一張熟悉的面孔，卻再度地伺機貼近了她，心中滿腔地怒氣、悲憤全湧上心頭，便下意識地重重甩了他一個巴掌，「啪」五爪印輕脆地狠狠烙在他滿嘴鬍渣、神色蒼白的臉上。

他沒有反擊，只是佈滿血絲的眼眶更紅了些，負疚的淚水終於溢了出來，哽咽地說：「和我去一個地方，好嗎？」不知道為什麼，她沒有拒絕他。

一路上他們在車內都沒有進一步交談，直接到了目的地。那一座白色風帆造型的「情人橋」，依然在燈光的照射下顯得百種風情、變化多端，而多元化的商店街與藝術大街，仍然擁有絡繹不絕的遊客穿梭著、徘徊著。她們曾幾何時不也在這一起等待著太陽緩緩落入水平面，欣賞著滿天雲彩的千變萬化，甚至，乘坐著旋轉式觀景塔「情人塔」，一起「360度欣賞漁人碼頭無敵海景」。但反觀至今，她和他之間卻早已……，只能說青山依舊在，幾度夕陽紅。

突然間，他高舉著手向岸邊停靠的船家打聲招呼，便轉身向雨舲吞吞吐吐地說：「再陪我遊一次淡水的藍色公路，好嗎？」

她登上了甲板，正想進入艙內時，卻被涂見飛從背後發聲制止了她：「今晚別進去了，就在這兒，好嗎？」

沒多久，船隻緩緩地發航了，她才驚覺到原來船上只有她和他，還來不及反應，立即被眼前乘風破浪地快感所吸引，並將整個淡水湖畔的風姿綽約一覽無遺。「咻－碰！」黑夜瞬間被燦爛的煙火點亮了，正絢麗繽紛地倒映在她的瞳孔，這讓她驚嘆著：「好美！」

他開始輕哼著蘇永康的擁抱，是的，她曾經對他提過，很希望有一天，他可以為她獻唱這一首，因為她很喜歡裡面的意境：

「我會記得你的好和你的笑

陪我渡過每一分一秒

還會記得你的擁抱

承諾的事我做得到……」

儘管練了幾百次了，他還是因為緊張而忘了部分的歌詞。他憨憨地抓了抓頭，偷偷地又把手抄紙拿出來瞄了幾眼，便繼續把歌哼完。

「我會記得你的好和你的笑

和妳說過要一起變老

永遠在我的懷抱

再苦再累都有我依靠……」

緊接著，他從口袋裡掏出了一只 Omega 的鑽錶，拉起她的手，慢慢地將錶帶繫在她纖瘦的手骨上，這舉動不禁讓她怔怔地凝視著它：「這是珍珠母背面的錶盤上鑲嵌了 12 顆鑽石時標，羅馬數字不鏽鋼錶圈，錶帶則採用 18K 玫瑰金材質打造，充滿著小女人浪漫夢幻！」

停了幾分鐘後，她幽幽地開口：「怎麼會想要包船？」

「之前最常和妳來的地方，就是……這兒。每次來，妳總說……將來求婚一定要包船、煙火。」

她嘆了口氣，靜了一下，又暗暗地問：「為何買這麼貴重的 Omega 鑽錶？」

「有一次……妳鬧彆扭，衝進 101 的 Omega 專櫃，直接和店員說，妳想要買刊版上，妮可基嫚戴的那只錶。但當時新品缺貨中……。」頓了幾秒，又說：「當時，我心裡……想逃過一劫了。不過，其實……發現妳真的很喜歡它，因為……每次逛街，看見那刊版，妳都會……忍不住停了下來，多看幾眼。我想，別人都送戒指，很沒心意，乾脆……我送錶，每天可以用著，總比鎖保險箱好。」

她遙望著遠方，似乎看不到盡頭，悶悶地問著：「你怎麼會有這筆錢？」

「分期付款。」

她沒有再發問，他也沒再接話，靜得只剩浪潮聲點綴著岸邊微亮的街燈。他猛然地伸手從背後緊緊地抱著她，她沒有推開、也沒有閃躲，只是一動也不動地佇在一樣的地方，吹著海風、看著前方霧茫茫的一片。

18

眼前的鐵道、山林花鳥與昔日採礦遺跡，處處充滿著純樸的歷史懷舊，白雨舲和單位內的同事正搭乘著轟隆轟隆的火車，開始探訪遊歷著十分、菁桐和平溪。原本這趟旅遊純粹是大家為了歡送高杰離開，即將自己在外創立建築事務所而籌辦的餞行活動，白雨舲的確不打算帶涂見飛同行，但最後敵不過同事們熱情地鼓動邀約，只好還是讓他參與了。

因為是一天的行程安排，於是他們捨棄了還要繼續向前的十分瀑布，只在旁邊的靜安吊橋稍作停留，便繞去菁桐的情人橋了。此橋曾遭遇河水劇烈沖刷，目前僅白石村側仍保留舊有橋墩，其餘橋墩及橋面則仿了原造型設置，希望維持地方共同的記憶。而橋上繫著許多愛侶的心願，不僅不會讓人眼花撩亂，反倒望過去另有一番風味特色。以前的她一定會拉著他，和大夥兒湊熱鬧地靠過去，一起繫上自己的心願，但現在的她卻沒有這樣做，只是和他靜靜地在橋的另一端，等著大家。

很快地到了晚上最期待的平溪天燈，鐵道邊有琳瑯滿目的店家在吆喝著販賣天燈，他們擁有許多不同的顏色、也蘊藏著不同的祈求項目，隨著天燈冉冉升空，似乎感覺自己的心願也能直接通達老天爺。白雨舲依然沒有加入這個活動，但涂見飛卻自顧自地開始忙碌了起來，所以他們兩人便暫時地分道揚鑣，此刻，高杰悄然地靠了過來，說：「怎麼打從情人橋到現在的天燈，都沒能拉起白大小姐的興致。」其實，自從他婚後，她便刻意地迴避，他們之間好久沒有單獨地說話。

她稍微嚇了一跳，過了幾分鐘，晃了過神，才回了話：「你太太沒一起同行？」

「沒，帶著孩子來這兒不方便。」他眼睛眨也不眨眼的揪著她，像是要看穿她的想法似的，低沉地問說：「和他在一起，妳真的快樂嗎？」

她撇頭閃避著他，看著遠方冉冉升起的天燈，說：「那你呢？」

「人生有許多的無奈，解釋的越多只會徒增不必要的誤會。」他嘆了一口氣說：「但妳不一樣，妳還年輕，可以選擇。婚姻不是兒戲，套上了就無法輕易地脫身。如果當下想不透，解決不了，那麼就先設法離開，請調回南部吧！」頓了一下，才又啞啞地說：「我……只希望妳能得到真正的幸福。」

沒多久，涂見飛氣喘吁吁地跑了過來，笑著說：「這天燈真有意思！」

「不打擾妳們了。」高杰深深地再看了她一眼，便匆匆地離開了。

「你許下了什麼願望？」她輕輕地朝著涂見飛問著。

「我……我希望……妳大阿姨身體康復。」他抓了抓頭，憨憨地笑了。

她沒有接話，只是眼眶紅了起來，心裡悠悠地想著：「是的，幾個星期前，大阿姨肺部滋生不明腫瘤，便北上前去榮總，請他進一步幫她檢查、診斷、判定。至今，他仍然一直牽掛著，希望大阿姨健康……這就是愛屋及烏的涂見飛！

「請大家集合！逼！」主辦人美惠姐大聲地吹著口哨呼叫著，開始準備帶領著大家前往餐廳享受著晚餐，並安排了卡拉 OK 的活動。漸漸地，隨著今夜已進入了尾聲，高杰突然起了身，直接將氣氛帶到最高潮，他自信堅定地走上舞台，盡情火力全開地演唱著周華健的〈讓我歡喜讓我憂〉，但卻不定時地將眼神轉移到白雨舲的身上，讓一切盡在不言中：

「多想說聲我真的愛妳　多想說聲對不起妳
妳哭著說情緣已盡　難再續　難再續
就請妳給我多一點點時間　再多一點點問候　不要一切都帶走
就請妳給我多一點點空間　再多一點點溫柔　不要讓我如此難受
妳這樣一個女人　讓我歡喜讓我憂
讓我甘心為了妳付出我所有……」

19

這幾天的夜裡，她一直反覆地輾轉難眠，今晚便乾脆索性地起了身，打開手機，開始恣意地瀏覽螢幕上的網頁，突然間，傳來了一則加入好友的邀請，仔細一看，發現原來是他，停了幾秒後，便按下「加入」。

「這些年妳過得好嗎？」他立即從線上稍來了問候。

「我……，不怎麼好。」她猶豫了一下，才姍姍地回訊。

「怎麼了？」他立即關切著。

「我很痛苦。」她想了一下，才回訊。

「妳手機依然沒變嗎？我現在打給妳。」緊接著，又傳來了他的新訊息。

「好。」她簡單地回訊。

「雨軨，到底發生了什麼事？」電話的那端，已傳來的他焦急的聲音。

「我……」她再也忍不住激動地輕輕啜泣著，緩了一下，才上氣不接下氣地把涂見飛的事告訴了他。

「我所認識的妳，家一直就是妳最好的避風港，相信妳媽媽一定有能力可以陪妳度過這一切，請調回台南吧！」他果斷地把自己認為對的答案告訴了她，停了一下，才說：「如果……如果妳需要我，隨時打給我，我們就約時間出來碰個面，反正桃園離台北很近。」

「好的，謝謝你。」結束了通話，她便不由自主地開始關注著他FB近幾年的紀錄，就只有幾年前的一張結婚照，剩下的大都是醫療訊息的分享，就沒別的了。但此刻，她也明白了，這一生都不太可能再和他單獨碰面了。

又折騰了幾個小時，白雨軨全然沒有了睡意，於是望著窗外的街景發呆，天色漸漸地亮了，她心裡開始想著：「或許，這裡真的已不屬於她。而這到底是因為高杰的離開或是簡書甫的意見，相信都不重要了，因為她已下定決心，請調台南。」

20

過了一些日子，白雨舲正式拿到了調派令，她才告訴了涂見飛自己的決定。

「之前，怎麼都沒聽妳提過，那我怎麼辦？」

「台北消費高，你不老說住不慣，現在台南剛好有一個難得的缺，所以我先調回去，你等有機會也一起調回來。反正現在交通很方便，你之前下派高雄一年，不也這麼過了。」她趕緊幫自己快速地找了個台階。

「這……這……倒也是，妳們公家機關，的確不好調。」他不疑有他的點了點頭，接著說：「那白爸爸白媽媽會親自北上來幫妳搬家，對嗎？」

「是啊，住了這些年，東西倒是不少，分不清哪些要丟了。順便也計畫和他們在大台北玩個幾天，畢竟以後他們北上的機會也不多了。」

「我……，調一下班，看能否湊到三天的連假，可以開車載他們去晃晃。」

當下，她很想找理由推了他，因為爸媽和自己實在都不想再欠他任何的人情，但卻擠不出一個恰當的理由，只好由著他。

在接續地幾天裡，涂見飛開著車，滿腔歡喜地載著他們全家遊歷著大台北的好山好水。一起在金瓜石的黃金博物園區內，一覽黃金山城的前世今生；共同在電影「悲情城市」而紅的九份山城，品嚐各式美食小吃；舉家再度衝上宜蘭太平山的翠峰湖畔，激賞著「翠湖倒影」的人間仙境……。

是的，涂見飛的不分你、我，愛屋及烏，這份赤子之心的難能可貴，又再度深深地撼動了白雨舲。但這次，她卻選擇了勇敢地走向她早已決定的下一步。

美好的假期，總是有劃下句點的一刻。而回去上班的這一天，正也是在台北辦公大樓出現的最後一天，大約傍晚時分，宋課長在辦公室的門口緩緩地將一個禮盒遞給了她，用低啞深沉地嗓音說著：「這是我的一點心意，有時間來台北玩，記得找我。」

她依依不捨地目送他的背影漸行漸遠地消失在自己的眼前，正式地話別了這四年多的情誼。回到了租處，開啟了這盒子，發現是一台平板電腦，桌面上有一個文件夾，點開了它，即刻跳躍出一張張的照片……

她剛來報到時，坐在辦公室的清純羞澀、單純簡單。

過了些年，專案報告、會議研討、同儕共伴下，逐漸累積了那份成熟歷練。

近些年，入了灰色時期，不論案件研討、活動策辦、員工旅遊，都流露了她的愁容滿面。

這些豐富的紀錄照一一刻劃了她每個時期的成長蛻變。

最後一張，是字幕的幻燈片：

「衷心地祝福妳能找到屬於自己真正的幸福喔！

宋逸文上」

她抱著它，哭了。靜靜地不知過了幾分鐘，她才緩緩地抬起頭再一次地環視著這租處的每個角落，隨後便和爸媽一起關上了門，慢慢地走下了樓，最後她再深深地回頭望了這大城市一眼，它確實承載著太多散不去的回憶，「再見了，台北！」

21

一走出辦公大樓，四面八方的烏雲彷彿早約定好了，突然共伴效應地匯聚一起，黑壓壓地像一塊帷幕佈滿了整個天空，天色一片昏黑，並不定時地響徹著猖狂怒吼的雷聲和震懾刺眼的雷光，帶給人很不安定的感覺。這時，包包裡的手機，也頻頻地發出了聲響，沒多久的時間，她便伸手接了起來……。

「這週六下午陪我去……去奇美醫院，好嗎？」傳來了顫抖的聲音。

「什麼？」她想要再進一步確認。

「我……約了奇美放射科的主任，想去去面試。」他頓了一下，又說：「因為繼續在榮總……，等機會，下調高雄，機會太渺茫了。」

「奇美是傳說中的血汗工廠，不適合你的，而且他們有開缺嗎？」

「有的，不管了，不想再一個人待台北。」她沒有再花任何的力氣去否認他，因為她知道，依涂見飛的個性是絕對無法在奇美醫院的環境下生存。

很快地到了面試的當天，奇美放射科的高主任親切地和他們進行了簡單的寒暄後，便迅速地進入了今天的主題：「涂醫師，我們目前積極地想培育 Interventional radiology 侵入性的放射診斷部份，不知您對這方面的意願與想法？」他微微地嘆了口氣說：「因為腹部影像 Abdominal Imaging、神經影像 Neuroradiology、肌肉骨骼影像 Musculoskeletal (MS) Radiology、胸腔及乳房影像 Mammography 都已後繼有人，只剩高風險的 Interventional radiology 侵入性的放射診斷這部分，至今仍招募不到有志青年，一起加入這個團隊。」

他臉色慘白，停了好一陣子，才把不停抖動的雙手放在膝蓋上，吞吞吐吐地說：「所以同時也會有血管攝影，用針穿刺動脈，然後……，將檢查用的導管，沿著動脈放到要檢查的部位，然後注射顯影劑，以X光攝影取像。」

「這只是一小部分，但主要核心還是進行侵入性的治療，就像是外科手術室一樣。這的確是極度危險的治療，只要一個沒弄好，病人馬上就會死在手術室裡。」他突然睜大了眼直視著涂見飛，緊接著卻又張嘴笑著說：「你們榮總，應該有很多經皮穿肝膽道引流術（PTCD）、經皮腎造廔術（PCN）、各種膿瘍、肺積水、腹水引流術（DRAINAGE）、超音波／腦斷層導引下粗針切片術（SONO/CT GUIDED BIOPSY）的實戰演練機會吧！」

他的整個臉憋得紅通通的，好不容易才迸出了個字：「是。」

白雨舲已察覺到整個場面的尷尬，心裡非常地明白，這些年來，涂見飛總不時低咕著：「做intervention 時，還好有幸都遇到願意相助的學長，帶著一起做，還過得去，不然，我真怕自己上台當 operator 的壓力，未來有機會最好不要再和 intervention 相關的工作，特別是急救 case，簡直活生生地變成了外科醫師，在有限資訊、時間內，要做出重要決策，又要安撫處理家屬不安的情緒反應，我實在很痛苦。」頓了幾分鐘，她連忙地化了這僵局，大方地笑著說：「謝謝主任的提攜，耽誤您很多寶貴的時間，那我們不便再繼續打擾您了，我們先回去評估討論後續相關事宜，不了解的地方，再向主任請益喔！」

「喔，好的，要您們舉家從北部往南遷移，的確還得深思熟慮。歡迎來我這兒一起奮鬥，現在放射科真的只剩 intervention 這領域不會被日新月異的電腦科技等所取代，專研這領域，待遇方面也絕不會虧待了你。」他推了推眼鏡，笑呵呵地向他們點了點頭，才慢慢地起了身送走了他們。

這趟奇美之行，便無疾而終地落幕了。這一切果然不出白雨舲的所料……。

接下來的日子裡，她常藉故剛剛調職南部，遭遇很多適應期的問題，所以她需要更多的休息。於是，和涂見飛的通話、見面的次數也越來越少，希望能藉此自然地去疏離彼此的關係，將雙方的傷害降至最少。

一個月後的週六午後，太陽毒辣辣地燒烤著大地，整個大白天裡都沒有一絲的風，家裡也空無一人，白雨舲便懶散地整個人賴在家裡的客廳沙發上，突然間，竟捎來了一通涂見飛興致衝衝的電話：「我和妳說……，等一下陪我去高雄……，找房子，好嗎？」

「什麼？」她無法置信地驚呼著。

「我……，我終於拿到派令了，主任答應……，放行。」他尖叫地吶喊著：「等一下，約下午六點，我先開車到台南找妳會和，我們再一起出發去高雄。」

「我……我……」她開始慌亂緊張地不知如何應付，只好硬著頭皮小聲地說著：「恭喜你！」結束了通話，她怔怔地望著手機，神情恍惚地喃喃自語著：「天啊，這是孽緣嗎？」

隨著時鐘一點一滴地逼近，白雨舲的心臟強烈地跳動著，恐慌充溢她的內心，簡直像一隻驚慌失措的兔子。準時六點，桌上的手機再度響起，彷彿宣判著她無法逃避的命運……。

接著，過了好一陣子，她都一語不發地坐在車內副駕駛座的位置，他終於忍不住地先開了口：「怎麼了，南部的業務量……也這麼多嗎？」

「其實你來接我，對我一點意義都沒有，因為你是調高雄又不是台南，我們還不是無法天天見面。這和之前一起在台北生活的感覺差很多，你懂嗎？我們不可能再回到過去了。」她不知道自己為什麼非得要一股勁地劈哩啪啦地訓了他一頓，或許，希望他能知難而退吧！

「可是……台北高雄兩地相隔的一年，不也這樣過了。」

「當時是知道那僅是暫時地別離，但這次不一樣了，因為我這輩子都不可能離開台南了，而你呢？奇美醫院根本容不下你，加上你的個性使然，我想，你這輩子只能在高雄的公醫院了。」她絲毫沒有收斂起剛剛的火候，反倒變本加厲地火力全開。

「我……知道怎麼做了。」他突然在前方的交流道口，猛然地變換車道靠右行駛，很快地便下了高速公路，接著車子一轉，掉頭往回台南方向的縱貫公路駛了去。

「你這是在幹嘛？」

「我決定把房子租在台南。然後每天早起，從台南開車去高雄上班，下了班……再開車回來找妳。」他繼續踩著油門，催速地奔馳著，彷彿宣洩著自己的孤注一擲。

「這又何必呢？」她搖了搖頭，本打算出聲制止他，但想著這樣的距離，他早晚會自動放棄的。最後只問了句：「妳媽媽怎麼可以接受他兒子不繼續留榮總當位名醫呢？」

「我和她說……高雄賺得比榮總多……很……多。」他開始不自覺地冒著冷汗，拚命地思考該如何回答，最後，僅僅地抖著深沉的嗓音說：「一樣屆齡會有退休俸。」

22

一走進這房間，十二坪大，格局算方正，通風採光也還不錯，並有獨立陽台，設有6.5公斤的獨立洗衣機。室內全採木質地板與淺色牆面作搭配，經典的北歐風所打造出來簡簡單單地裝潢，並附上寬 100 公分高 236 公分的衣櫥、70 公升小冰箱、32 吋的電視、標準雙人床架、一張黑色沙發等等基本配備，這的確是很適合涂見飛簡單滿足的個性。

正當白雨舲還繼續環顧著四周時，坐在床上的他突然伸手一拉，讓她整個重心不穩，跌在他身上，他不僅抱著她，甚至連腿也跨到了她的身上，她整個纖瘦的個子便被他手腳親密地交纏著，他的熱氣瞬間傳到了她身上，並將他的唇貼著她的唇，纏綿地親吻著。

過了好一會兒，貼在她耳後的他才緩緩地說：「時間過得很快，這樣也過了兩、三個月，我發覺自己已完全地適應了台南、高雄往返的車程。而租這落腳的地方，約十五分鐘的腳程便可以走到妳家，但今天卻才是妳第一次來我這兒。」頓了一下，接著說：「要不，我們結婚，好嗎？回到這兒，都空蕩蕩的。」

「我……我……」自從調回了台南，爸媽就時時耳提面命地勸著自己，永遠不可能改變他的原生家庭，趕快徹底結束和他之間的關係……還來不及回答，他身上的手機卻響了起來。

他看到了來電顯示，整個人從床上被震得彈了起來，差點將她摔落地板。接著，他緊蹙著眉心，顫抖著雙唇，微微地說：「改……了，都……改了，全……改了。」，之後便神色慌張地急著電話切掉。

「你媽打來的。她老人家又有什麼新的指示、吩咐？」她雙眼直逼著他。

「我……我……沒什麼，只是關心我的近況。」他垂著頭，低低地答著。

「你如果不說實話，我現在立刻就走。」

「我答應了她，要把每個月的薪俸……固定地集中改成轉到另一個存摺帳戶，而那帳戶的本子、印章、提款卡，我便留存在家裡，供她隨時領取。」

「那你之後每個月的房租、生活費要靠什麼？」她不敢置信地搖了搖頭。

「來高雄小醫院的好處，就是……有多的時間，可以去別的醫院賺外快、兼些片子打，那些零碎的收入就……可以匯到我另一個本子，供應我平常的必要花費。」

「那她為什麼要這樣做？」

「因為打從佛堂成立後，她覺得身為堂主，要常常辦活動，將道親道友聚集在一起，再加上要常包紅包、送禮之類，一個月的開銷……要幾十萬。」他吞了吞口水說：「最近，她也一直在找地，想直接……買地自建另一個大佛堂。她其實也沒別的意思，因為認為我平常也沒什麼花費，乾脆整個交給她支配，她在運用上會更方便。」

「所以，你都不需要存錢，也不用有週轉金。」她滿臉冷笑，語氣不自覺的變得尖銳起來，接著又說：「那你剛剛說要結婚，結婚不用花錢嗎？成立一個家庭要永遠住在這間套房嗎？我們不用有自己的家嗎？養小孩不用錢嗎？」

「我們可以先登記就好了。不然，我……可以再去借款、分期……。」他抱著頭，坐在房門前面的的板上，嘴角開始哆嗦了起來。

白雨舲直接從床上站了起來，沒有再說任何一句話，拿起掉落在地上的包包，看也不看涂見飛一眼，甩門的「碰」一聲離開了。

23

半個月後的晚上，「噹！噹！」突然傳來了一陣急促的門鈴聲，這讓雨舲的媽媽半走半跑地前去開了門，發現竟是一身狼狽的涂見飛，他不僅整個人精神萎靡、雙目無神，頭髮也淩亂不堪，甚至還蓬頭垢面地，簡直像是逃荒地難民。她微微地嚇了一跳，過了幾秒才說：「見飛你還好嗎？」

「白媽媽您好，我有……急事……找雨舲。」他面有難色地駝著背、弓著腰，戰戰兢兢地問著。

「她在，我去叫她出來，你要先進來坐坐，吃些水果嗎？」雨舲的媽媽看在眼裡，心中非常不捨。

「我……我想單獨和她談談，今晚……先不進去打擾了。」他開始顯些著急。

「好的，你等一下。」她急忙地進去喚了雨舲出來。

過了幾分鐘，白雨舲拖著沉重的步伐，慢慢走到了門口。他心中突然一陣寒顫，手臂不知不覺用力地向前緊攏住她，低沉地說：「和我走。」

「你到底又要幹什麼！我真的好累好累，算了吧！」她開始又吼又捶又打，使盡全身的力氣想掙脫他。

「我……買房子了。」他大聲嘶喊著。

「為什麼要這樣做？」她漸漸地停止了激烈的掙扎。

「我無路可走了……，我已經付出了很多很多，我一定要娶到妳，不然這些年……我什麼都沒有了，我知道妳一直想要有個家，所以……我在妳公司附近買了預售屋，它是按照工程的進度繳納。初期不需要什麼自備款，這樣目前，我才有能力負擔得起。這是房子的資料和預付的款項收據。」他將一本厚厚地文件遞給了她，然後整個人顯得歇斯底里，淚水越聚越多，浸濕了她的頭髮、浸濕了她的臉龐、浸濕了她的前胸，幾乎也完全迷濛了自己的視線，已看不清前方的路。

她完全地震懾了，渾身陡然，沒想到眼前的涂見飛竟變得如此脆弱。靜靜地過了許久，她才低聲道：「我們一起努力吧！」安慰他，或許只能維持現狀地與他相擁著，不再多說什麼。

隔天週日一早，天空湛藍，微風徐徐，這的確是個晴朗的好天氣，白雨舲滿心歡喜地偕著涂見飛一起去看這預售屋的案場。

但沒想到一來到這兒，他卻持續的肌肉緊繃、不停顫抖、來回踱步，最後竟還出現了噁心、嘔吐的症狀。眼前出現的一連串反應完全地讓她想起了昔日曾在欣欣台大發生的一幕幕場景，甚至有過之而無不及，一股抑制不住的怒氣直衝了腦門，她朝他大聲尖叫著：「你根本擺脫不了她！」

他突然仰天發出陣陣地咆哮：「對！我是廢物，錢都在她那兒！我根本……繳不出下一期的工程款。」在看到涂見飛徹底崩潰後，突然愣住了，這是她從來沒有看過的表情，她努力地接近他，想讓他安定些，但他卻像刺蝟似的，縮在地上，不停地開始呼吸急促、渾身冒著冷汗。

兩人便這樣僵持在原地，過了不知多久，她才有辦法撐著他一些重量，讓他一手可以攀在她肩上，然後他自己再專心的使力才能慢慢地往前邁出這案場。

她趕緊在附近找了間咖啡廳，讓涂見飛可以好好地在椅子上歇會兒，沒料到，才剛坐下不久，他卻直喊著肚子疼，想腹瀉，這一連串地反應，的確完全地讓白雨舲已招架不住。

無奈的是，這相同的戲碼，又開始輪迴地上演著，半個月一次，成了每週一次，最後成了兩三天就一次，並且縱然已經好一陣子沒有再去過那案場了，那症狀卻依然會頻頻地發作著……。

一個月後的晚上，在他租的房子裡，坐在沙發上的她突然開了口：「我們好久沒有出去散散心，是嗎？」坐在床上的他低著頭，並沒太大地反應。

她嘆了口氣，悠悠地說：「這台灣說大不大，說小卻也不小。我們可也花了四年多的時間，才終於快把它走了一圈，現在就只差台東了，我們把它走完，好嗎？」

他依然沒有動靜。

她繼續說：「明天週六，一起出遊吧！」

這天，和煦的陽光普照，她的目光立刻被初鹿牧場的視野遼闊，觸目可及的青青牧草所吸引，成群乳牛悠閒漫步在茵茵草原上，檸檬白的圍欄、赤紅色的房子，在藍天白雲的陪襯下，簡直是化身在愜意的歐洲莊園。本在這一望無際的大草坪上，恣意地在草地上或坐或躺，皆應享受著這生命的美好和生活的樂趣，但他和她卻各懷心思，一個是搖頭嘆息，愁眉不展，另一個是驚嚇顫抖，目光渙散，儘管爽朗地微風不時地吹拂著，卻仍吹不散她的愁、他的怕。

「我想我們是不是該好好地談一談。」她坐了起來，並準備了很久，終於開了口。

「談……什麼？」他也坐了起來，垂著頭。

還來不及說下一句話，他口袋裡的手機又響了起來，慢慢地掏了出來，看了來電顯示，手便開始不停使喚地顫抖著，猛然地就這麼硬把手機摔到了草地上，直到它最後一個響鈴結束，

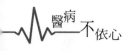

他才傾身將它撿了起來。

「回撥電話吧！說不定有要緊的事。」

「不……不用了，應該沒事。」他伸手直抓著頭，顯得很焦躁。

此刻，她竟看到他的褲子滲出了尿，她極力將體內湧出的尖叫衝動壓制下去，留下了最後的尊嚴給了他，但頓時，她全明白了。

接下來，並沒有繼續在那裡停留很久，白雨舲便藉故人不太舒服，想先回台南休息。一路上，她們沒有太多的交談，最後，快到她家，她問了一句：「多久沒睡好了，看你一路哈欠連連，睡眼惺忪。」並指著杯架上的咖啡說：「你平時不喝這個。」

他抓了抓頭，接著用力地搓揉著充滿血絲的眼睛，暗暗地回了句：「不知道。」

最後，他放她在門口，簡單地和她揮了揮手，便直接把車開走了。

隔天午後，一個閃電接著一個閃電，把灰濛濛的天空打成了灰白色，雨淅瀝瀝地下著，滿眼剪不斷的雨珠糊成了一片，這雨一時半晌是很難停歇了，白雨舲並不打消念頭，仍照著原訂的計劃，拖著一個大紙袋，撐著一把傘在約定的時間，出現在涂見飛租處轉角的超商。

他也很準時地站在超商的門口，蜷縮著身體躲在傘下，一臉蒼白驚慌地左顧右盼著，不停搜尋著她的蹤影。

他們同時看見了對方，並都撐了自己的傘，靜靜地看了彼此一段時間，她終於開了口：「見飛，謝謝你給了我人生很美好的一段回憶。但是，我們都欺騙不了自己，你無法改變你的原生家庭所給予你的枷鎖，而你長期地夾在我們中間，已讓你真的生病了，你知道嗎？最近，我的確懂了，只有沒了我，你才能徹底地面對你的病兆，認真地去治療它，這才能獲得真正地康復，活出原本憨厚耿直陽光的涂見飛。」接著，她伸手拉起了他的手，並將紙袋緩緩地交給了他，嘆了口氣說：「這裡面有那只貴重的手錶和上面的承諾，以及預售屋的合約和款項收據，這都還給你。聽我的，這錶，一定會有適合它的女主人，而房子去退訂吧！然後，搬離開這兒，甚至，這一生盡可能別來台南了。」

她沒有再等他接話，再看了他一眼，補了句：「現在的雨好大，但我們手中都有一把各自的傘了，我想，這次不會再淋濕了。」便頭也不回地轉身離開了。

快到家的門口，這陣雨竟然停了，而曲終落幕的仍是天空中一抹亮亮的彩虹，但迎接她下一站的，不僅僅是大雨過後的晴空，還有那暖暖的太陽，以及那微漾地春風。

第三章 重新一次的選擇會一樣？

經過幾個月的歷練，白雨舲已對台南的業務量完全駕輕就手，但唯一無法適應的便是離開了台北的策劃和統籌的核心主軸，以及再也很少機會能去施展自己的法學長才，平日經手的都淪為例行地、鎖碎地的工作。於是，在她心中有種難掩的失落，常常會不定時地爬滿了心頭，而為了去調適自己，她便開始寄情於下班後的社交活動，諸如：參加了救國團的課程、報名了 Jazz 現代鋼琴等等，再度把她的晚上塞得滿滿的，再也容不下她的胡思亂想……

這一天晚上，她仍一如往常地出現在救國團的教室內，報名了單堂的咖啡研習課，一走入教室內，才發現報名的人數才只有五位學生，並且彼此都很陌生。課程的前半部，老師先簡單地建立了一個初步概念，「如何品味出一品的咖啡」、「單品咖啡和義式咖啡的分別」，後半部就留給學員們兩人一組的 DIY 時間。

「妳常喝黑咖啡？」在她旁邊的石信帆開了口。

「其實和它回甘酸澀相較之下，我還是愛拿鐵多一些。」她正低著頭括磨著手邊的咖啡粉。

「但咖啡只要是對的，它苦與酸的表現就像新鮮的水果入口即化到喉嚨即轉為甘甜，而只有不對的咖啡，它苦與酸才會一直留在口腔而造成味覺的負擔難受。」他邊解釋著邊伸手準備將咖啡粉倒入桌上簡便型的家用義式機器。

「我覺得這種義式咖啡喝起來焦苦味重、濃厚，一定要加糖跟奶才可入口。」

她開始插著雙手，等待著即將萃取好的 Espresso。

「這是跟咖啡豆本身的烘焙有關，如果把義式咖啡豆烘焙的太深，咖啡本身的果膠跟果酸被嚴重破壞掉，咖啡不僅會酸澀，好的咖啡也因而被破壞，造成了不佳的雜質被釋放出來，就算加了糖跟奶喝到體內也只淪為不好的負擔。」他將一杯完成的 Espresso，先遞給了她。

她張嘴大大地吸允了一口。便立即被他發聲制止了，「品嚐時只需沾一小口，就可以讓咖啡的香氣一直停留在口中很久，歸功於它的咖啡豆，讓它即時是杯美式咖啡，但甘甜度也很高，並且口感會越來越濃，完全單品咖啡。」

接著，她再微微地啜一小口，竟發現它真的有淡淡咖啡香和甘甜度，不禁嘴角微揚地輕輕一笑。

他又伸手端起桌上早準備好的一壺鮮奶，笑著和她說：「加些吧！」

「你不是說不好？」她臉上出現一種混合著驚訝與好奇的表情。

「好的義式豆能入口後，果酸的表現也能像單品咖啡一樣細緻，所以此時再將 Espresso 做成拿鐵，就不會因為加奶，讓咖啡就失去原有的香氣及甘甜。」他慢慢地將奶倒入她的杯中。

「各位同學，我們今天的課程先暫且到一個段落。希望讓享受品味咖啡的愛好者也能輕易地掌握粹取咖啡的要領與樂趣喔。」站在講台前的老師，開始準備下課了。

「我們彼此留一下聯絡的方式，我科內的辦公室還有幾種咖啡豆，中南美洲的、印度的、非洲的……等，這些都是挺溫潤的，下次約見面，再拿給妳交流一下。」他邊問邊掏出了口袋裡的手機。

「嗯，好的，那先謝謝你喔！」雨舲沒有絲毫的猶豫，便讀出了自己的手機號碼和名子。

過了不久，她回到了家，發現自己並非心情不好，而不想和任何人說話，但這時就只想一個人靜靜地發呆。等到夜深人靜了，突然又發現自己並不是睡不著，而是刻意地不想睡。這時，彷彿又看到那似曾相似的滿腔自信和侃侃而談，只是這次卻又多了份見識不凡和紳士風度，這一切讓她開始百感交集地再次丟了自己……

突然間，桌上未關機的手機，飛來了一則簡訊：

「雨舲：

我是石信帆，請問妳明晚有空嗎？如果OK，那下班後，我直接去妳辦公大樓前接妳，然後，一起吃頓飯，再把咖啡豆拿給妳。並麻煩妳一起將辦公大樓的地址回傳給我。」

她怔怔地望著手機，頓了幾秒，便允了他。

2

大約下午五點半左右，一輛寶藍色的運動型休旅車，很準時地出現在白雨舲的辦公大樓前，並搖下了車窗，示意她趕快上車。

「你常開這麼大台的休旅車，穿梭在台南市的大街小巷嗎？」坐在副駕駛座的她先開了口。

「很少，今天是為了來接妳。要不，市區當然騎機車方便很多。」他笑了笑，接著說：「當時買這台，除了它坐起來，比一般房車較佳的舒適和空間感外，主要是看重它的四輪驅動的引擎動力，可以在不同的路面及天氣狀況下，為車輛提供更好的抓地力及可控性，因為我常常去登山。」停了幾秒，又說：「對了，妳喜歡爬山嗎？」

「挺喜歡的，最近假日也經常和爸爸去烏山頭水庫訓練體力。」她自然地回答著，並將一隻手倚在車窗邊。

「妳那不叫爬山，而是郊遊，下次有機會再讓妳見識什麼是爬山。」他又裂嘴咯咯地笑了起來。

很快地，快到了今天要用餐的地方，他先將車子直接停到了成大校園下面的地下停車場，便先行下了車，再特意地繞了過去，幫她打開了車門。這是一個小小的動作，但不知怎麼的，卻無形中讓她對他產生了加分。

餐廳外，發現橘和白相間的建築相當炫目亮眼，並栽植了許多沙漠的多肉植物，整體瀰漫著牛仔粗曠的隨興灑脫。沒停留很久，她們便一起進入了這「轉角餐廳 Corner Steak House」，店裡的裝潢是採歐式的風格，室內空間為挑高的近二樓高，視野相當寬敞，牆邊挑高的窗戶映著外面的綠意景致，正巧天色也漸漸地暗了下來，頓時，眼前的燈光點綴下額外感受到另一種的恬靜浪漫。

「請問是訂位 18:00 的石先生嗎？」服務生隨即前來帶位。

「嗯，是的。就麻煩幫我們安排你們著名的牛排和龍蝦吧！」已就座的石信帆開始囑咐著今晚的主菜。

「好的，需要幫您們開瓶紅酒嗎？或是，單點兩杯的紅酒呢？」

「妳平常有品酒的習慣嗎？」他直接揪著她問著。

她搖了搖頭。

「那麻煩單點兩杯的紅酒，產地挑波爾多的，然後，口感順口些。」他轉頭交代著服務生，又補了句：「餐前出。」

「瞧瞧，這整面的酒牆很壯觀吧！他們二樓設有私人酒窖，裡面設有17℃恆溫珍藏四百多款產自法國波爾多、勃根地與美國加州……等地的葡萄酒以及多款香檳。」他指著她座位旁的牆面，滔滔不絕地介紹著。

「你很常喝酒？」她蹙著眉，歪著頭，掘著小嘴問著。

「應該說是很常有機會。」他開懷地露齒大笑了起來，接著說：「自己也貪喝。」

「不好意思，打擾兩位了。」服務生正準備將兩杯葡萄酒擺在她們各自的桌面上。

她本能地伸手握住酒杯，想要仰首一飲而盡，卻立刻被他出聲糾正：「等一下，妳這樣魯莽會壞了它的溫度。大部分葡萄酒杯的下部會有個杯腳，就是為了讓你拿住酒杯，避免手溫碰到杯肚，而把酒捂熱了。妳要記著，葡萄酒最佳的飲用溫度要比體溫低。」

「想不到，喝酒也這麼多學問！」她開始認真地按照他的指示，按部就班地進行接續的動作。

「然後，簡單三步驟：見、聞、嘗。先觀察酒色，能大略知道這紅酒喝起來是什麼感受，若透明色澤，則喝起來清爽、偏酸；反之，若色深不見底，口感比較濃稠。」他輕輕地旋轉手邊的杯子，接著把鼻子湊近了葡萄酒杯，說：「經過橡木桶成年的酒款有煙燻味。」最後，他輕啜了一口，又說：「讓酒液停留在口中一陣子，用舌頭、兩側感受。會發現嘴巴乾乾的，這就是紅酒的精隨。」

「這和我認知中的喝酒，大相逕庭。」她正含著一小口的酒，忽然瞪大著眼睛，看著杯中的酒波蕩漾，同時也發出了驚嘆。

「不然，妳以為是酗酒逞兇嗎？」他揚起嘴角，微微地笑開了。

「所以你只喝紅酒？」她緊追著問：「因為紅酒是品味，其它酒是鬧事。」

「當然不是啊，不同的酒有它們不同作用，特別對我而言。」他擠了擠眼，似乎覺得又要笑了，便忙用手背掩住嘴。

「所以你是賣酒的。」她眨都不眨眼地直視著他，接著說：「然後，因為生意不好，所以想增加業績，兼賣咖啡、咖啡豆，因此，才報名了那課程。對吧？」

「嗯，如果我說，全錯了，妳會很失望嗎？」他打趣地盯著她。

「那你是做什麼的呢？你都知道我的底細了，我卻對你什麼都不知道，真不公平。」她嘟起了嘴嚷嚷著。

「我在……奇美醫院上班。」

這回答，讓她心頭莫名地微微一涼，一陣心驚肉跳地無法再接上任何一句話。

「可能有時候，長期待在整形外科，每每手術後，便覺得壓力大，總也喜歡喝個兩三杯，過過癮。但沒有酒伴，倒也喝不多。」他沒發覺她的異樣，繼續自顧自地說下去。

「這是今天兩位的主餐，碳烤美國 CAB 黑牛老饕牛排（8oz）和加拿大龍蝦。」不自覺地，菜色已陸續地進行到主菜。

「看到妳那肥美的龍蝦肉，讓我想起了三年前，在西雅圖吃海鮮的經驗，那嚐到嘴的龍蝦和螃蟹真的都十分鮮美，價錢也比台灣便宜很多。」他邊說邊準備把分切的牛排，遞給了她。

「喔……我不吃牛。」這舉動急忙地把她拉了回來，剛回過神，便把服務人員處理好的蝦肉分裝到小盤子，也遞給了他。順道問著：「那次是去西雅圖旅遊嗎？」

「喔，當然不是。為了學術交流，待了整整一年，那裡的冬天不像台灣，永遠不會有寒流，而且每天氣溫都很穩定。」他頓了一下，又說：「因為每天的溫度都維持 0-5 度，而且每天都下雨，最後，每天都倒數著回台的日子。」

她聽了不禁噗嗤一笑，接著又說：「看來當研究員也是要付出代價。」

倆人在這輕鬆愉快的氣氛中，慢慢地結束了今夜的晚餐。送她到了家門口，他伸手往車子的後座，拿出了一個紙袋，說著：「這裡面除了有咖啡豆，還有一個我在西雅圖排長隊買的限量版星巴克馬克杯。」接著，便下了車，繞過去幫她開了車門，看到她進了家門，才緩緩地將車開走。

這次，白雨舲實在壓抑不住心裡的興奮，一回家便拉住了她媽媽，開始分享著屬於石信帆的一切。

但雨舲的媽媽卻皺著眉，冷冷地說：「他的確是具有所謂的見識非凡、風度翩翩，和之前認識的那些男孩子，不太一樣，但那又如何？還不是歲月的累積才給了他今時今日的樣子。妳清醒些，他大了妳整整十幾歲，說得更直接些，他現在已是中年人了，妳懂嗎？」深吸了一口氣，又說：「之前都沒管著妳，讓妳一直在感情上跌跌撞撞，傷痕累累，妳不痛嗎？這次，非得要給妳個當頭棒喝！趁還沒陷下去，撤手吧！加上，妳不是說不想再認識所謂的白袍人士。」。

雨舲並不想再頂撞些什麼，因為她明白，這份前所未有的怦然心動已讓自己的心早已管不住了。

3

一映入眼簾的就是舞台上的表演，她立即被陣陣優美的歌聲所吸引，很明顯地感受到晚餐用餐時間的曲風完全以輕快、爵士、民歌為主。用餐空間共分為一樓與二樓，內部算寬敞，所以可以容納相當多的座位數，一個人或是多人狂歡喝酒都很適合，除了多人的座位外，縱然隻身一人來老拓，尚有前面的吧檯座位可供選擇，一點都不感到寂寞。

「妳之前沒來過這種地方？」坐在對面的石信帆瞇著眼，笑著說。

「我……我印象中的 PUB 似乎都很亂，會鬧事，想不到這兒竟……」她還來不及說完，便被他打斷了。

「現在的 PUB 型態很多，妳是該改一下傳統的刻板印象了。有些和這裡一樣，很像音樂餐廳，純粹提供給現代人放鬆釋壓的一個場所罷了，來這兒，能聽聽歌、吃些小菜、喝點酒，瞬間轉換一下心情。」他一邊解釋著，一邊翻開手邊的 MENU，接著說：「我們也沒吃晚餐，就多點些快炒，爆香雞軟骨、宮保雞丁、酥炸軟絲、蒜炒大蝦、清蒸鱈魚、炒豆苗。然後，飲品的部分，妳都不喝酒精類的，還是就選星空冰茶？」他頓了一下，又咯咯地笑著說：「不過實在有夠地難喝！」

「那我才不要哩！都來到這兒，我要喝和你一樣的，反正你要負責讓我安全地回到家，並且不能讓我媽發現我喝醉酒。」一股強烈的好奇心在心底油然而生，擠眉弄眼地像極了吵著要糖吃的小女孩。

他搖了搖頭，先是無聲地笑，然後就笑出聲來了，等笑夠了，他才伸手指著酒單，說：「好啦，反正喝醉了，都算我的。」，接著他轉頭向服務生交代著：「那麻煩一杯 Tequila Boon，另一杯 VODKALIME。」

沒多久，滿桌子的菜，她忍不住皺了皺眉說：「天啊，你點太多了吧！」

「都是些重口味的下酒菜，邊聽歌，邊喝酒，不自覺就沒了。」他開始伸手剝著蝦殼，挑出的蝦肉，再放進她的碗內，接著又說：「妳那麼瘦，怕什麼，多吃點，免得颱風來了，把妳吹走了。」

她一口口的沁甜微酸、熱辣脆酥，心也不自覺地暖了起來。

他將厚杯墊置於杯上壓住酒杯往桌上用力一擊使其產生大量泡泡，接著趁泡泡消失之前本準備一飲而盡，卻被她半路攔截了：「我也要！」

「好吧，嚐些就好，這後勁很強。」他連忙地想制止她，但卻只看到剩下了空蕩蕩地玻璃杯。

「好喝，看到這麼多的泡泡，很有趣，又冰冰涼涼的，口感微甜。」她摸了摸稍微發燙地臉。

「這是先將龍舌蘭酒倒入威士忌杯中，最後再倒入冰過的碳酸汽水，精隨就是要趁泡泡消失之前，解決它。但妳是新手，這種混酒，不適合妳，太冒險了。」他一說完，便正準備將她面前的 VODKALIME 挪到自己的手邊，卻又被她硬是搶了過去。

「先讓人家嚐嚐這是什麼口感嘛，我喝些就好。」她直接將掛在杯口的檸檬片丟進杯中，便仰頭大大地吸了一口，下一刻立即摀住嘴巴，作勢想嘔吐的感覺。

「妳就是這樣躁進！」那逗趣的模樣惹得他大笑了起來，並用檸檬片沾濕杯口，接著將鹽附著至杯口上，又說：「這要這樣做，才有助於減緩 VODKA 的濃厚與藥水味，並讓整杯酒很有層次感。來吧，再嚐嚐看。」

她瞪大那圓滾滾地棕眸，驚嘆地說：「好特別喔！」

此刻，舞台上正開始了薩克斯風的即興演奏，是耳熟能詳地「月亮代表我的心」現場沉溺在一片輕鬆、自然的感覺，同時地，他也隨著節拍，輕聲哼唱這曲子。

「他很有 kenny g 的 FU，吹奏方法貫用鬆弛的演奏狀態，採用氣聲吹法，這樣發出的聲音含蓄感人、略帶氣聲，給人相當自然放鬆的感覺。」

「你……很常來。」在親切動情的吹奏下，她覺得眼前的眼前黑點越來越密，視線也越來越趨近模糊。

「別這樣說，會遭人誤會，我可不是單身怪叔叔，每晚來這把妹。」他笑了笑。

這話讓她也笑了。但不自覺地頭卻越來越重，身體也越來越麻，並頻頻地打起了哈欠。最後，只記得搖頭晃腦地進了家門、迷迷糊糊地和家人打聲招呼，就攤在床上，不醒人事了。

今夜，她夢到的卻不是 kenny g 的薩克斯風，而是一把陽明山頂上的吉他，那熟悉的盪氣回腸，再度激昂了起來，彷彿正和她話別著：「這路，我就陪妳走到這兒。」

4

「妳這幾天看起來是有點不一樣喔！」趙立瑋正經過電梯前面連接二樓通道的走廊，從她的後面，猛然地拍了拍她的肩膀。

「嚇死人了！」白雨舲尖叫了一聲並整個人彈了起來。

「自從妳調來台南，還沒看過妳這樣，心情這麼好。」他繞到了她前面，面對著她，露出

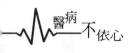

一個笑容，可這笑意卻含著諸多複雜的情緒：「難道是有豔遇？」

「在鬼扯什麼？」她沒有理他，繼續往前走了幾步，卻不自覺地停了下來，回頭和他說：「是認識了一個很特別的朋友。」

「趕快速速通報，我可是個好軍師。」他將手插在兩側的口袋裡，扯起嘴角說著。

她想了一下，自從調來台南這保守的單位，同事間的年齡層普遍偏高，長官和下屬的關係也顯得相當有距離，整體感覺和台北差很多，更別說能遇到交心的朋友。眼前的趙立瑋個性活潑外向、辦事能力頗高、並擁有理工科博士的學歷，除了在工作上常能亮眼的傑出表現外，私底下也常和各年齡層的同事打成一片，因此，對初來乍到的自己，更是一直照顧有加。

「在想什麼啊！」他開始來回踱步著，假裝內心的著急。

這舉動立即引來她的開懷大笑，並慢慢地娓娓道出了石信帆的事。

「我覺得他很有問題，年紀那麼大了，怎麼還沒結婚，妳瞧瞧，我比他小了好幾歲，都已經是兩個孩子的爸爸了。他一定就是遊戲人間、不想負責的花花公子。」頓了一下，他使著奇怪的眼神，面對她臉部的變化，又說：「這星期日是西洋情人節，如果他真的有心，六、日一定會排出萬難，陪妳度過浪漫的兩天一夜。」

「可是他昨晚有和我說，這週六要出席並發表剛升助理教授的專題研討會，並現場已排定記者媒體採訪，而週日要參賽一年一度的院方交際羽球賽，算是科內的大事。」她停了幾秒，眼中又流露出燦爛的光芒，笑著說：「但週日晚上，他有說預約了一間很有名的日本料理，要一起去嚐嚐他們鮮美的生魚片。」

「妳真的太天真了，如果是我，既然專題研討會是為我而主辦，那我一定有權利延期，至於什麼羽球賽更不用說了，科內都沒人才了嗎？就看自己有沒有很重視剛認識的這個女孩子，所有藉口都是人找的。」他嘆了一口氣，搖了搖頭，說：「最後人家挑剩的週日晚上，才淪到妳這個小可憐。」

霎那間，她沒有再接任何一句話，只是心思波動的很厲害，面部表情十分誇張甚至達到一種扭曲的境界……。

當天晚上回到了家，雨舲便幽幽地主動和媽媽說著：「媽，妳上次不是說隔壁的梅姨要幫我介紹一個男孩子，就安排這週六碰面吧！」

她本來看著失魂落魄的女兒，想要再多問什麼，但心想：「算了，說不定是自己想通了。」

5

靛色的夜幕即將垂下，日落的夕陽從窗邊的縫隙間穿透了進來，織成了輕紗般的薄霧，把眼前的他照得滿臉通亮，這讓她開始認真地上下來回地打量著他，擁有立體的五官如雕刻般分明深邃，藍銅色的眼眸多情又溫柔，高挺的鼻樑，紅潤的小口，那濃密的劍眉根根揚起，顯得份外狂野率性，蓄著一頭短髮，修長高大卻不粗獷的身材，身穿著白襯衫，更讓小麥色的皮膚突顯出他的帥氣英挺。

「您好，我叫馬英安，請問妳想要點些什麼飲料呢？」他這一問，倒讓她驚覺自己的無禮。

「嗯，一杯拿鐵。謝謝你。」她急忙低頭看著餐桌上的 MENU。

很快地，他起身點完飲料後，便又回到了她面前，開始張大著眼睛，彷彿將要好好地探究著她：「聽說妳之前是法律系畢業，這樣來了南部，會不會有業務適應不良的問題呢？」

「是啊，之前待總處，從事的大都是都市更新、跨國合作等大案子，來了南部的確無法學以致用，需要一段時間的調適。」這話題顯然地沒有引起她的興趣，匆匆地結束了。

「喔，那現在妳都從事些什麼呢？」他絲毫沒有察覺她的不耐，完全不打算轉個方向。

「例行，鎖碎的。」她皺了皺眉頭，話鋒一轉，說：「你呢？聽她們說你在中部的診所上班。」其實，遇上石信帆之前，她心底原本篤定再也不想和所謂的白袍人士扯上邊，看看是否能轉運些，但想不到……，既然躲不過，她的心便釀起了三百六十五度的變化，那就是我偏不信，白袍給不了我幸福，「今生非白袍不嫁」的念頭又如隱隨行、揮之不去。

「我……我在雲林的診所上班，之前是急診科的主治醫生，但後來實在忍受不了醫院的壓榨生態，和整個大環境對這個科別的不重視，甚至之前出現了病患暴力毆打急診醫師，最後院方為了息事寧人，也只能大事化小，小事化無。事實上，醫療就是一個團體的互助合作，如果沒有我們在一線衝鋒陷陣，緊急地承擔臨床上的病危風險，那些內、外科醫生，豈又能高枕無憂地做二線處理呢？最後，我們卻什麼都沒得到，因為病人感激涕零的永遠是他們的手術醫師，或門診醫師。」他開始洋洋灑灑地長篇大論的抒發己見。

「所以，你便選擇了診所。可是患者的症狀和以前截然不同，你適應上也會有困難嗎？」她學起了他的問話方式。

「坦白說，會的。目前服務的診所主要針對感冒患者居多，少數的慢性病，但很感謝現在的老闆給了我很多的機會，他會利用臨床的經驗，很仔細地指導我如何辨症、下藥、治療，並且因為他陸續地開了很多間診所，現在已經把其中的一間幾乎全權交給我處理。」

不難理解，馬英安的確是個實事求是、一板一眼的個性，和他陽光俊俏的外型，並不相符。他們在這一問一答的標準節奏下，結束了今天的茶敘。

他禮貌性地護送她到家門口，正當她想轉身進門時，喚住了她：「雨舲，明天我們去奮起湖走走，好嗎？」

她沒有接話，若有所思地看著他，腦海裡浮現出趙立瑋的振振有詞。

「我很喜歡拍照，那裡景色宜人，再加上妳的點綴下，一定可以完成生氣盎然的作品。」他繼續接腔地說著。

「嗯，明天早上八點見。」同時，她也被自己的回答，嚇了一跳。

當晚，她很簡短地傳了封訊息給石信帆：「明晚的餐聚，取消吧！我臨時有事。」

過了好一會兒，她才收到回訊：「不好意思，累死人的研討會剛結束，現在才發現妳的來訊。好的，那麼我先取消預訂喔，下星期幾妳有空，再麻煩告訴我，我再預訂，鮮嫩多汁、入口即化的生魚片，等著我們！」

她突然會心地一笑，並慢慢地為了自己的魯莽感到有些後悔。

6

驕陽在厚厚的雲層中若隱若現，眼前的視線煙霧迷漫、清風徐徐，她們正沉浸在一片古樸懷舊的氣氛中，除了看到依山而建的日式的建築外，並緩緩地在環繞整個奮起湖的杉林步道中流連徘徊著，欣賞著這最原始的自然風光。

「妳會累嗎？要不先在這兒坐一下。」他體貼入微地發現她的呼吸開始急促了起來，接著，加大步伐往前方林木下的木椅走了過去，伸手從口袋裡掏出一包衛生紙，開始擦拭著上面的灰塵，說：「慢慢地過來吧！這邊乾淨了。」。

「謝謝。」她可能真的累了，直接踉踉蹌蹌地往下面的緩坡衝了下去，一屁股跌坐了下去。

他看著她，憨憨地笑了笑，又從背包裡面拿出了一瓶冷泡茶，說：「喝些，解解渴。昨天聽妳說，愛這味。」停了一下，又說：「可以先定格一下妳撥頭髮到耳後的姿勢嗎？我想捕捉這一瞬間，很美。」

緊接著，他立刻執起揹在身上的三角架，和單眼相機，小心翼翼地或蹲或趴，嚐試著各個姿勢，去拍攝他想要的角度，最後檢視相機的畫面，頭也不抬，繼續一張張地看下去，輕嘆著：「這宛如綠野仙蹤的小仙女，好美。」

「哪有這麼離譜，你誇得我都臉紅了。」她急忙著想把話題岔開，減少自己的尷尬。

「不好意思，讓妳等久了，想必肚子也餓了。」他邊說邊把攝影器具收拾打包著，然後深深地再看了她一眼，說：「如果時間允許，真想和妳一起待在這滿山遍野裡，從日出拍到日落。但終究還是要回歸現實，我們去吃奮起湖大飯店的奮起湖便當吧！」

「你對女孩子說話，都這麼浮誇嗎？」她忍不住想酸他一下。

「喔……妳誤會了，我只對讓我心動的人。」他突然蹙眉地不苟一笑。

這一本正經的態度，著實地讓她微微一震，是的，這不就是她昨天已深刻體認到的馬英安。

「妳先在這兒坐，我去買，待會兒回來。」一說完，他便跑下去一樓的櫃台結帳，很快地，又捧著兩個便當回到了位置上。

「來，我先一起把這個鐵盒打開，再拿給妳，不然外殼難免油膩膩的，會髒了妳的手。」

他打開了盒蓋，說：「他們的特色就是關山米，口感軟、黏且彈性佳。」

「這雙主菜看起來也很豐富，整體看來有台鐵便當復古的感覺。」或許，肚子真的餓了，沒多久的時間，整整一盒便當已快見底了。

「我們待會兒去奮起湖老街走走，買些當地特產，送給白爸爸白媽媽當伴手禮。」

他將手邊的衛生紙，遞給了她，說：「先擦一擦油膩膩的嘴。」

整條奮起湖老街上仍瀰漫著古色古香的氣氛，果然是奮起湖旅遊的一大特色，街上店家販賣各式各樣的特產，例如豆腐和糕餅等美食，幾乎每一攤位都吸引著大排長龍的遊客購買。他沒有猶豫很久，便靠過去買了麻糬紅豆、芋頭餅，然後轉頭和她大聲嚷嚷地：「昨天網路查的，這很有名，適合愛泡茶的白爸爸、愛吃甜食的白媽媽。」

被擠在人群後面的她，只能對他點一點頭，笑一笑，揮一揮手，心裡想著：「這馬英安實在處處設想周到。」

因為山區的天氣千變萬化，到了下午這裡便會開始起了濃霧，他為了安全起見，便不敢再逗留很久，只好先送她回家了。到了門口，他從後車座掏出了剛剛買的伴手禮外，還多了一個精美包裝的粉色禮盒，說：「吃的是白爸爸白媽媽的，然後用的是妳的！」

進了屋內，她拆開了那盒子，除了發現是一個 HELLO KITTY 的鬧鐘外，還有一封信：

「雨紟：

很開心，能在這西洋情人節認識妳，妳是一位純潔無暇、善良甜美的女孩子，上天既譜下了這段緣份，我必會好好地用心珍惜。

上次聽妳說，冬天起床是件活受罪的苦差事，日後有了這 HELLO KITTY 的響鈴，希望可以讓妳發現清晨的美好。

英安 敬上」

今夜，她夢到的卻不是 HELLO KITTY 的鬧鐘，而是 HELLO KITTY 的手機吊飾，那體貼入微地細膩，彷彿又再度走入了她的生活，溫暖了她的內心……。

7

湛藍的天空，沒有一絲雲彩，極目四望，一輪耀眼的驕陽正高懸在群山之巔，向她們揮手致意，今天的目標就是攻上這座北屏東人氣指數很高的郊山。要不是前幾天突然收到石信帆手機傳來的訊息，正猶豫要不要回覆的時候，他又傳來了一則挑釁的邀約：「妳該不會是害怕了，打退堂鼓了。」這才激發了她決意出現在這山腳下的動力。

「這是條較原始的山林步道，沿途有濃密的林蔭，完全沒有人工的步道設施。不太清楚妳可以接受這樣的程度嗎？」他有些擔心地看著上氣不接下氣的白雨舲。

「這次距離上次，已經一段時間沒這麼走了，腳如果不再加強地鍛鍊，都快要生鏽了。」她硬是逞強地說著。

不知過了多久，他又指著前方石頭上的噴漆說著：「這三號步道因為陡峭，所以路上有善心人士噴上一到九號大字漆，瞧瞧，我們看到九號就表示快到稜線，陡坡即將結束了。」接著他回過頭看著神色發白的她，說：「這邊山徑開始較滑，需借助繩索而上，妳把包包內所有的家當都先清空，全塞在我這邊，淨身攀爬而上，會輕鬆些！」

看著陡峻的攻頂小道，她的雙手開始不聽使喚地顫抖著，雙腳也不由自主地發麻著，整個唇色都成了紫黑色，儘管大口呼著氣，彷佛用盡了全身力氣，也好像快缺氧窒息般。

「不行，這樣會出事，我先把背包卸下來，然後我揹妳上去。」他一說完，便立刻迎上前去，先讓自己蹲下來，讓軟綿無力的她可以岔開雙腿，橫跨在他肩膀的兩側，然後再把她的雙手往前拉去勾緊他的脖子，最後再伸手把擱在地上的背包提起來。

經過了一場艱辛的奮鬥，終於離開了所謂的「攀岩」，轉為較和緩些的坡度了，這時，她看到他雙手都用力得浮出青筋，雙腳都無力地再提起來，每步幾乎都拖著前行，她忍不住開了口：「可……你這樣肩膀會不會痛到麻痺。還是我們放棄吧，往回走。」

「再幾步就攻頂了，『辛苦過後的果實最甜美』，等一下居高臨下的景緻一定讓妳嘖嘖稱奇。」他仍堅持到底地一跛一跛地前進著。

沒多久，陽光露臉，一片雲海繚繞，峰頂寬廣，視野遼闊，冷風吹拂，幾許涼意，坐在他背上的她難掩內心的興奮與悸動，驚聲地尖叫著：「人生得此，夫復何求！」

「小姐，先下來再說，我……快不行了。」石信帆咯咯地笑著，又大叫了一聲：「阿彌陀佛！」

她急忙地跳了下來，緊張兮兮地說：「你……還好吧！」

「這沒什麼，只是之後要慎重地考慮是否還要帶妳登百岳了。」他順勢地摸了摸她的頭，抿著嘴呵呵地笑著，隨後便從大背包裡面拿出了肉粽、飯糰、麵包和 2000cc 的礦泉水，說：「登山，體力、水份很重要。」

「天啊，你揹了那麼重的東西，還要扛一個我！」她滿臉通紅地看著那堆食物。

「想要進階百岳最少要背二十五公斤以上，包含了揹負爐具和帳篷，都不算輕鬆。不過這次的負重程度還真破表了！」他故意皺著眉、拉著眉、瞪著眼，挖苦著她說：「有了這次的經驗，終於明白大小姐口述的爬山原來是踏青、郊遊。」接著，噗哧一笑，說：「來日方長，我們循序漸進，說不定妳可是匹千里馬。」這便瞬間化解了她的難堪。

停留了好一陣子，她們盡情地享受著山嶺的壯麗絕倫，雲霧的飄渺朦朧，但礙於山上氣候變化萬千，只得慢慢地沿著碎石坡的小徑，掉頭返程。但因為怕冒失的她會不經意地踩在滑動的碎石，易生危險滑落的風險，他仍堅持耗盡僅存的體力，全神貫注地繼續將她揹負下山，直到離開那段又濕又滑的山徑後，才安心地將她放行。

總計全程含休息約花十小時左右，終於看到他筋疲力盡地攤在駕駛座上，她虧欠地看著他，喃喃地說著：「你也累了，直接送我回家吧！下次再去吃那間日本料理。」

「沒關係啦，現在回家也晚了，怎可能再讓妳餓著肚子進家門。」他拉著眼皮，揉了揉腦門，打直了背，便往預約的餐廳開了去。

過了將近兩個小時，他們終於回到了台南並抵達了吉藏日本料理，他先直接帶著她去了水族箱及生鮮冰櫃區，看看今天進了哪些好料後現場點菜，再由服務人員提供一些適切的料理建議。回到了座位區，他笑著說：「這客製化的服務，是他們家的特色之一，之前和我們科內的大老招待外國訪台的學者，幾乎也都是來這兒。」

過了一會兒，一盤盤厚切、晃動的生魚片，正毫無反抗能力地送入了她的口中，軟軟嫩嫩、肥美鮮甜的肉質正挑戰著她的味蕾，那入口即化又Q軟彈牙的嚼勁令她一口接著一口地停不下來。或許，真的飽了，她開始發覺他的筷子幾乎沒什麼動，不禁問著：「你怎麼沒什麼胃口，那還叫那麼多？」

「可能真的有些累，吃不太下。」他微微地搖了搖頭，笑著說：「妳喜歡吃就多吃些。他們海鮮的豐腴油脂和肉質的細緻有味，讓妳可以一飽各種魚肉的不同風味。」

最後，看到桌上的餐盤逐漸淨空，他確定她已經酒足飯飽後，他才將她安全地護送回家，自己並拖著一身的疲憊開回了自己的宿舍。

隔天早上，剛起床的白雨舲立即發現渾身不對勁，除了全身的腰酸背痛外，從腰部一直痲到整雙腿，讓她無法正常行走，終於費了好大的勁，才從辦公大樓的門口，跛到了自己的位置。

到了中午，趙立瑋特地多買了一個雞腿便當，放在白雨舲的位置上，低著頭關切地看著她的腳說：「這個給我們家的跛腳美女，傷的這麼重，勢必沒法子外出買吃的。」頓了幾秒，忍不住好奇地問著：「到底發生了什麼事呢？」

她想到昨日的石信帆，嘴角不禁勾勒著一抹淺淺的微笑，並開始和他滔滔不絕地分享著自己內心的澎湃和感動。

「這有什麼了不起的，妳太容易滿足了。他把妳害成這樣，現在還置身事外，如果我要是他，知道妳現在成了這副模樣，一定二話不說地從醫院拿藥趕過來給妳服用並且親自幫妳冰敷，只要能舒緩妳症狀的方式，我都會立刻去做。」趙立瑋嚴肅激動地訓斥了起來。

「可是他下午一點半就要門診，這不太趕了些。要不，等我們也下班了，再和他說，況且，這也只是乳酸酸痛，也不是挺緊急的事。」她顯得有些猶豫。

「就是現在這個階段才能測試他是否很在乎妳啊，加上，妳都沒有法子正常行動了，還不算嚴重，連我看了都很心疼。」他拿起她桌上的手機，遞給了她，示意要她撥出，接著又補了句：「如果他沒有趕過來，就從此別再理他了。」

最後，她實在拗不過他鏗鏘有力的堅持，只好照著他的方式做。

沒多久，石信帆急急忙忙地出現在辦公大樓前，看到跛著腳、靠在側牆邊的白雨舲，他立即匆匆地向前走了過去，雖然態度顯得輕鬆，但神色間卻萬分焦急說：「怎麼這麼嚴重。」。接著，他伸手把她抱進了車內，先用彈性繃帶將踝關節固定，並於傷處外敷冰塊，再在用繃帶固定冰袋和踝關節。然後，便把藥包和礦泉水一起遞給她，說：「這裡面有 Acetaminophen（乙醯氨酚）、Acemetacin（Acemet，愛斯美特）、Celecoxib（Celebrex，希樂葆）等抑制釋放發炎物質的藥物，趕快先吃進去。」幽幽地嘆了口氣說：「下次別這麼硬撐了。」

「你趕快回去吧！一點了，這樣你會來不及吃午飯。」她作勢想下車了。

「沒關係，也太不餓。今天下班請妳媽別騎車來接妳了，等我下診再開車載妳回家，並詳細幫妳看看有無骨折或脫臼的可能。」接著把她抱了下去，在門口輕輕地放下了她，低低地說：「避免妳尷尬，我就沒和妳上樓了。」。

接下來的一星期，石信帆果真護送她每天的上下班，直到確定她完全康復為止。

在這段日子裡，馬英安卻也從未停止過每天早、中、晚分別定時傳來關懷與問候的簡訊，但卻越來越少得到白雨舲的回應，甚至，最後已經淪為石沉大海。

8

「妳怎麼還沒走？」趙立瑋進入了這空蕩蕩地辦公室，四處環顧著周遭的每個角落，確定沒有人了，才問著她：「在等他？」

她沒有接話，只嬌滴滴地點了點頭。

「他有公開牽妳的手嗎？」他咄咄逼人地直視著她，接著又問：「還是他有吻妳了嗎？」

她被弄得有些錯愕，停了幾秒後，搖了搖頭。

「他真的很高招，不願意公開表態。如果有佳人陪伴，妳就揮之則去；如果寂寞空虛，妳就呼之則來，天底下就只有妳還傻愣愣地願意這樣，我真是為妳叫屈。」他劈哩啪啦地像連珠炮似的一發不可收拾。

這瞬間，白雨舲的腦海裡，卻像幻燈片似的，一幕幕地閃出那似曾相見的情節，昔日的高杰歷歷在目……。

到了晚上，六點左右，他們碰面了。在皎潔的月光揮灑下徜徉著，在懷舊的赤崁古蹟中遊蕩著，耳邊不時地傳來了陣陣音色柔和、優美的薩克斯風，這原本該屬於一個浪漫的夜晚。但此刻，晚風徐徐吹來，吹亂了她額前的髮絲，卻也吹起她滿心的煩躁。

「你今天看起來好像很累？」她看著他略帶浮腫的臉龐、充滿渙散的眼神和揮之不去的黑眼圈。

「嗯，遇到大case，難免會這樣。」他聳了聳肩，說：「待會兒就沒事了。」

「可以講話不要這麼簡短嗎？什麼類型的案子？」她不悅地扁著嘴。

「妳今天怎麼了？」他不解地望著她。

「沒什麼，只是覺得不太了解你。你該多說些關於你的事。」她低低地說著。

「我的生活很簡單，上診、下診、報告、開會、寫論文、做研究、打球、騎腳踏車。」頓了一下，斜斜地瞄了她一眼又說：「新聞報導不是有一批患者，因塵爆事件而深度燒傷，他們就是正轉往我們科內接受高壓氧治療，希望可藉此幫助傷口癒合，消除他們的腫脹及減緩不適。」他不自覺地打了幾口哈欠，又說：「其實那些患者，最怕就是出現『腔室症候群』，就是做了死皮切開術，刀片剛劃過，皮膚瞬間爆開，這時若未及時減壓，輕則組織攣縮，重則截肢，甚至喪命。」

「你如果很累，今天就別出來了。」她幽幽地說著。

「算了，不聊這些了。我們去旁邊的芙蓉鳥燒吃些燒烤、喝點小酒吧！」他一說完便伸了伸懶腰，然後帶著她往那間日式居酒屋走了過去。

一入店內，有種小而溫馨的感覺，除了料理台板前一字排開可以坐上幾個人，在角落只有一張四到六人的長桌，入門處黑板上的 Menu，除了標註營業時間，還會有「本日限定」才有的菜單，並在牆面上有各式各樣的美酒喔！

「你瞧瞧，那可是他們的活招牌，店家的烤工是屬於慢工細活，並不急著用快火追趕出菜的時間，那火候掌握地相當傳神。」他指著右前方的燒烤架，一邊介紹著一邊向老闆點了許多道小菜。

「點那麼多，吃得完嗎？」她忍不住發聲想制止他。

「它每道菜肴份量不大，怕妳吃不飽。」接著，他又分別點了瓶角 HIGH 給她，接著說：「這是品嚐威士忌的新撇步，一方面以水及冰塊來調和；另一方便又創造了新的喝法，那就是利用蘇打水進行調和，而創造出來的就稱之為『角 HIGH』裡面共有威士忌、C.C.Lemon、冰塊以及檸檬。趕快嚐嚐看！」

「你覺得這些就是你平常消遣的方法？」她嚐了一口，沒有太大的表情反應。

「不然呢？」他笑了笑，說：「到了我這階段，事情看多了，覺得能夠和知心的三五好友品嚐美味、共酌小酒，不就是人間很大的享受了。」

乍聽之下，這話雖然不無道理，但在白雨舲耳中，卻顯得格外刺耳。她抿緊著雙唇，皺緊著眉心，不發一語地結束了這場飯局。

到了家門口，她霧濛濛的黑瞳直勾勾望著他，略揚高聲問了一句：「所以我也是你的三五好友！」

石信帆瞇眸看著她，雖有些幾分不悅，卻還是耐著性子問道：「妳今天到底怎麼了？」接著，便伸手將早準備好的烏魚子禮盒拿給了她，說：「這是病人送的，代我轉交給妳爸媽。」她接了過來，然後深深地嘆了口氣，沒有接任何一句話，便往屋子裡進去了。

當天晚上，她的手機裡再度塞滿了馬英安傳來的訊息，但此刻，她不自覺地竟選擇了點閱：

「親愛的雨舲：

請問我哪裡做錯了，請告訴我好嗎？對我最殘酷的懲罰，就是置之不理。這週六有空嗎？很想帶妳漫遊雲林的時光隧道，那裡如煙似幻，彷彿人間仙境，與妳一身的靈氣相符，我深信有妳的加入，一定可以完成我精湛的拍攝作品。請問週六幾點去妳家方便呢？十一點半可以嗎？

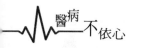

讓妳好好地補眠睡晚些。

萬分著急、期盼與妳相見。

英安　敬上」

她很快地回了他：「ok，到時候見。」

9

目之所及的，是綠意盎然的生氣蓬勃，走在林海的波浪中，分不清多少種顏色：深的，淺的，明的，暗的，綠得難以具體形容，恐怕只有身歷其境，才能心神領會，霎那間，大風吹過，撲撲簌簌地聲響不絕，掀起一番波湧浪翻的壯觀綠潮。她們悠閒地穿梭在這綠蔭隧道中，享受著專屬於兩人的寧靜時光。

馬英安適時地引導著她的肢體動作，配合著周遭的一景一物，全神貫注地捕捉著這瞬間的美感，並反覆地在鏡頭畫面中確定無誤後，才放心地結束了今天的拍攝。

「去我住的地方走走，好嗎？家人因為覺得我可能會在雲林待很久，所以幫我買了棟房子，前陣子花了不少時間，把它整個裝潢完畢，可惜都沒有適合的對象，可以陪我一起欣賞它完工後的樣子。」他以熱切的眼眸目不轉睛地看著她。

她想了一下，才微微地點了點頭。雖然只是一個小小的動作，這卻讓他驚聲地尖叫了起來。

沒多久，她便看到了一棟棟建築外觀雄偉、華麗的透天豪宅出現在面前，皆是以石材為基底的華麗雕刻、曲線造型，充滿著巴洛克氛圍。一入庭院，立即發現了一台狂野奔放的 BMW 跑車停在那裡，它精簡的比例、精悍的車頭、微微傾斜的車頂與加寬車尾，不禁讓白雨舲的目光停駐了，並驚奇地問著：「你有兩台車？」

「是啊，那台 TOYOTA 只是代步車，這台 BMW 是我通過專科醫師執照，家人給的獎勵。」緊接著，她隨著他進入了客廳，整個空間風格皆以歐式的浪漫情懷為主，鋼琴烤漆的壁爐、添加了銀狐素材的電視主牆、安裝了立體環繞音響，同時感受著核桃木的地板觸感，處處幾乎可見的藝術線條、比例對稱美學等經典元素。而在餐廳與中島廚房之間，運用穿透的玻璃磚界定，餐廳區並在牆面鑲上彩繪玻璃，讓餐廚區更饒富色彩變化。

「這屋內的確充滿了優雅又精緻的設計，應該花了不少的費用。」她細心地品味著每個角落。

「妳也很有這方面的天份，不是嗎？」他突然轉身面對著她，並牽起了她的手放在自己的胸前，說：「妳是第一位進入這房子的女賓客，當我的女朋友，好嗎？我是認真的。」

「我……」她本想抽出自己的手，但卻被他抓得緊緊的。

霎那間，他單腳下跪，從口袋裡掏出了一個精緻的粉色小禮盒，接著抬著懇求的眼睛望著她說：「打開它。」

她愣了幾秒，才緩緩地接了過來並打開它，一條驚豔奪目的鍍白金色項鏈，以心形 Swarovski 水晶搭配經晶瑩剔透的 Swarovski 水晶鑲邊，正炫耀迷人地閃閃發光。

「妳的光芒正和它不遑多讓，我可以幫妳戴上嗎？」

此刻，這突如其來的舉動讓她僵在原地不知所措。

他繼續溫柔地將鏈子繫在她的細頸上，並開始用舌尖舔舐著她耳後的每一吋肌膚……。

「喔，不，這樣太快了。」她驚慌失措地用力推開他。

「對不起！我實在太渴望擁有妳的一切。」他像受傷的喪家犬，整個人急忙地退縮回去。過了一會兒，他稍微地冷靜下來，才大步地走去音響邊，試圖去撥放音樂，讓氣氛不這麼凝結，並說：「妳先在沙發上休息一下，我去削些蘋果給妳吃。」

很快地，他端著一盤削好的水果，回到了她旁邊，笑著說：「不太常弄這些，形狀有點怪，妳要多多包涵。」接著，並拿起茶几上的平板電腦，開啟畫面上的資料檔，和她說：「這是我這陣子做的功課，大致上是我們結婚後的理財規劃表，之後每個月的薪水要全部交給妳支配，然後裡面的三分之一是我們共組家庭的生活開銷，三分之一是我們的儲蓄，最後三分之一是給您爸媽的零用錢，而我爸媽所存的已經好幾輩子都用不完了，所以不理他們。」

她默默地沒有多說什麼，他立即又點開另外一個資料檔，說：「這個是認識妳之前做的調查表，原本決定之後想去民雄開業，那邊目前還沒有飽和。但認識妳之後，我發現台南的歸仁、安南還可以開。」

她淡淡地說：「其實，我比較想你去台南的奇美醫院。」

「不行，之前就和妳說過醫院的生態。加上，出來開業的收入遠比醫院多很多倍。」他語氣突然變得強烈起來，說：「怎麼會想要我留教學醫院？」

「我……我……沒什麼，覺得現在診所很競爭。」石信帆三個字猛然地揪住了她的心。

「放心啦，在現在老闆這邊，所有的竅門已經讓我勝券在握，要對我有信心。」他摸了摸她的頭。

「我們在這邊很久了，我肚子餓了，出去找吃的吧！」她不想繼續聚焦在這話題上，便順勢站了起來，並補了句：「天色也越來越晚，我得回家了。」

「好的，我待會兒開 BMW 跑車送妳回台南，然後，我順道回高雄找我爸媽。明天沒診，讓你睡飽些，我下午再去找妳，好嗎？」

一時之間，她找不到合適的理由推卻，只好點了點頭，由著他的安排。

隔天午後，馬英安開著 BMW 的跑車出現在她家前面，他搖下了車窗，說：「前幾次都太晚送妳回家，不方便進去打擾白爸爸白媽媽，今天我爸媽特別幫我準備了些水果禮盒，想正式拜訪他們老人家。」

白雨舲作勢讓他先開鎖讓她進車內，接著邊繫安全帶邊說：「他們今天剛好不在，回我媽媽的娘家了。」

他只好失望地先將車開走，接著，便直接催油轉彎往南下的方向奔馳著，打算讓她徹底的感受到它表現的靈捷度，清楚地呈現出引擎後輪驅動的運動特性。

「你要去哪兒？」因為加快的車速，讓她顯得有些不自在。

「去高雄走走。」他聚精會神地看著前方的道路。

「你今天才走高雄過來，又要回高雄。」她開始感到事有蹊翹。

沒容下她太多的思考餘地，她們便出現在高雄的新崛江，漫無目的的逛遍大街小巷、看著琳瑯滿目的雜貨，穿梭在熙熙攘攘的人潮中。過了不知多久，她忍不著嚷嚷著：「你根本沒做功課，這樣東繞西晃，也不是辦法！我沒有要買什麼，如果你也沒有，那我們就回去了。」

他低頭看了看錶說：「差不多六點了，我們可以去八五大樓的七十七樓潮江春餐廳用晚餐了，他們應該也快到了。」

「誰快到了？」她驚覺到了先前發現的異樣。

「我爸媽啊」他緊握住她的手，柔柔地和她說：「有我在，別擔心。」

這瞬間，讓她很想逃跑，但事到如今，只能在完全沒心理準備的狀況下，硬著頭皮陪他一起出席這場飯局。

很快地，他們已經被安排了就定位，並點了四份個人套餐。她開始靦腆地和他爸媽點了點頭、並禮貌性的打聲招呼和做了些簡單的自我介紹。

彼此寒暄一會兒後，他媽媽笑的合不攏嘴的說：「聽我們英安說妳很有氣質，又談吐舉止相當得體，今日一見，果真地，他完全沒有誇大，妳的確很討人喜歡。」。

她仔細一看，發現他爸爸相較之下，顯得憨厚老實，不像在商場打滾幾十年的老狐狸，反倒是他媽媽，不只長相精明能幹，口才方面伶牙俐齒，一言一行都很有氣勢，難怪近幾年，他爸爸因身體日漸衰退，變得不太管事，外貿商場的決策權幾乎都移交到他媽媽手上了。

在這樣的場合，白雨舲沒有表達自己太多的想法和意見，大都選擇部分的附合或專注地聆聽。

飯局逐漸邁入尾聲，他媽媽最後語重心長的說著：「我們就一個兒子，難免寵著他，無奈他對接家裡的事業沒興趣，整天想著自己開間小診所。」她頓了一下，便睜大了眼，毫不客氣地看著雨舲，笑著說：「我瞧妳的反應很靈敏、社交能力也很不錯，看來我未來的接班人，有著落了。」

這讓她不知如何應答，馬英安趕緊幫腔著說：「她是未來診所的老闆娘，妳先別打她主意。」這才讓大家在一片和樂融融的氣氛中，畫上句點。

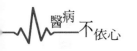

10

中午時分，原本準備打個盹，但她的睡意卻被一則意外的簡訊一掃而空「最近在忙什麼，安平街口的老母蟳一直和我們揮揮手。今晚有空嗎？18:00 去接妳。」

她眉心深鎖著，單手撐著下巴，另一手緩緩地開始在螢幕上輸入些文字，但很快地，又把剛剛打好的字句再度刪掉，這樣來來回回地不知過了多久，終於回了他一封訊息：「好，18:00 見面談。」

一如往常地，他很準時地出現在辦公大樓前。「你今天的三五好友輪到我上場了嗎？」坐在副駕駛座的她，冷冷地問著。

「今天心情不好？在公司被誰欺負了。」他注視著前方的道路，繼續駕駛著。停了一會兒，接著說：「等一下讓妳吃到鮮甜的蟹肉與蟹膏，就沒事了。」

「我覺得你的三五好友也不差我一個，以後如果沒有什麼很特別的事，也不需要再找我了，因為這樣的朋友，我也不缺你一個。」她深吸了一口氣，終於一股腦兒把想說的話，全吐了出來。

過了很久，車上陷入一片死寂，沒有人願意先去打破它，就這麼僵到了目的地，但此刻，他卻仍然習慣性地繞過去幫她開了車門。在這昏黃的街燈照耀下，景物上呈現了一片蠟黃色，輕風輕輕的拂過臉頰，卻依然去不了她滿心的煩躁。

忽然間，前方傳來了熟悉的薩克斯風旋律，讓她們不自覺地往那方向走了過去，並在附近茂密的葉叢後的長板木椅凳上，不約而同地都坐了下來。

沒多久，石信帆便開始使著低沉厚勁的嗓音，輕聲哼唱著：

「你問我愛你有多深，我愛你有幾分。
我的情也真，我的愛也真，月亮代表我的心。
你問我愛你有多深，我愛你有幾分。
我的情不移，我的愛不變，月亮代表我的心。
輕輕的一個吻，已經打動我的心。
深深的一段情，叫我思念到如今。
你問我愛你有多深，我愛你有幾分。
你去想一想，你去看一看，月亮代表我的心。」

直到了柔情動人的悠悠旋律結束後，他才從口袋裡掏出了一個 BLUE 小盒子，是珍珠光澤紙面、硬殼高質感的紙盒，上面鑲著亮面緞帶蝴蝶結，盯著它看了好一會兒，才啞啞的嗓音說：「這是當年我在西雅圖花了很多心思去訂製 Tiffany&Co 項鍊，原本要送給她，一位曾經交往了很多年的女朋友。」嘆了口氣說：「可惜，回國後，礙於一些因素，我們沒能走到最後。這些年我一直尋找適合它的女主人，妳願意收留它嗎？」

白雨紟冷下了面色，從心底燃起一股怒意，讓她全身打顫抖動著，並開始尖銳地叫囂著：「你現在正在和我說你曾經掏心掏肺地感人付出，但是對象不是我，還要我收人家不要的、次等的、二手的。」

他讓那盒子直墜於地，直接伸出雙手緊緊地抱住她的腰身，把頭埋在她胸前，彷彿一個小孩子似的，低低地說：「那本是我的一份心意，如果會讓妳不舒服，就算了。」接著，他讓她坐臥在自己的腿上，不許她掙扎退縮，隔著汗衫她仍明顯地感覺到他灼熱的胸膛，還有來自他呼息間的陽剛氣息，這一切逐漸地讓她天旋地轉，接續地，他便伸出寬大的手掌托住她的後腦勺，另一手輕輕地撩撥著她掉落的髮絲並將它們塞回耳後，緊接著，她感到自己未緊閉的唇瓣被驀然侵入，他熾熱濕滑的舌頭在口中不動攪動，他的黑眸卻一直凝視著她，彷彿深不可測的漩渦，想將她捲進去。

「妳好棒，真的好棒！」他沙啞地說著，灼熱的氣息持續在她的耳畔喘息著，看見她微微地顫抖著，他又笑得更深了。

等待了半晌，直到心情稍稍平靜了些，她才鼓足了勇氣，咬着紅潤的唇，吞吞吐吐地問道：「你……在我之前，只交往了她嗎？為什麼分開？」

「是的。年輕的時候，沒有很重視感情，覺得男歡女愛是種羈絆，礙事又費心，享受一個人多自在逍遙，除了可以義無反顧地在自己的事業上外，想打球就打球、想騎單車就騎單車、想爬山就爬山。」突然間，他神色暗然地垂下頭，繼續說：「但上了年紀後，便逐漸意識到家庭的重要性，想要有個伴。而因為自己的工作場合，陸續地頻頻都有人脈一直介紹著，但大都是一些政商背景的名門之後、院內的女醫師，和她們相處起來，覺得要不就很矯情做作，並心思複雜，不然就是木訥呆滯，這些都不是我要的感覺。」他又兩手滑向她的後腰，緊緊地摟住她，小聲地說著：「這才是我要的，大辣辣地少根經。」接著，伸手搔她的胳肢窩，笑著說：「不過，有時候又太細膩了，把我折騰得好慘。」

她也掙脫不及，被他逗得笑不可抑，一直喊著：「啊！啊！不要。」

此刻，她們隱約地看到前方的表演者或站或坐，手上握著金光閃閃的薩克斯風，一邊吹奏著一邊則輕輕地搖擺著自己的身體，不間斷地傳來薩克斯風的音符，思慕的人、黃昏的故鄉、星月的離別、外婆的澎湖灣等等一首接一首，都是膾炙人口的老歌旋律，今夜她們便深深地沉醉在這片樂色中。

11

「叮咚！叮咚！」一大早，雨舲的媽媽就被這急促的門鈴嚇壞了，急忙地從屋內奔了出來，一開門，便看見一個陌生的、高大的、憨憨地、卻憋得滿臉通紅的大男孩，正一臉慌亂、震愕地瞪大了眼，並有些發窘地和她點了點頭。

她怔了怔，過了片刻，才飛快地也向他點了點頭，並疑惑地睨著他手上的鮮花問道：「請問您是？」

此刻，淚水隨著他哀傷的話語抖顫地掉了下來：「我……我……不知做錯了什麼事，雨舲她都不理我，今天已經第五天了，上星期六、日還好好的。」

她解意地點了點頭，哽咽地說：「好孩子，你是英安，對吧！」頓了一下，又說：「先進來屋內坐坐好嗎？我去準備些水果。」接著，便轉身帶著他走進了客廳。

「白媽媽您先別忙，陪我聊聊，好嗎？」他喚住了正準備前往廚房的她。

「好的，你別急，慢慢說。」她掉頭回到了他的面前，並在對向的沙發椅坐了下來。

「我……從來沒有這麼認真過，這次，我真的非常投入，認識雨舲是我很大的福分，很感謝您和白爸爸可以把她教育的這麼成功，我真心希望她可以成為我的老婆。」他脆弱的嗓音中夾雜著些許的顫抖聲：「本來之前都好好的，也見過我爸媽，她們都很喜歡她。可……從週一開始，她就開始音訊全無……」

「你別急，我會好好地了解一下情形，等她今天下班，我再找她談談。但我們家雨舲也沒像你說得這麼好，是你太抬舉她了。」她想藉由話題的轉移，去分散他的注意力，接下來便特地開始閒聊些他現在的工作狀況、病人的問題等等。

不自覺地到了正午，他驚覺地站了起來，和她微微地鞠躬說著：「白媽媽，很不好意思，我下午三點還有門診，得先離開了，很抱歉地，我在這樣的狀況下，打擾您。」接著，他把手邊的粉玫瑰捧花交給她，說：「雨舲曾說，如果有人送她 999 朵粉玫瑰，她會很感動，這請您代我轉交給她。」

沒多久，她便看著他落寞地消失在家門口，一想到這錯綜複雜的事態發展，不禁深深地嘆了口氣。

到了晚上十點半左右，雨舲哼著小調走進了家門，看到了坐在沙發上不苟言笑地爸爸、皺著眉心揉著太陽穴的媽媽，並同時地瞥見了茶几上的花瓶插著一大束繽紛芳香的粉玫瑰，心裡便大概猜到了七八分。

「他叫人送來的？」她不以為意地問著。

「今早他特地從雲林親自開車送下來給妳這白大小姐，就為了討妳的歡心。」她媽媽的語氣不自覺地尖銳了起來。

「幹嘛這樣，難道感動就要接受！那我從大學時代不就得同時擁有許多男朋友。」她繼續調侃著說。

「馬英安有什麼不好，論外表，人家英俊挺拔；論談吐，人家人言善道；論家世，人家更不在話下，妳到底還在不知足什麼！」雨舲的爸爸開始拉大嗓音，繼續毫不客氣地砲轟著她，「真懷疑妳是不是鬼迷心竅，非得要那塊老石頭，倒底是迷戀了奇美醫院整形外科的光環、還是醫學博士響噹噹的頭銜，讓妳這般執迷不悟，我和妳說，那些全都不能當飯吃，他大妳這麼多歲，能伴妳終老嗎？甚至，因為妳是我女兒，我說得更露骨些，他是否有生育方面的問題，我們都不得而知，妳甘心年紀輕輕地要守活寡嗎？」

「你為什麼要處處對他充滿敵意，他到底哪裡得罪你？你這個大木頭，感情的事情，你根本就不懂，我交過的男朋友，你每個都反對，林昱宏、涂見飛，都被你趕出局。」她不禁隨著激昂的情緒而潸然淚下。

「好了，你們別吵了。雨舲，爸爸也是為你好，曾經他不也對簡書甫豎起大拇指，結果妳錯過了，事後不也證明妳是後悔的。」她媽媽緩了緩語氣，起了身，向前走過去張開雙臂摟住她柔軟的身子，幽幽地說：「或許，在妳的一生中，不會再遇見比石信帆更特別的人，但是，要記住，妳今年已經是三十歲的適婚年齡了，好好去思考什麼樣的人才是可以一起相伴終老的婚姻伴侶。」沉默了一下，又說：「其實，妳爸爸也是見過世面的人，所說的話也不無道理，不是我們要去懷疑人家什麼，但一個人單身這麼久，要他很快地去適應有伴侶的生活，這不是一件很簡單的事，還有，他的年紀早過了結婚的衝動，試問，他還會很急著想走入婚姻嗎？這樣會不會誤了妳的青春，咱們女人的大好年華，不就短短這幾年。妳好好想一想吧！」

今夜，白雨舲無論怎麼用手去擦拭她臉上的淚水，都擦不乾淨，它還是像沒有開關的水龍頭一樣流了出來，止也止不住，淚水就這樣地滴落在身上，上衣、裙子頓時都被淹沒在她的淚海中，她的心感到好痛好痛，直到，哭累了，睡著了，在迷迷糊糊中，她感覺到床的另一邊塌了下去，眼見他一身古銅肌、氣宇軒昂地坐在她身旁、使著幽暗滄桑的眸子凝視著她並溫柔地撫著她的臉、她的淚。

12

外面的陽光和煦，有微微輕柔的風吹進來，斜窗的一縷陽光正照射到白雨舲倚在窗邊的半邊臉龐上，將她半臉的愁容深刻地倒映在窗上，她竟疏忽了正從飲水機出水的杯子，不自覺地讓它溢滿了，濺得滿地都是。

「妳怎麼了？」剛進入休息室的趙立瑋，立即察覺她的異樣，連忙地拿了旁邊的拖把，幫忙清理現場。

她沒有接話，只是深深的嘆了口氣。

「說出來吧！憋在心底會生病的。」他邊拖著地，邊不停地抬頭望著她。

「我爸媽很反對我和石信帆在一起，這讓我很徬徨無助。」她轉頭看著外面的窗景，繼續說：「而這陣子，他突然變得很忙，因為他要……要準備去日本東京大學進修的事。」

「他根本沒有在意妳，都已經拿到學位了，也升了助理教授，為何非得要在這個關鍵時刻，又要飛去日本。」他氣憤地扔下手邊的拖把，握著拳頭咬牙切齒地說：「之前不也去過美國的西雅圖捧個研究員的經歷回國，根本不再差這個日本的學經歷。反倒是他如果對妳是認真的，應該要去認真地思索有關結婚的大小事情，他都幾歲人了，莫不成也要把妳弄到人老珠黃的才罷休。」他微眯著眼，低低地說：「除非他根本玩妳的，不打算對妳負責，請妳清醒一點吧！我認識那個聰慧睿智的白雨舲去了哪裡？」

「可是他和我說，這個進修計畫早在認識我之前已經申請了，而剛好也是在最近才批准通過的，他也很錯愕。」她微微地低喃著。

「藉口是人找的，選擇自欺是最愚蠢的做法。」他不以為然地輕哼了一聲。

她沒有再辯解些什麼，但神情更顯得恍惚些，而微蹙的眉心也揪得更緊些。

這一天下班，剛走出辦公大樓，便被一雙有力的手臂從她腰際將她緊緊攬住，讓她整個人往後跌在他身上。

「你在幹什麼？」她回過神，使勁地推開他，並轉過身，沉下了臉，怒斥著他。

「我……我想給妳一個驚喜！」他極力地想幫自己開脫，臉色發白，眼眸子中充滿了焦急地說：「我有打電話交代白媽媽，今天不用來接妳下班，因為我想帶妳去一個地方。」

看著他眉宇間烙出了一道深痕，並掩飾不住眼角的疲憊緊張，而那因害怕而紅了的眼眶，正含着淚水顫顫巍巍地的模樣，白雨舲的心裡不禁泛起了絲絲不捨，不禁吶吶地說：「嗯，我剛剛因為一時會意不過來，不好意思。謝謝你，英安。那我們出發吧！」

他揚起了一個屬於他原有的笑容，並再度緊緊地握住了她的手，樂著說：「那個地方離這裡不遠，我們走路過去，好久沒能和妳一起伴著夕陽餘暉下漫遊著。」

約三十分鐘後，出現在她眼前的竟是那熟悉的案場，只是它已經化身為兩棟禪風極濃的清水模現代風豪宅正巍峨矗立著，皆是以石材、清水模、木質等天然建材，讓整體外觀呈現了大器與優雅。

「我想過了，我覺得我們主要的問題應該是距離的關係，才讓妳產生了這份不安和恐懼，所以我決定買房子在妳們辦公大樓附近，腳程約三十分鐘左右就可到的範圍，這樣對不會騎機車的妳，上下班也很方便。然後，我目前在雲林診所的診數沒有很滿，如果那天早上沒診，前天晚上我就可以住台南，隔天一早再開回去上班，這樣我們相處的時間就會多很多，一定可以改善我們的問題癥結和矛盾。」他捏著她雙手越來越緊，竟似要將她骨頭捏碎似的。

這次他竟深深地觸動了她，她內心熾烈地悸動著，彷彿波濤洶湧的海浪，翻騰不斷，依稀記得很久前，她生命中的另一個男人「涂見飛」不也帶著自己走到這一模一樣的地方，上演類似的情節，但不一樣的卻是，當年的他是顫抖懦弱的哆嗦著，而現在眼前的馬英安卻是篤定誠懇地信誓旦旦。

「妳在想什麼，想得這麼出神？我們趕快進去看看，我和售屋小姐約六點，現在時間也差不多了。」他邊說邊把她拉進了前方的屋內。

一踏進這房子，便發現了它樓中樓的挑高格局，巧妙地拿捏了壁材的延伸尺度，營造出開闊舒適的生活視野，並整體選用了木質壁材，和客廳日式格柵主題的木質線條相互呼應，讓空間無形地提高拉伸。同時在餐廳與開放式中島吧檯，俏妙地運用半開放式設計手法，在牆面間加入格柵線條取代實牆，讓設計上能相互整合，打造出樸質的情境氛圍！

「妳好，我是銷售專員Mandy。」她笑臉迎人地熱絡招呼著他們，接著說「小姐真是好福氣，先生已經來我們這邊看過幾回了，一直非得確認妳本人喜歡並點頭答應，他才肯下決定。」接著，繼續導覽著他們參觀各個寢臥室，笑著說著：「它每層都有挑高3.6米的格局優勢，這裡面只附些基本配備和簡易裝潢，還留許多地方要讓妳費心呢！剛好聽先生提起，妳對裝潢的設計擺設相當有天份，看來這個地方，足夠讓妳大展身手了。」

她的手好熱，臉也發燙著，那光彩奪目的雙眼，正神情激動地環顧著四周。他瞥著她泛紅的雙頰，胸口更有份柔情激盪著，讓他情不自禁地輕撫她的臉頰，並將唇貼了上去，感受到她輕輕的推拒，馬英安才停止這個吻。

「哈哈，決定要簽約了嗎？馬太太」Mandy 迫不及待地趁機問著。

「我……我們先考慮看看。」她順勢捏了他一把，並悄聲地貼在他耳後說：「今天先別決定，出去再說。」

「嗯，Mandy，不然我們再討論一下，明天回妳消息。」馬英安便識趣地藉故先拖延了她。

「好的，沒問題，等兩位的好消息，您們真是郎才女貌的一對佳偶。」一說完，Mandy 就笑瞇瞇地送她們出去了。

直到走出了巷子，他焦急地問著：「不喜歡那房子嗎？」

「當然不是，但你有經過你爸媽同意了嗎？雲林的房子怎麼辦？還有你什麼時候才能回南部開業？這些問題都還沒解決，就買了這房子，太匆促了。」她緩緩地道出了許多問題。

「我當然和他們說了，不然怎麼會有資金買房和裝潢預備金呢？他們看得出我對妳的認真和重視，沒有反對，反正台南離高雄很近，他們反而更開心。至於，雲林的房子可以變賣掉，放著慢慢賣也不急，回南部後，那兒也可以當度假會館啊！工作上則等我和老闆確定交接的時間，大約幾個月內可以搞定，剛好我利用這段時間來台南找地點開業，而妳則好好地裝潢擺設這房子，我們分工合作。並且在這過度期，我也可以先將就地在那簡陋的房間內睡一下，沒問題的。」他有條不紊地一步步將自己的規劃，娓娓地道來。

他再度小心翼翼的將她納入自己的胸懷裡，片刻間，他感受到心裡某個空缺已被填滿。而白雨舲的眼眸裡也盡是滿滿的感動，她心裡暗自裡也下了一個決定：「是時候，我該和他說清楚了。」

13

今夜竟是份外地寧靜，遠方不時悄悄吹來的晚風，撥弄得樹葉沙沙作響，眼前枯黃的落葉，像蝴蝶似的從枝頭上漫天飛舞而下，在地上積了厚厚一層，她們不經地踩上去，發出了吱吱作響。此刻，石信帆終於開了口：「這陣子忙出國的事情，我們一星期多沒碰面了，妳還好嗎？工作上遇到什麼事嗎？打從下班接妳去吃上品鐵板燒，妳就沒什麼太大的反應。」

「是啊，我們坐在一個不錯的位置，可窺見整個市中心的建築天際線，並將府城最精彩的古蹟群盡收眼底，那裡的 view 的確名不虛傳。」她淡淡地說著，而那縫隙間的碎落月光，灑落在她肩頭，讓她更顯單薄。

「不過，口感卻不如當年了。」他話一說完，便想伸手去護住她。

但她卻逃開了，倔強地抬眸看著他，唇角帶著冷笑說：「我覺得你滿腦子只想著你自己，根本完全沒顧慮到我，沒為我做到什麼，簡直比我同事還不如。」

他透徹的眸光和她的目光緊緊交纏著，過了很久，他嘴角動了動，輕輕乾咳一聲，接著激動地說著：「如果我在妳心中，只值這樣，那就算了。」這宏厚的嗓音讓她的耳膜嗡嗡作響。

她的身體依舊不聽使喚的一動也不動，淚水卻不受控制地湧出眼眶流了下來。

過了不知多久，他從她的後面無預警地緊緊挽住了她纖細的腰，並把頭附在她耳後低低啞啞地說：「妳可以隨便對我發脾氣罵我是豬是混蛋，但是不要恣意地去抹滅我的付出，這樣我真的……真的會很受傷……甚至那會成為我一道無法癒合的疤，最後，我只能選擇永遠地消失。」歇了一會兒，嘆了口氣說：「或許這就是巨蟹座的個性，受了傷就會躲回殼內，再也出不來了。這點，妳要記得。」這番話竟讓她從背後發涼了起來，並莫名地打了個哆嗦。

夜色漸深，林間漸冷，他將她摟得更緊些，同時地，也空出了另一隻手，伸進口袋裡，掏出了他的手機，滑開了螢幕，看著上面的行事曆說：「六月二十到七月二十日是我去日本東京大學的時間，如果安插在中間七月三號到七月五號三天或七月三號到七號五天，妳方便請假嗎？如果可以的話，我會訂好妳的機票和額外多訂一間妳入住的房間，我希望妳能飛過來陪我。」頓了一下，又說：「但我去日本之前，我想正式拜訪妳父母並請他們吃頓飯，目前屬意的餐館是『老婆的私房菜』，下週三我們先去試菜，妳再看看是否合她們的胃口。」最後又補了句：「其實，我挺擔心妳不會騎機車的問題，以我的工作屬性，難免會有需要飛國外的場合和機會，那段時間妳怎麼生活，總不能婚後還靠妳爸媽吧！所以我決定去日本前，要特訓妳自己要會獨立地騎機車，而且，妳爸買給妳的小粉老扔在家裡，多浪費，我們一起為了妳的小粉加油，好嗎？」

在她還來不及接話之前，他又硬插了段話：「對了，我另外想在六月十八到十九這兩天去武陵農場走走，並帶妳上合歡上挑戰另一座適合妳的百岳。」

強勁地吹著，樹葉間摩擦的沙沙聲再度響起，他感到她身體微微地顫抖著，他將她身子一轉，抬手撫著她的臉頰，深深凝視著她的眼睛，悠忽間，張口粗魯而激情的吻著她的細頸、她的香肩，並快速的將舌頭伸進她的口中，深深的在裡頭探索著。這讓她的腦袋昏昏沉沉的，身子也酥酥軟軟的攤在他身上。

過了好一陣子，他才緩緩地將她抱上機車，鏗鏘有力地說：「這早晚要面對的，就從今晚開始吧！」

他讓她坐在前面，他護在後面，他們緊密的貼著，先由他負責油門控制，而她則先克服平衡感的恐懼，儘管她掌的車頭亂踫亂彎的，簡直完全沒一個方向可循，他依舊面不改色的繼續吹著油門，她們一路上不曾間斷地尖叫著、驚嚇著、嬉鬧著，好不容易捱到了市中心了，才換回了原本的位置，她才喃喃地吐了口氣說：「不愧是石老師，超有耐心和膽識的。」

到了家門口，他盯著她說：「今晚交辦妳的事，要記得。然後，這陣子太忙，忘了和妳說，我同事最近在揪人一起買富立的耘非凡，它是大樓，不知道妳住大樓會習慣嗎？如果妳還是對透天比較有興趣，那麼妳有空的時候，再多找些案子，我們有時間都可以去看看，畢竟我單身了那麼久，對房子的敏感度也比較不夠，這交給妳了。」

今夜，她的心更沉了，她終於義無反顧地知道自己的下一步該怎麼做。

14

「『老婆的菜』在台南已有十五年的根基了，可說是已經是擁有相當好的口碑。他們料理特色就是每道菜都現炒家常菜，像在吃阿嬤的古早味，當品嚐每一口菜餚時，此刻，那台南人濃濃鄉土的人情味也不自覺孕育其中！」石信帆率先打開了話匣子，並順手將食譜遞給了雨舲的爸爸、媽媽，和她們說：「白爸爸白媽媽，您們再看看想點些什麼？」

「聽雨舲說，你還專程帶她來試過菜了。」雨舲的爸爸將手邊的食譜推給他，並說：「就你決定吧！」

「每個人喜歡的口感都不太一樣，要不，我們每個人都挑兩道來嚐嚐看。好嗎？」他笑著看著她們。

「這提議挺不錯，我點三杯豆腐、美濃野蓮。」雨舲的媽媽點了點頭並接腔答著。

「那我點蟹黃勾芡、皮蛋魚片湯」雨舲的爸爸也點了兩道。

「他們的冰糖烤方是人氣必點的美食，味道鹹甜適中，平時喜歡軟Q肥肉皮的白媽媽應該會很喜歡。然後，還有私房去骨雞將酸甜的滋味包裹在香酥脆的炸皮表層與澱粉的搭配，不油不膩，堪稱經典，常出席酒宴會場的白爸爸可以比較看看這和外面的餐館差在哪裡。最後，再上一道溜肥腸，純手工醬汁，新鮮現醋，鹽油及其他獨門配方，並挑選使用軟硬Q感的肥腸，清洗過後並浸泡水中，無內臟味道，殘留下來只有道地客家的酸溜嚼勁風味，上次雨舲嚐到這道菜，嘖嘖稱奇呢！」他也開始地陸續點了幾道口袋名單。

很快地，她們開始品嚐著這一桌營養滿分，種類豐富的美味佳餚。整場飯局大都由石信帆主導著，他嚐試找些理財分析、股市行情、金融概況去引起白爸爸的興趣，另外的，他也會特意的和白媽媽閒話家常，聊些烹飪美食的話題，在他豐富的見識與談吐下，的確將氣氛帶動的有聲有色。但就在上甜點飲品時，他終於開了口：「想請問您們，接下來的一個月，我會去日本進修，這段時間，是否可邀雨舲一道去那邊玩個三五天呢？」

「該稱呼你為石醫師還是直呼你為信帆？」雨舲的爸爸發了聲。

「您太見外了，叫我信帆或阿帆就好了。」

「好的，信帆。說真心話，你就像『領導股』似的，讓我打從心眼裡欣賞你，而那絕不是因為外在的條件，而是你處事的態度與對事的見解，確不失為紳士的氣度，雨舲和你去日本玩個幾天，我很『安心』，知道你不會『做價轉帳』。」雨舲的爸爸正話中有話地答道：「也希望她在你身上可以學到『長者的風範』和『穩健』的行事作風，讓她成長並頓悟人生好比股市並非『一時興起』最後就可以『得償所願。』」。

「白爸爸您太客氣了，我現在可是『行情停滯、緊急出售』的階段，但我的性格不愛『徘徊谷底』，大家何不靜待『利空出盡』的契機呢？」

頓時，所有人都沉默不語，氣氛一片低迷。片刻後，雨舲媽媽開朗的聲音打破了彷彿凝固的低氣壓：「這『老婆的私房菜』位於台南東區熱鬧的地方，旁邊是台南文化中心，所以很方便停車，剛好我們現在酒足飯飽後，可以邊運動地走幾步路牽車回家。」一說完，她便起身作勢離去，這才化解了現場的尷尬。

很快地回到了家門口，石信帆便向雨舲的爸媽開了口：「我想再帶雨舲去練習一下機車，好讓她趕快上手。」

「嗯，好啊，真是辛苦你了，就騎院子裡那台幾乎沒動過的小粉車去吧！」她媽媽點了點頭，接著笑著說：「她真的在這方面少了條慧根，我和她老爸，都放棄了。」

他再度禮貌性地向他們道別後，便帶著雨舲練車去了。

「你抓住機車龍頭先輕輕左右搖晃，慢慢地找到保持平衡點的方式。然後，不要慌張，我在後面。」貼身在後的他，又開始詳細地反覆複習著前幾天的口訣，接著又說：「一開始油門先不要催太大力，一邊按煞車，一邊慢慢加速，先感受一下我控制油門的方式，等一下換妳掌控全部。」

他接著把放在她手上的手逐漸抽回，讓她嚐試一下自己控制的感覺，但緊張過度的她竟將煞車和油門一起催，差點弄得前輪甩動而差點翻車，她們同時淒厲地尖叫一聲。

雖然太陽不大，但周遭悶熱的空氣卻也弄得他滿頭大汗，他仍耐著性子，繼續和她說：「妳左腳跟立地為重心，然後右腳半蹲姿式踏在踏墊上不要坐實了，接著車頭向左車身傾斜約30度左右，最後要記得，左煞車不壓、右煞車壓死同時催油門，這樣就可以原地迴轉練習。」

不知練了多久，夜幕已悄然地升起，帶來了孜孜蚊蠅，他終於喊了：「對，有好些了。妳右手可以用食指大姆哥稍微轉一下手把加油，不要一次轉到底，另外三支放在煞車上，同時切記左手含住的油門要敢慢慢放開。」

「哇，今天是第十二次練習了，我……終於會了。」她忍不住驚聲地歡叫，縱然雙手不聽使喚地抖顫著，仍難掩內心的興奮。看著前方的他，咯咯地：「趕快上來，我載你回家牽車。」

「你要小心，剛開始會騎的時候，避免在大車和計程車旁，然後左手要含住煞車騎，不要因為緊張很多人在妳旁邊穿梭著，而把煞車和油門一起催。」坐在她身後的他仍然不忘耳提面命的叮囑她。

「好啦，遵命，石老師，出發吧！」她喜孜孜地往市區的方向駛去。

「等一下，我們還沒要回家，先去看妳最近找的麗莊常瀞的建案。」他擦一擦額頭的汗水，說：「要去日本了，這些要緊的事要趕快處理完。」

沒多久，他們走進了麗莊常瀞，「它得天獨厚地東向面臨竹林溪與坐擁木棉花道大片樹海，附近沿線商店林立，生活機能成熟，總共十二席靜街豪邸，大樓採用 LOW-E 隔熱玻璃、中空制音樓板、光纖到府、插座使用 COSMO 等配備。」售屋小姐開始為他們進行導覽的部份，分別詳細地說：「戶戶有雙主臥，地板均鋪設耐磨木地板，另外主臥衛浴預留有電視管線且附四合一暖風乾燥機，而廚房皆含有中島料理檯、烤箱等配備，此外，還附有德國與美國原裝進口衛浴設備、防爆門、氣密窗⋯等國際精品建材。」

「光看你們門廳挑高六點八米，全區零店面，一到二樓備有水池、宴會廳、健身房、交誼廳等公設。並都規劃十二戶百坪以上的住家，且留有永久棟距和景觀，就可見你們產品的稀有性。」石信帆簡單俐落地寒喧幾句，並留下聯絡資料後，便匆忙地和白雨舲離開了案場。

「我們下一棟去看⋯⋯」他話還在嘴邊，便被白雨舲打斷了：「不要了啦，這房子也不急，看不完的部份等你回國再說，本來這等大事就不可能幾天內決定，光今天看的房子，不就需要一些時間去消化它的產品資料嗎？你真的也累了，我們回去吧！」

他這才徹底地鬆懈下來，瞬間讓疲倦佈滿了全身，拖著沉重的身子，偕著她往回家的路上騎了回去。

15

銀銀的皓月冉冉地上升，灑滿了大街小巷，東一片，西一片，更將她凝望著巷口的臉龐映得斑斑點點，而晚風涼涼地襲來，並將她的裙擺吹得斜斜飛起。沒多久，那熟悉的引擎聲再度劃破了今夜的靜謐，搖下車窗的他使著炙熱且飢渴的眼神直視著她，像似藏著許多秘密迫不及待地和她分享。

「這半個月怎麼沒問我在忙什麼，都沒找妳？」馬英安揚起一抹玩味的笑容問著。

「我……我想說你可能真的有要緊的事去處理，所以先不打擾你。」她緊張的心呼呼地直跳著，眼神閃爍地左看右看，就是不敢看他的眼睛。

「妳真的很了解我，我想給妳一個驚喜。」他一手握著方向盤，另一手緊握著她發冷的手。接著，他頻頻玩弄著 BMW 超跑的強悍敏銳的操控快感，釋放引擎的強大爆發動力地向南下的方向奔了過去，說：「先賣個關子，等一下到高雄愛河，再和妳說。」

入夜後的愛河閃爍著霓虹彩光，燦爛奪目地環繞成心型的形狀，構成了迷濛似霧地星芒與美麗的倒影，她們本該悠閒的漫遊河畔，窺探著不同於以往的美麗海港風貌，但此刻的她內心卻忐忑不安，很想把自己和石信帆的一切和他全盤托出，但又害怕這樣的突如其來，他是否能承受的住，或者該委婉地循序漸近，讓他有個緩衝的餘地，正當她還一籌莫展時……。

他竟搶先地開了口：「我已經買了那房子。」

「你說什麼？」她不敢置信地尖叫了起來。

「這陣子就是在處理這些瑣碎的事情，我和老闆說要離開那裡了，希望他近期可以盡快找人接手，讓我完成交接，然後，也找了仲介，和他簽了委託售屋的合約，讓他可以開始慢慢地幫我帶看那房子。」頓了一下，他又深深地看了她一眼，笑著說：「最麻煩的就是打包那些東西，可花了我不少時間，不過，大致都已經分門別類了，再過幾天，我就可以搬進那房子。然後，我蒐集了台南不少有名的室內裝潢的連絡資訊，妳再和他們討論接續的想法和規劃，反正我只先占用其中一個房間，剩下的部份都是妳的舞台。」接著，他便伸手抬起她的下巴，正準備低頭吻了上去，突然她包包裡漏設成靜音模式的手機，正響了起來。她身體微微的顫抖著，心裡知道是石信帆的來電。

「怎麼不接電話？」他憨憨地笑著，說：「是太興奮了嗎？」

「我……你房子預付了多少錢？還可以退嗎？」她傻愣愣地望著他，吞吞吐吐地問著。

「為什麼這麼問，妳不喜歡那房子嗎？可是當天看妳整個人眉開眼笑的，我的心都融化了。」

「不是。但你怎麼沒和我商量一下，不是和你說先緩緩嗎？」她覺得眼前開始模糊，眼皮跳個不停，無法對焦。

「我想說妳的個性很猶豫不決，況且總價也有些高，勢必妳會更難決定。」他鏗鏘有力地答道。

「我……我……你給了多少？」她急的快說不出話了。

「成交價 3800 萬，先匯了三成 1140 萬給對方，怎麼了嗎？」他疑惑地看著她。

「所以買定了。」她已經嚇出了一身的冷汗。

「歐，我的小寶貝，是不是這份感動帶給妳的震撼太大了。」他緊緊地抓住她顫抖的雙手。

「我……我想先去上一下洗手間。」她搖了搖頭，喃喃地說著。

「好啊，我幫妳拿包包吧！」他一說完，便伸手接過她的手提包，並問著：「這 LV 的包，如果是前男友送的，以後別拿出來了，這讓我看了會很想用車把它輾過，記住，我對妳的愛是容不下一粒沙。下次再買一個更適合妳的包款給妳。」

一進洗手間的她，立即轉開水龍頭，彎著腰、低著頭，不停地用冷水，潑濕自己的臉，設法想讓自己冷靜些，但卻仍克制不住自己的自言自語：「天啊，我該怎麼對他交代！」

過了很久，她緩緩地重新整裡好自己的妝容後，才慢慢地走了出來，一眼便看見眉頭深鎖、全身緊繃的他，正倚著欄杆。她臉色發白地開了口：「不好意思，肚子有些不舒服，讓你久等了。」

「妳的包包。」他遞還給她，接著小聲地說：「人不舒服，我們就先回去吧！」

返程的一路上，他繼續緊緊地牽著她的手，慢慢地走著，上車前，他問了句：「我可以抱妳嗎？」不知道為什麼，她沒有拒絕。

夜深了，碼頭的風從身後喊了過來，讓他更貼緊了她。「原來一個簡單的擁抱，卻可以知道是否有共鳴！」他低頭在她耳邊沙啞低語著。

進了車內，很明顯地感受到他特意地將車速放慢，過了半晌，他低沉的嗓音夾帶著濃濃地鼻音，說：「石信帆是誰？」停了幾秒後，又說：「剛妳進去上廁所時，包包內的手機又再度響起，我終於明白了為何先前的那通來電，妳沒有接。」她渾身不自覺地抖了起來。

「我剛剛上網查了，是奇美醫院整形外科的主治名醫。」他頓了一下，又說：「難怪之前妳一直希望我也去教學醫院，所以名與利之間，妳選擇了名。」

「但妳不該……不該欺騙我對妳毫無保留的付出，突然間，我覺得自己成了全天底下最白癡的傻子。」他開始失控地咆哮著：「此刻，我……我全懂了，常常妳都會莫名地消失了好一陣子。」她繼續不發一語地顫抖著。

「我從來沒有對一個女孩子這麼用心，迫不急待地想和她共組家庭，結果是熱臉貼人家的冷屁股，被耍的團團轉。」他開始冷笑了起來：「白雨舲，妳讓我承受了從未有過的屈辱。」

她很想幫自己辯解些什麼，但腦子一片空白，卻無法迸出一個子。

到了家門口，他猛然地去踩煞車踏板，「嘶……」激烈地響徹了整個方圓五百里。她開了車門，並在下車前，終於擠出了句：「對……不起。」很快地，他的車子以迅雷不急掩耳的速度呼嘯而去，瞬間消失在這個黑夜的盡頭。

這一天，她的手機突然又捎來了一則馬英安的簡訊：

「雨舲：

白天，我滿腦子都是妳，讓我再也無法專注地看診；晚上，我滿腦子還是妳，讓我再也無法香甜地入睡。現在唯一只能藉由安眠藥，才能忘記妳的一顰一笑。但我發現，儘管劑量不斷地加重，卻仍改變不了我行屍走肉的事實。

好苦……真的好苦……妳把我害得好慘，我恨妳，恨妳，恨妳一輩子。我要用我接下來的餘生，幻化成永無止盡的詛咒，讓妳和他這一生無法共同譜出幸福的結局。」

她怔怔地看著上面的每一個字，彷如鉅刀，深深地刻劃著她的心，這刻，滿腦子空白地令她想窒息，那無形的壓力像是繩索悄悄地勒緊她的全世界。

16

經過了幾個小時桃山步道，全程都算好走的水泥產業道路，並沿途均是松林無日曬。站在涼亭內她們終於看到了壯觀的桃山瀑布，水極快地自山巔湧流而下、飛珠濺玉，煙聲瀰漫，水氣直蒸她們臉上，渾身好不暢快，所有煩惱憂愁都拋諸九霄雲外。他緊緊地摟著她，俯身在她耳旁低低地說著：「後天，我就得去日本了，要好好照顧自己喔！」

她愣愣地看著濺起的萬道水花飛沫，過了半晌，才微微地點了點頭。

「這是 7/3-7/5 的機票，真想妳能過來久一點。」他邊說邊把票摺好並放入她紅色的登山後背包的內側拉鍊口袋裡，並問著：「這款輕量耐磨的包，好用嗎？當時挑上它，主要看上它容量較大，適合中長程登山、健行、露營使用。並且透氣網設計，讓妳背部輕爽不悶熱，又有強固的背負系統、舒適、牢固、貼身。裡面收納設計，可有系統的安置妳的物品。」接著，便伸手去調整她的肩帶與腰帶，笑著說著：「這要調整好，才能感受到它符合人體工學的舒適設計。唉！還像個小孩子，挺擔心妳一個人可以獨自飛過來找我嗎？」

「哪有，石老師，你不覺得我獨立很多了嘛！」她嘟著嘴，俏皮地向他眨了眨眼睛，並答著：「現在通訊軟體那麼方便，我們也可以靠 SKYPE，放心啦！誰叫你要狠心地拋棄我。」

「看妳還敢不敢……。」他搔弄著她的肢胳窩，逗得她咯咯大笑，接著交代著：「妳人過來就好了，不要再多換什麼日幣了，那些我會處理。」

到了晚上，結束了武陵富野安排的音樂會和觀星活動後，他仍不打算就此結束，仍繼續拉著她往外夜遊，天上繁星點點，皓月當頭，輕風徐徐，而遠處又再度響起那熟悉的薩可斯風旋律，沒多久，石信帆便又開始使著低沉厚勁的嗓音，輕聲哼唱著：

「你問我愛你有多深，我愛你有幾分。

我的情也真，我的愛也真，月亮代表我的心。

你問我愛你有多深，我愛你有幾分。
我的情不移，我的愛不變，月亮代表我的心。
輕輕的一個吻，已經打動我的心。
深深的一段情，叫我思念到如今。
你問我愛你有多深，我愛你有幾分。
你去想一想，你去看一看，月亮代表我的心。」

直到那動人的旋律結束了，今夜才又恢復了原本的寧靜。「我……我……做了一件對不起妳的事。」他猛然地抓緊了她的手。

「你別這樣說，讓我的心涼了一大半。」她的表情瞬間凝重了。

「後來趕著出國前決定，來不及和妳商量，我便和同事一起聯合出價，趁勢入手耕非凡的電梯華廈。對不起，沒能尊重到妳！」他暗暗地說著。

「你買了？」她有些被這倉促的決定嚇到，但仍鎮靜地和他說：「決定了就好，我自始至終不也沒堅持住透天。而且，看得出你很喜歡那房子，在我面前說了好幾次。」

「雨舲，謝謝妳，要不是妳，可能我從來不會考慮到房子。」他將她摟得更緊些。

隔天一早，他為了怕高山紫外線強烈，特別在出發前交代她穿著長褲、長袖，並且要戴帽遮陽，接著便前往合歡山東峰的登山步道，挑戰她人生中的第一座百岳。這登山步道位於合歡東峰的北側，植被以玉山箭竹為主，因此視野相當遼闊，一望無際。延徑陡坡直上，高山空氣非常稀薄，讓白雨舲頻頻累喘，不時地停下腳步，調氣休息。

「妳還可以嗎？要不別揹東西了，全拿給我。」石信帆沒等她的答覆，立刻將她揹負的東西全部卸除，攬在自己身上。接著問：「要不，我揹妳，反正重點有攻頂就好了。」

「不要啦！為了這一趟……已經有好一陣子，我每天下班都去跑操場、練腳程。就是為了和你並肩作戰，怎麼可以又輸給旁邊那些扶老攜幼的一般遊客呢！」她喘息吃力地硬撐著。

「那先別急，又沒再比些什麼，我們先停下腳步休息，看看這觸目的高山美景。」突然間，她的話竟讓他泛起了莫名的感動。

趁著小歇片刻的時間，他不忘叮囑著她：「妳要學習放慢腳步，遵循吸一口氣、踏一步，接著吐一口氣，再踏出一步的方法。如果還是喘不過氣來，則應將步伐再縮短，然後繼續遵照上述的方法。更簡單地來說，就是需一吸一吐往上一小步的方式前進。」

慢慢地，她開始感到爬起來沒那麼辛苦，他偕著她一步步地緩緩走著，費時約兩小時，終於登上海拔 3421 公尺的合歡東峰。登頂時，不料，已有一隊登山團體先登頂，正熱鬧喧嘩地拍照嬉戲，直到他們陸續離開後，整個合歡東峰，漸漸地恢復原有的靜謐，只剩她們相擁閒坐在岩石上，飽覽著遼闊的明媚風景。

約在山頂停留約一小時，他看見雲霧漸漸地襲來，才牽著她起程循原路下山。下山途中，天氣已漸轉變，延途正要攻頂的遊客只能四顧兩茫茫地擁抱雲霧了。

回到了家門口，已是月朦星稀入夜時分，他強壓著滿身疲憊，頂著一臉倦容地在她鼻尖上輕輕一吻，微微地笑著說：「妳好棒，戰勝了百岳。」

「這麼晚了，東西都整理好了嗎？實在不該挑出國前還跑這麼遠的行程。」她絮絮叨叨地說著暖心的話，眼裡溢著不捨的淚光。

「誰叫有人說我狠心地拋棄她，只好戰到油盡燈枯都要死守在她旁邊。」他揪著她發笑。

今夜的倒數，他們選擇了深深地擁抱著彼此，讓一切盡在不言中。

17

石信帆正焦急地左顧右盼，深怕一個不留神，便錯失了她。費了好大的功夫，才從川流不息地旅客中，找到了心神未定的她，沒想到輕拍了她肩膀兩下，竟讓她失聲尖叫：「誰啊？」

「看妳一臉慌張，還迷迷糊糊地探頭探腦的。」他順手接過了她的行李，並牢牢地牽緊她冷冰冰的手：「還好嗎？」

「嚇死我了，這是第一次自己坐飛機。」她燙紅著臉，吐了吐舌頭，說：「加上語言不通，英文也不太流暢，整個人繃得緊緊的。」

「接下來可沒留太多的時間讓妳沉澱，我安排了滿滿的行程，要開始衝刺了。」他加速了腳程，拖著她往接駁電車飛奔了過去。

看著他手上的地圖，塗鴉地密密麻麻的，甚至還上了五顏六色的標註，不禁讓她好奇地問著：「你到底做了多久的功課？」

他繼續低著頭，全神貫注地死盯著那些資料，喃喃地說：「不然，才三天兩夜，怎麼讓妳盡興而歸。日本可不比台北，JR、東京 Metro 地鐵、都營地下鐵、私鐵確實需要花時間去研究，加上，我還有規劃到郊區的箱根，更複雜了些。」

他們來到了繁華熱鬧的新宿區，遊覽了歷史悠久的花園神社，自德川家康江戶開府（1603）

之前，這就作為新宿的守護神，可已有百年歷史，紅色系的神社總是格外地引人入勝。白雨舲忍不住靠前敲一下鐘，並雙手合十地祈福著，口中唸唸有詞。

「在許些什麼，真迷信。」他敲了敲她的頭。

她笑了笑，不願多說什麼。

下一站到了集時尚、藝術與商業於一身「六本木」，每一個角落都瀰漫著熱鬧喧囂的氣氛，觸目可及地摩天大樓比比皆是，火紅的流行元素充斥著大街小巷。

「想買些什麼嗎？」他掏出了皮夾子，拿出了兌換好的日幣。

她笑了笑，搖了搖頭，繼續隨性地瀏覽櫥窗的展示，沉浸在霓光閃爍的街頭。

緊接著，來到了六本木之丘的森大樓 52 樓，欣賞著東京夜景著名的點，Tokyo City View(52F) 提供 360 度的夜景。他們驚嘆著遠方的鐵塔正迷人地閃爍地變化著，為夜晚的東京增添一分美感。

「開心嗎？」他突然抖顫地發了聲，像似等著被打分數地小學生。

她托著下巴，斜著頭，想了一下，才裂嘴笑著說：「還可以。」

他忍不住頑皮地搔著她敏感怕癢的部位，白雨舲又像隻小蝦米蜷縮著拚命閃躲著，兩人歡笑聲不斷。

第二天是精彩的迪士尼樂園，共有九個快速通關，富藏著大型立體又刺激的動力遊樂設施：怪獸電力公司「迷藏巡遊車」、小熊維尼獵蜜記、巴斯光年星際歷險、巨雷山、飛濺山、幽靈公館、太空山、伊歐船長、星際旅行、冒險續航等，雖然每項平均都得等到一到二小時，但石信帆卻仍樂此不疲，堅持到最後。

「你真的童心未泯耶！」白雨舲看了直搖頭。
「我是入境隨俗。」他咬了咬下唇，繼續在漫長的隊伍中耗著。
緊接著，白天的遊行隊伍，更讓他們內心的悸動更是無法言喻，那幼時的童年回憶，正歷歷在目的活現眼前。轉眼間，不自覺地到了晚上，遊行則改以 LED 燈特效為主，是另一番截然不同地精彩奪目。
霎那間，滿天的璀璨煙火，此起彼落地在城堡上空恣意揮灑著，原來是到了【幸福滿夜空 Happiness on High】。「好美！」她整個眼眶都紅了起來，難掩著內心的激動與興奮。
突然一位小女孩戴著米妮的髮飾，正橫衝直撞地跑了過來，尖叫著說：「姐姐，這個送妳。」接著，便摘下頭上的粉紅大耳朵蝴蝶結，硬塞給了她。
「我……我……好的，謝謝妳，愛你啾啾。」不知所措地她，只好接受了，並下意識地送了那小女孩一個飛吻。
一眨眼的功夫，那小女孩又遁入人群，迅速地消失匿跡了。惹得白雨舲不禁咯咯地笑著說：「好可愛，不是嗎？」
「妳很喜歡小孩子。」他低聲的問著。
此刻，她偷偷地覷著他冷漠而嚴肅的側臉，內心一股莫名的疑惑冉冉而升。
第三天的行程，就是來到頗富東京後花園之稱號的「箱根」，除了搭乘攀登陡坡的登山電車、更享有一段纜車的空中散步，飽覽著群峰懷抱的壯麗美景。
最後邁入尾聲地，迎接他們的還有在這煙波浩渺的蘆之湖上浮著「箱根海賊船」。踏出海賊船的甲板，眼前便是蘆之湖和富士山，還有箱根神社的赤色鳥居！她看著湖面反射的陽光，

波光粼粼，突然開口問著：「是什麼原因讓你一直留教學醫院？是為了名。」

「懦弱吧！」他不假思索地答著，接著說：「是啊，學長學弟都紛紛出去開業了，現在也都事業有成。很久之前，我猶豫過、掙扎過，但或許是巨蟹座的個性，還是寧願選擇躲回既有的保護殼內，害怕受傷。」他深深地嘆了口氣，緩緩地說著：「時間久了，就這樣了。既然選擇留下，勢必在教學醫院內不可能原地踏步，只好硬著頭皮去攻讀博班，這一切也沒妳想的了不起！況且，我也非一帆風順地拿到學位，那些年，確實苦，甚至，顏面掃地的被指導教授當頭棒喝，將所撰寫的論文批判到一無是處，還直接丟擲在地，說句難聽，簡直像狗一樣沒有尊嚴。不過，也熬過了，不就成了妳現在看到的我。」。

片刻間，氣氛突然沉重了些，她急忙地把話題拉開，問著：「那石老師，你覺得以整形外科的專業角度，我的臉部哪些地方需要調整呢？」

「妳……PERFECT」他開始鬧著她玩。

「快點啦，人家要聽專業的意見。」她繼續揪著他問。

「好啦，白大小姐的五官和皮膚真的都無懈可擊，頂多就是輪廓，比較有菱有角。」他瞇著眼，笑著說：「我不會嫌棄妳的。」。

隨著日落黃昏，他們已現身機場，「自己小心點，不要老在這些節骨眼上，少了根經。」他蹙著眉，囑咐著她。

「Where are you flying today?（請問您今天飛往哪裡呢？）」

「My destination will be Taiwan.（我的目的地是台灣）」

「Do you have anything to check?（您需要托運行李嗎？）」

「Yes, I have 1 bags to check.（啊有！我要托運 2 件行李。）」

「Could you please put your luggage on the scales.（那可以請你把行李都放上來稱重嗎？）」

「Do I have to pay for the excess baggage?（請問我要付超重費嗎？）」

「I' m afraid there' ll be an excess baggage charge, sir.（很抱歉，您需要支付行李超重費了。）」

「I' m sorry for this. I want to take credit card.Thanks.」（實在不好意思，請問你們可以用信用卡支付嗎？）

「Do you have a seat preference?（您的座位有想要坐在哪裏嗎？）」

「A window seat will be perfect（靠窗的）」

「Please proceed to Gate B23 before 7:40.（請一定要在 7:40 前到達登機門 B23 號喔！）」

「How long does it take to walk there?（請問從這裡走到登機門要多久的時間呢？）」

「About 50 minutes」（大約 50 分鐘）

石信帆用著流利的英語，很快地和日籍的接待員辦妥了登機重要相關事宜。「這次可能我不小心買了太多要給妳爸媽吃的用的東西，導致行李太重了，沒關係，我都處理好了。但妳記住 7:40 前務必到達登機門 B23 號，然後從這兒走過去，約 50 分鐘。」他邊說邊拿出了口袋的紙和筆，並在上面清楚地寫了下來，才拿給了她。

「好的，遵命，石老師。」她伸手接了過來，微微地笑著說：「真把我當小孩子！我想先進去晃一晃，好嗎？」

「這麼迫不及待想和我分開。」他嘆了口氣，說：「好啦，那趕快進去，別顧著亂晃，錯過了登機時間，真替妳擔心！」

他慢慢地舉起了手，緩緩地揮著，直到她沒入了廊道的盡頭。

確定和他分開了，她便開始東張西望地快速地搜尋著登機前的獵物，半跑半走的，深怕趕不上登機前找到自己早擬訂要採購的東西。終於在 SEIKO 的櫃上停了下來，但很不剛好的，迎來地卻是日籍的服務專員，她只好吃力地和她比手畫腳溝通著，心裡暗自想著：「如果石信帆在旁邊，就不會有這樣的窘境了。」

最後，挑上了一只渾圓大錶徑的藍寶石水晶鏡面，面盤上的刻度展現了古希臘的雕刻工藝細節，整體採用質感的不鏽鋼打造，並巧妙地搭配石英機芯，還附環保太陽能、GPS 衛星定位等多方位功能，這同時結合了動力與原創的精神，確實很符合石信帆一身的性格和氣質。雖然美中不足的是價位高出了預算許多，要價三萬多元的台幣，幾乎把她這次偷偷背著他所換得的日幣全數花盡，但實在沒有留太多的時間讓她考慮，只好硬著頭皮付了這她幾個月的積蓄。

隨著飛機起飛，白雨軨的心不自覺地空蕩蕩地，她只能緊緊地捧住那只錶，熾烈地想著它套在他厚實手腕上的樣子，一定格外醒目，唇邊隨即掠過一抹會心的微笑，並在心中默默地唸著：「再見了，東京！後會有期。」

18

「只準備蛋糕，會不會太少？」坐在副駕駛座的白雨軨，皺著眉、嘟著嘴，嚷嚷著。

「不會啦，心意最重要。」石信帆一手繼續駕駛著方向盤，另一手握住正在胡亂抓裙襬的她。過了半晌，說：「我們前方交流道休息一下。」

他下了車，走去前方的洗手台，拔下半鏡框的眼鏡，死命地用冷冰冰的水潑在自己臉上連頭髮都弄得濕淋淋的，身旁樹葉的縫隙中，點綴著若隱若現昏黃光線的路燈，正打在他滿臉水珠的臉上，更顯疲倦，猶如一位油盡燈枯的遲暮老人。

「很累嗎？」她低低地問著。

「是啊，回國後，很多事要處理，醫院那邊也得交出一篇研習論文。」他嘆了口氣，看著鏡子中溼答答的自己，說：「最嚴重的是，幾天前，還有人沒理由地捅了我一刀。」

「我……我……是聽趙立瑋說的，才會這樣……對不起」她一臉愧疚地說著，心裡不禁想起一星期前……。

當時的石信帆還遠在日本，每天的連繫只能靠晚上的 SKYPE。

這一天，她因為在完全沒被告知的狀況下突然被調離原本的稽查單位，輪派去另一個風馬牛不相及的業務單位，她難掩內心的失落與不滿。此刻，趙立瑋看到她失魂落魄的樣子，不自覺地又開始咬舌根：「妳的石老師呢？他只顧著他自己的功成名就，能在妳最需要的時候，給妳什麼嗎？頂多就是帶妳去東京逛個三天兩夜，就隨隨便便打發妳了。如果是我，說什麼我都不會去日本，他說得好聽是逼不得已，在認識妳之前，教育部早就核定下來的學術交流，其實骨子裡他根本是滿腦子都以他為主，剩下些空虛寂寞的時間，才找妳來填滿。」頓了一下，繼續批判著：「不然，從現在開始，妳晚上不要再和他通 SKYPE 了，看會發什麼事，我猜他還是呼呼大睡一覺到天亮。」。

那天晚上，她提早上線，並在線上留下一些話，便匆匆下線了：「我今天工作上發生了一些事，讓我很難過，你人呢？根本不在我旁邊。你以為我是三歲小孩，隨便拿個東京之行就想打發我，其實，那三天兩夜的自由行根本很無聊，還搞的我回國後，全身酸痛、精神不振。你這個自私鬼，完全不了解我最需要的是什麼，覺得你比我同事還要不如。」

從那一刻起，她就再也沒有上線。

直到兩天前，他下了飛機，撥了通電話給她：「現在，我在高雄機場，回到台南繞去妳家，大約 11 點半到，妳等我一下，先別睡。」

很準時地，她們在 11 點半碰了面。當時的他和現在的狀況差不多，凹陷的雙頰、紅腫的雙眼、凌亂的頭髮，可說是一身的風塵僕僕。很快地，他伸手從背包裡的內側袋掏出了一條 HELLO KITTY 的手鍊，遞給了她，啞啞的說：「這就是妳的專屬，再也不會讓妳誤會成撿別人二手的。」他頓了一下，清一清濃厚的嗓音說：「這在妳傳訊前的時候，就買了。我……我……我不知道原來東京之旅讓妳這麼不開心，更不知道……原來妳心裡的我……是這麼不堪。」接著，他面無表情地向她揮一揮手，說：「夜深了，進去吧！」

「我……我……不是這樣的。」她兩行熱淚就從緊閉的雙眸中滑落下來，並不由自主地挪動身子，向前緊緊地抱住他。過了很久，他伸出了雙手挽住她的蠻腰，並用他的臉，他的鼻尖，去撥開她凌亂的頭髮，附在她耳畔輕語著說：「答應我，這是最後一次。我……我……真的很怕……會禁不住再一次的傷害……很痛……真的很痛。」

他大力地甩一甩手，試圖去將剩餘的水珠瀝乾，過了幾秒，他再度地拉著她的手，說：「走吧！上車了，別讓我爸爸他們等太久。」這才猛然地喚醒了她，並迅速地將她拉回現狀。

沒多久，便下了屏東交流道，她的心開始七上八下。

一走入餐廳，便發現此起彼落地喧嘩聲、叫囂聲、划拳聲，滿滿的人潮更是擠滿了整個餐館。這七十歲大壽可說辦得有聲有色，絡繹不絕的賓客，也紛紛地送來了賀禮、紅包，現場整個熙熙攘攘，杯觥交錯，充滿喜慶氣氛。

石信帆開始詮釋長子的角色，代替他爸爸，在桌間穿梭著，到每個桌前敬酒，應酬著來拜壽的後生晚輩，同時地又周旋於長輩叔伯們之間，興高采烈地喝酒划拳。他頂著稀薄的記憶，搶在被眾人灌醉前，趕緊囑咐著弟婦，先將雨舲送回家中的客房休息。

她早他先回到了家中，本想直接走進被安排好的客房，梳洗整理準備就寢。卻被他的弟婦喚住了：「雨舲，來這坐坐，我們聊一聊，剛剛都沒能好好地認識妳。」

白雨舲只好點了點頭，微微地笑了笑，便在她對向的沙發坐了下來。她仔細端看著眼前的這位女人，不難發現已是一位中年婦女，歲月毫不留情地在她臉上刻出條條印記，寫下斑斑痕跡，略微臃腫發福的身形，一身偏黑的肌膚，瞇眼寬鼻的五官，整體看上去都不算突出。

「哥哥，你先帶妹妹進房睡覺。我想和阿姨聊聊天。」她轉頭向門口的大男孩大聲交代著。不一會兒，這諾大的客廳只剩她們兩人。

「妳是信帆第二位帶回家的女孩，看來他是認真的。」她將手邊沏好的茶端到她面前。接著說：「先嚐些，應該還可以。」

「謝謝。」

「自從婆婆死後，家中的大小事物都是我在張羅。要不是公公硬是要找個越南新娘作伴，根本不用她的存在，花錢又沒什作用。」她端起了桌前的杯子，慢慢地將唇靠近杯緣喝了幾口茶，才接著又說：「妳真的很好運，現在婆婆已經走了，她還在世的時候，哪輪得到我們這些當媳婦的說話，當年的日子確實很不好過，百般刁難我，原本沒病都快被她逼出病了。」頓了一下，她瞇著眼，撇著嘴角說：「如果信帆不是有今時今日的一切，以他和妳的年齡懸差，妳絕不會和他在一起，是吧。」

白雨紟的心微微地顫了一下，沒料想到初次見面，她竟然會和自己說這些輕蔑的話，倒抽一口氣後，便毫不客氣地直視著她：「那妳和石信逸在一起，也是因為他是胸腔科的醫師嗎？」看著她開始發白的臉，繼續冷冷地一字一句的說道：「石信帆也不是我第一個交往的『醫師』。」

「以他的年齡，我沒料到……他還會想結婚。」她緩了緩剛剛的尖銳說：「當時，也沒預料到公公還會娶那個越南新娘，真是好康到她，無緣無故地多分了份家產。不過……」頓了幾秒，卻又冷笑著說：「當我雞婆去提醒妳，縱然幾十年後，連石信帆都走了，妳一併繼承了他和他爸爸的遺產，這也好不到哪裡去。因為妳只能獨守空閨，沒有子嗣地抱著那些財產過一輩子。」

白雨紟柔若無骨的身子，不禁強烈地顫動著，下唇咬的發白，眼眶微微紅著，好一會兒，才嗓音微顫道：「妳到底……在說什麼？」

「以他的性格，要好不容易才能愛上一位女孩，並且也交往了長達兩年，為什麼分開？妳有想過嗎？」她挑高了眉，尖銳地說：「當時，她們還同居了整整兩年，一直都沒有小孩，人家女孩子便提議雙方要去做詳細的身體檢查。卻不知道他是逃避還是頭腦壞掉，竟在那重要的時刻，飛到美國去當什麼研究員，要那個女孩子等他回國後再說。天底下只有傻子才會在台癡癡地等，當然就吹了，不過，這事對他打擊很大，之後院內介紹的、親友介紹的，幾乎都入不了他的眼，我們都以為他今生就這樣了，沒想到竟又看到妳的出現……」接下來的話，再也進不了白雨紟的耳朵裡。

沒多久，便看到了石信帆頭腦昏沉，渾身酸軟地回到了家，搖搖欲墜地進入了客聽，整個人意識茫茫地向她們點了點頭，便被石信逸攙進了他的臥室，沒再出現。

「一高興起來，老是愛喝個酩酊大醉。」她搖了搖頭，便起身和白雨舲說：「不打擾妳休息了，客房的東西都準備好了，少了什麼再和我說。」最後，又轉身和她悄聲地說了句：「妳自己好好地考慮清楚，小孩對妳重要嗎？如果是我，那是一生中無法缺少的。」

直到了隔天中午，石信帆才拖著步伐從臥室裡走了出來，抓了抓凌亂的頭髮，打了個哈欠，說：「怎麼沒敲門，叫醒我。」

「以後少喝點，這樣多傷身。」坐在沙發上的她保持著胡亂按遙控器的姿勢，轉眸看了他一眼。

「弟弟他們呢？」他走了過來，靠在她旁邊坐了下來，並將一隻手放在後腦勺，另一隻手放在她腿上。

「孩子們受不住寂寞，他們一早便動身去墾丁走走。」她盯著他在螢幕裡的倒影，沒再多說什麼。

「好啦，答應妳，以後大場合也少喝點。」他輕輕地拍了拍她的大腿，接著說：「我去整理一下，我們等一下先繞去萬丹買豬腳，給妳爸媽嚐嚐，然後再回台南。」。

很快地，她們下了樓，看到了他爸爸正坐在庭院的小凳子上看報紙。他拔下了老花眼鏡，拉大嗓門笑著說：「很開心歡迎妳來！聽阿帆說，妳在公家機關服務，挺不錯的啊。看看妳爸媽什麼時候有空，我再去妳家提親喔！」

他護著她上了車，臨走前，特別搖下車窗和他爸爸交代著：「年紀有了，酒也別喝太多。」停了幾秒後，又說：「你上次和我說想賣了巷口那塊地，變現給阿姨，讓她帶回越南。我沒什麼意見，不過弟弟那邊，頗有微詞，你自己再設法取得他的認同，我該說的都和他說了。」接著，讓白雨舲和他打聲招呼，便將車開走了。

19

在巷弄間的轉彎處，猛然地聽見「碰」一聲，白雨舲的機車瞬間倒地。一輛白色的賓士汽車，打著靠右的方向燈，繞到了事故前方 200 公尺處，踩了煞車，慢慢地停了下來。緊接著，下車的便是一位劍拔弩張的中年婦女，開始猖狂地叫囂著：「妳到底會不會騎車，我新買的這台頂級賓士，足夠妳賠的！」，她完全無視於早跌坐在地的白雨舲。

她手肘、膝蓋漸漸地滲出了血跡，卻仍使著全身的力氣，不甘示弱地回嗆著：「這轉進去就是條單行道，妳自己違規逆向地迎面衝了出來，我是為了閃躲妳才摔車。」

剛離開辦公大樓的趙立瑋恰巧地經過了這巷口，並目睹這案發現場，便急忙地跑了過去，扶起了摔落在地的白雨舲，接著，頻頻地向那婦女道歉並將身上的名片遞給了她說：「不好意思，這是我同事，她今天人不太舒服，我們都在這附近上班，您不用擔心，這上面有我的連絡電話和辦公室的地址，再麻煩您先去車廠檢驗，若有任何毀損的地方，麻煩通知我，我會負責到底。」

這才稍微地平息那婦女一身的怒氣，最後，她仍不忘回頭忿忿地瞪了白雨舲一眼，說：「以後沒技術，就不要跑出來嚇人，看看自己的身份地位，賠得起嗎？」然後，便甩頭上了車，在她們面前呼嘯而去。

「你為什麼要讓步，我又沒錯？」她忍不住對趙立瑋咆叫著，眼淚瞬間奪眶而出。

「妳沒有駕照已經輸了全局。」他掏出了口袋裡的面紙，遞給了她：「先按壓住傷口，還有擦乾妳那沒用的淚水。」

過了一會兒，看她平靜了些，他才又板著臉孔，繼續說著：「妳到底怎麼了，最近看妳老三魂不見了七魄！」

這些日子，她忍得很辛苦才吞到肚子裡的眼淚，終於一下子洶湧而出，並一股腦兒地將石信帆弟媳的話，全都吐了出來。

「我就說他年紀這麼大了，還不結婚，不是有鬼是什麼！瞧，他把妳害成這副樣子，明明還沒拿到駕照，卻硬慫恿妳上路駕駛，這種完全不用負責的個性，和他弟媳口中的他，真的不謀而合。」他忍不住靠近了她，並伸手想按壓那傷口，制止鮮血不停地從傷口滲出，但這舉動，卻讓她下意識地後退了幾步。

「好……好……好，妳都這樣了，還掛記著他，只有他能夠碰妳。」他失控地嘶吼著，接著冷冷地指著她的包包說：「那妳現在立刻拿出手機，打給他，和他說妳出車禍了，要他即刻趕來，看他是否做的到，就知道妳到底在他心中的份量有多少，讓妳徹底看清楚妳在他心中的份量有多少。」

「可是他……他今早還有和我說，他這兩天幾乎都在開刀房，處理些麻煩事，沒辦法脫身。」她不停地搖頭，眼眶的淚水卻止不住地流，並喃喃地說：「何況我也沒出什麼大事，怎能任性地叫人擅自離開工作崗位。」

「妳是摔壞腦子了嗎？如果沒有他的自私，妳會被迫學會騎機車；如果沒有他的欺瞞，妳怎會恍神到撞車。而他整天滿口清高學術，沉浸在自己的世界裡，有管過妳的死活嗎？妳最需要他的時候，他在哪裡？」這一連串的咄咄逼人，讓白雨舲啞口無言。

這一刻，她們之間陷入了一片沉默。

「雨舲，不是我要逼妳，何不趁今天做一個結束。」他悄然地靠近了她，抓著她的肩膀使勁地搖晃著，接著便趁勢從她的包包拿出了手機，搜尋著來電顯示的名單，很快地找到了他的名字，並立即按下了通話鍵和擴音鍵。

連撥了幾通，都轉入語音訊息，直到快放棄時，電話終於接通了。

「喂，是雨舲嗎？怎麼會在這時候打給我，早上不是和妳交代有關鍵性的手術要開。」他頓了一下，接著問：「是不是有什麼重要的事？」

趙立瑋拼命地向她點頭，炯炯的眼神直逼著她說。

「喂，妳怎麼不說話，到底出了什麼事？」

「我……我出了車禍。」她冒出了一身冷汗，好不容易迸出了話。

「嚴重嗎？」他焦急地問著。

趙立瑋又再度拼命地向她點頭，並繼續抓著她的肩膀搖晃著。

「你可……可……可以趕過來嗎？」她終於吞吞吐吐地把重點交代完畢。

「可是我……我現在的狀況，可能……真的走不開。」他開始急躁地來回踱步著。

「我是她同事，她整個傷口不停地在滲血，你身為外科醫師，救的了別人，卻救不了自己人嗎？」趙立瑋直接把手機搶了過去，毫不客氣地怒罵著他，接著把她們所在的位置清楚地和他說完，就直接按下結束鍵。

「你為什麼要這樣逼他？」她激烈的抖動著，把身上止血的衛生紙掉了滿地，傷口再度滲出了大量的血。

「我們等 15 分鐘，就知道答案了。」他想再度靠近她，幫他重新按壓止血，卻被她狠狠地將手甩開。

沒多久，看到石信帆騎著那台老舊的藍色機車，冒著滾滾濃煙地出現在他們面前。

「妳還好嗎？」他看著她血流不斷的傷口，心疼地說：「怎麼這麼不小心。」接著，他先讓她坐在地上，自己也蹲了下去，同時從車廂拿出了準備好的生理食鹽水、無菌紗布、消炎軟膏、優碘、透氣膠帶和棉花棒等，開始幫她進行包紮。

他先用生理食鹽水沖洗完傷口，再用棉花棒擦拭水漬，最後又將棉花棒沾滿優碘在傷口上擦拭，瞬間讓她頻頻發出尖叫，這讓他的眉心揪得更緊些。

停留了一會兒，他才細心地用生理食鹽水把優碘沖洗掉，並擦上厚厚的消炎軟膏，蓋上紗布，接著留些縫隙通風後，再用透氣膠帶固定好傷口。

過了半晌，他慢慢地扶她站了起來，本打算直接載她回家，卻被趙立瑋喚住了。

「請留步，我有些話非得和你說清楚。」他頓了一下，接著說：「我是她很好的同事，所以有些事實在看不過去，你常常在她最需要幫忙的時候，就用著冠冕堂皇的理由神隱了。像剛剛要不是我出聲了，你會出現嗎？」他拉一拉衣領，又說：「最扯的是，你無法生育的事實，為什麼還要躲躲藏藏，不敢開誠佈公地對她說。原因只有一個，就是你根本只是和她玩一玩，沒想到走到最後。」他突然冷笑地道著：「難怪雨舲常和我說，其實你待她，比她朋友還不如。」

剎那間，石信帆鬆開了白雨舲的身子，整個人都僵住了，無法再多說什麼。

靜靜地過了很久，他終於抿了抿唇，聲音中帶著濃濃的鼻音向趙立瑋說：「那麻煩你送她回家，我還有事要處理。」接著，他頭也不回地騎著車消失在她們的面前。

此刻的白雨舲，整個人癱軟無力地縮在地上，胸口一陣疼痛眼淚卻不再流下來，連最後是如何回家的，她早已記不清，而那也不重要了。隔天一早，她便收到了一封電子郵件：

「雨舲：

不擅表達的我，這是第一次寫信給妳，可能也是最後一次。昨晚趕回去的時候，發現那位嚴重燒燙傷的病人，原本正由我替他進行著清創手術，但後來移交學弟後，卻因為突然出血過多，導致休克身亡。我心裡非常難過，但這不怪妳，如果重新讓我選擇一次，我依然還是會去找妳。我想，是時候該和妳談談了，原來我不知道直到現在，我的表現還是比妳同事、朋友還不如，這確實讓我非常痛心，並且已無力改變。甚至，更讓我很詫異的，竟然別人的輕言一語，就可以讓妳深信不疑，都未向我本人求證，就全盤接受，並廣為宣傳，去告知妳那些好『同事』、好『朋友』，或許，這是妳的率真本性所使然，但卻讓我嚴重質疑妳對我們感情的重視度，到底又有多深呢？我不想再為自己辯解些什麼，與其綁著妳讓妳這麼不快樂，倒不如還妳自由，讓妳早日找到適合妳的幸福。謝謝妳陪我走過這些日子，那些足跡會永遠深植我心。我想，這輩子我再也不碰感情了，或許這就是巨蟹座的個性，受了傷，便再也無法癒合。

祝 幸福

信帆」

PS 附件檔案是我們在日本的照片，我已整理好。

她顫抖的手，慢慢地移動著滑鼠，點開夾帶檔案中的一張張照片，心中難以言喻的痛與苦，如胃酸逆流般上湧著，正燒灼著她的喉嚨，並在她的胸骨後隱隱作痛。

她輕咬著下唇忍住即將奪眶的淚水，但卻仍像斷了線一樣，洩了下來，浸溼了整個鍵盤。

這天，她再也無法挨到中午，便請了假，一出辦公大樓，滂沱大雨就像她的淚水，嘩啦啦地洩了下來，她卻無視於眼前的雨勢，便騎了停在路旁的車子，直奔了家中，衝入了自己的臥室，將書櫃抽屜裡的小禮盒捧了出來，並隨手拿起了小卡，在上面寫著：

「信帆：

這錶早已備好，本是用來賀你生辰用的。事已至此，希望你能留著當紀念，勿退。

雨舲」

緊接著，她馬不停蹄地往郵局的方向飛奔了過去，將它寄到了奇美醫院，她才如釋重負地鬆了口氣。此刻，她才發現昨日的傷口被剛剛的風雨折騰得再度滲出了血，但痛的卻不是那裡，而是胸口。

此刻，門口突然出現了行動咖啡的販售車，渾身濕淋淋的她不由自主地靠了過去，並隨手了買一杯。

「請問要拿鐵或黑咖啡？」

她遲疑了一下，才說：「黑咖啡吧！」

她伸手接過了它，溫溫熱熱地卻再也暖不了她的心，輕抿了一口，發現它原來好苦好酸，蹙緊了眉，仰頭一望，臉上到底是雨水或是淚水，早糊成了一片，只見那熟悉的彩虹，再次橫跨在天際的兩側。

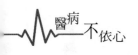

第四章　在陰謀下的愛情，還能存活？

1

踏著大地色系的絨布地毯進了入婚宴會場，發現從長廊到大廳內部，皆以挑高六米五的寬敞視覺，營造出大器奢華的氛圍，並以鏡面打造出迷幻的華麗感，當季時節的藝術鮮花觸目可及，弦歌曼妙地悠悠迴盪於耳際間。

「喔，妳終於找到了妳的幸福！」珮芬深深地擁抱著她。此刻，賴在她身邊的小女孩也踮起了腳尖去親吻著她的臉頰，嬌嬌地說：「姨，要快樂喔！」

「我的白大小姐，沒想到繞了一大圈，妳卻還是嫁給了『白袍』！」沈卉心緊緊地抓住了她的雙手，眼眶含淚地娓娓說著：「這一路走來，確實苦了妳，要幸福喔！」

那一抹熟悉的微笑再度綻開了，宋課長拍了拍她的肩膀說：「這次真的要長大了喔，恭喜妳，尋覓到了。」

「妳會為了妳今天的決定後悔一輩子！」趙立瑋冷冷地將禮金塞給了她，並說：「我有事，先走了！」接著，直接甩頭奪門而出。

這一瞬間，整間空蕩蕩的新娘休息室便只剩下白雨舲。她看著鏡子中反射的自己，削瘦的頸骨、凹陷的雙頰、緊蹙的眉心，內心不禁微微一震：「偏執的下場是這樣嗎？」

自石信帆之後，她深深地發現再也無法刻骨銘心地去愛上一個人。

那一天，雨舲的媽媽再也忍不住了，終於開口對她說：「妳到底想要怎樣？不知道發了什麼瘋，指名非得安排『大型教學醫院』的醫師才要，結果人家親朋好友也很熱心地找了新陳代謝科的李醫師，他不也待大醫院並擁有醫學博士的學歷，待妳也夠殷勤，可是妳卻嫌他呆版木訥；後來找了牙科的張醫師，也是待大醫院並擁有醫學博士的學歷，人家也誠意十足，老往我們家裡跑，可是妳又嫌他封閉口拙……，不提了，總之，再這樣下去，醫院的內、外、婦、兒都被妳轉一圈了。」嘆了口氣說：「勸妳不然嚐試一下不同的行業，立光科技的高文華，他們全家人不都很好相處，也老問我妳對她們的兒子到底有沒有意思。」

她不發一語，僅讓眼淚在眼眶中打轉著。

這時，舞台上熟悉的節奏正響起，昔日的過往足跡藉由影像的回顧，正一幕幕開始在螢光幕前播放著……。

「又回到最初的起點
記憶中妳青澀的臉
我們終於來到了這一天
桌墊下的老照片
無數回憶連結
今天男孩要赴女孩最後的約
又回到最初的起點

呆呆地站在鏡子前
笨拙繫上紅色領帶的結
將頭髮梳成大人模樣
穿上一身帥氣西裝
等會兒見妳一定比想像美……」

她忍不住把臉垂了下去，緊咬著下唇，濃重的假睫毛顫抖著，眼淚就這樣簌簌地像似斷了線的珠子洩了下來，內心狠狠地抽痛著：「是啊，如果所有的故事可以回到最初的起點，這該有多美好！」

其實，仔細端看辜鳴瀚川，他小瞇瞇的雙眼，扁塌塌的鼻子，薄薄的小唇瓣，頂著一頭稀疏的毛髮，和一身黑黝黝的膚色，及170公分，67公斤的標準身型，這絕對談不上是位俊男，而那普普通通的氣質，更論不上是位紳士。個性上也不算活潑幽默，更和所謂的健談扯不上邊，唯一有的僅是那陽光燦爛的笑容和一顆赤子之心。那為什麼竟會深深地走入白雨舲的心坎裡，還不是……。

要不是辜鳴瀚川的一句：「不論妳如何待我，我都願意為了妳變成變形蟲！」
要不是辜鳴瀚川的一句：「妳的喜怒哀樂，都無時無刻牽動著我當日的心情。」
要不是辜鳴瀚川的一句：「妳別老說這些使性子的話，我昨夜又輾轉難眠了，知道嗎？」
要不是辜鳴瀚川的一句：「妳在台南，我當然隨妳去。」
要不是辜鳴瀚川的一句：「我絕不放手，妳不要輕言放棄，好嗎？」

要不是辜鳴瀚川的一句：「妳不要這樣了，我會盡量去做，直到我倒下那一刻。」

要不是辜鳴瀚川的一句：「雖然我無法撇下我家族的包袱，但至少我不會被她們牽制，因為我的使命，就是徹底地保護妳。」

這些言猶在耳的海誓山盟，卻一一成了今日最反諷的笑話。

要不是辜鳴瀚川反覆地馬不停蹄著：夜深了，我不放心妳一個人坐車回台南，我開車載妳回去，我再開回台中。

要不是辜鳴瀚川反覆地精心策劃著：這週末安排的行程喜歡嗎？還有訂的餐廳合妳的胃嗎？

要不是辜鳴瀚川反覆地南北往返著：反正週三只有看早診，整個人空蕩蕩的，倒不如坐車到妳辦公大廳坐坐，等妳下班，那我們平日不就多一天的相處

要不是辜鳴瀚川反覆地安撫投降：妳不要再這樣賭氣了，不然我如何能安心地回台中？

要不是辜鳴瀚川反覆地隨時CALL IN：我看到了一隻貓咪好可愛，拍給妳看，妳呢？妳在做什麼呢？

要不是辜鳴瀚川反覆地叨擾叮嚀：每天不想說電話要關機時，要記得傳封訊息給我，讓我確保妳的平安。

要不是辜鳴瀚川反覆地死守堅持：妳不能放手，我一定會去化解我家族間的矛盾，她們原本心裡就都有病，妳又何必理她們，去傷了自己的身體。

這些信誓旦旦的付諸行動，徹底地擊垮了她原有的堅持，如今卻一一成了過眼雲煙。

台上的音樂結束了，終於挨到了新娘上台致詞的時候，她緩緩地登上了五光十色的燦爛舞台，幽幽地凝望著台下愁容滿面的爸媽，她抖顫著雙唇，慢慢地迸出了一個個字兒：

「親愛的爸媽：

謝謝您們從小對我的栽培和養育之恩。從小完美主義又執著的我，老是跌跌撞撞，弄得傷痕累累，幸好有您們一路相伴，讓我現在可以站在這舞台上，抬頭挺胸並驕傲的說：『有妳們是我今生最大的福氣』，人海中尋尋覓覓，今天我……終於。」

頓了幾秒，她卻和她媽媽四目相交著，這時眼神就像一面鏡子，她們心中不約而同地感到絞痛著，這讓她喉嚨又泛起酸來，那語氣中流露出太多的傷痛和心酸：「找到我的……幸福」。

2

「我得先回屏東找我爸媽了！」辜鳴瀚川面無表情地說著：「婚宴現場已經整理的差不多了，那些婚禮道具，我等一下會直接先載過去店家歸還。」

她很想找一千萬個理由說「不」，但卻紅著眼，什麼都沒有說，因為她心裡很清楚地知道，不論如何，現在的他還是會走。

回到了家中，頂著滿頭的髮膠和一臉大濃妝的她，整個人無力地攤在沙發上，閉著眼、縮著身體，像蠟像般一動也不動。

「妳也累了，趕緊去梳洗吧！明天不也沒請假，還得上班。」雨舲的媽媽靠了過去，用力地搓揉著太陽穴，沉默了一會兒，聲音啞啞地說：「先什麼都不想了，今晚在這兒睡吧！」

她站了起來，再也無法保持剛剛的堅強，眼淚已忍不住地奪眶而出，順著臉龐滑下來，喃喃地說：「為什麼婚宴一散場，我所謂的『老公』就可以不帶情感地拋下了我。」話一說完，便搖搖晃晃地往淋浴間的方向走了過去。

晚上十點左右，桌上的手機急促地響了起來，打破了今夜的寧靜。「妳如果有要和我還有我爸媽一起在『翡翠莊園』睡，那我就繞過去載妳，看妳怎樣？」話筒的一端傳來了冷冰冰的聲音，這讓她的一顆心彷彿被人給緊緊地揪住一般的疼。

「我……好，待會見。」掛完了電話，她怔怔地看著電話筒。

「既然決定要過去了，就換個心情吧！」雨舲的媽媽邊說邊幫她整理些隨身的衣物，頓了一下，又哽咽地說：「至少當作妳已為妳們的婚姻做了最大的努力，剩下的就看彼此的造化了。」

晚風浩大地撲來，襲著她的臉，讓她眉宇間的紋路，擠得更深了些。很快地，辜鳴瀚川的車已抵達了門口，她懷著忐忑不安的心緩緩地上了車，一路上，低壓壟罩著讓氣氛十分低迷，沒有人願意去化解它。

踏入了「翡翠莊園」，白雨舲的背脊底端不自覺地泛起了一陣涼意，打了一個冷顫，環顧著四周，龜裂脫落的油漆、隨處可見的壁癌、蜘蛛網佈滿了每個角落，裡面只剩一座鏽蝕嚴重的櫥櫃，其他空蕩蕩地沒有任何的傢俱，也沒有任何的燈飾，只剩幾支裸露在天花板上，搖搖欲墜的燈泡管，在這煙霧瀰漫的黑夜中閃爍著昏暗的微光。

辜鳴瀚川的媽媽冷冷地開了口：「沒想到會多一個人，我從家裡帶來的被子、枕頭也只有三人份。」接著，便直接被辜鳴瀚川的爸爸拖往二樓右側的房間。

過了幾分鐘，他轉頭對她微微地說：「我也累了，明天還要看診，上樓睡吧！」話一說完，也立刻地走往二樓左側的房間。

她愣了一會兒，深深地倒抽了一口氣，才拖著沉重的步伐，緩緩地跟了上去。

進了房間內，她發現荒廢老舊的程度，和一樓差不多，只是多了一張木板薄片拼裝的標準雙人床。並多了他悶不吭聲地攤在上面，蓋著一條單人的棉被，閉著眼倒在枕頭上。

她將隨身的行李袋放在冷冰冰的地板上，伸手打開了它並換上輕便的睡衣後，便輕輕地爬上了床，靠在他身邊低低地問著：「有我的枕頭嗎？」過了片刻，得不到他的任何回應，她只好又起了身，將披在行李袋上的大衣，摺疊成厚厚的方塊狀，這才安心地將頭倒在上面。接著，她隨手拉了蓋在他上面的棉被，想分些蓋在自己身上，發現他有些抗拒，於是她盡量蜷縮著身體，讓自己佔用的範圍小一點。

正當快要入睡時，突然「碰！」的一聲，木板間的裸絲鬆脫了，辜鳴瀚川半個人從床上摔了下去，他心中壓抑的怒火再度燃起，咆嘯地怒吼著：「睡這什麼鬼床，衰到了家。」

這如雷震耳的嘶吼，讓辜鳴瀚川的媽媽衝進了門，看到眼前的窘境，瞥了白雨舲一眼，毫不客氣地說：「是很衰，自從認識了妳，我們家就很衰。」

她再也憋不住心裡的委屈，聲嘶力竭地說：「我根本沒有錯，是她的教唆挑撥讓你們干涉了太多不必要的事，如果知道會這樣，打死我，也不會嫁進你們辜鳴一家，去淌這莫名其妙的渾水。」

這乾淨俐落的回嗆，瞬間又挑起了他媽媽的劍拔弩張：「妳這女人，整天把我兒子當太監一樣使喚。現在又要硬跟過來，非得賴在我們辜鳴一家，到底要剋死誰，妳才甘心？」

她還來不及接下一句話，悠忽間，辜鳴瀚川腿腳倏地一蹬，勁力一發，整個人往牆面撞了上去，並仰天尖叫出心裡的抑鬱：「這樣的日子要怎麼過，讓我死一死算了。」

這措手不及的怵目驚心，再度讓白雨舲的心揪得好疼，為了他，她選擇了再度妥協，恍恍然地跪了下來，深深磕了一個頭，縮起肩頭，頻頻顫抖地說：「我錯了！求您們原諒我。不要……再逼他了。」

「我不用妳假惺惺，看了就噁心倒胃口。」他媽媽淡淡地冷笑著說：「任何事情以為一句道歉就沒事嗎？」

輪到他爸爸看不下去了，他靠了過來，作勢地想把她拉回房間。他輕咳了一聲，用力地說：「走吧，睡覺了，再不走，明天把妳帶回屏東。」這才澆熄了今天的戰火。

這臥房又恢復了它原有的死寂，此刻，佇在牆邊的辜鳴瀚川，並沒有去扶起仍跪臥在地的她，只是自顧地把鬆脫的裸絲栓緊，並將散落在地的木板架好，接著便闔上了眼，整個人倒在床上，一動也不動。

她蜷縮著身體，僵在了地上，眼眶發紅，淚水不聽使喚地奪眶而出，她拼命地低下頭想控制住淚水，但卻仍改變不了早已濕淋淋的地板。片霎間，她的腦海裡，閃出了「涂見飛的欣欣台大」、「馬英安的日式別墅」，最後停駐的是「石信帆的耕非凡」淚水糊了她的視線，迷迷濛濛地再也看不清。

3

兩個月悄然地過去了，白雨舲的身形已瘦到了皮包骨，並常常陷入精神恍惚的狀態。這一天下班，她沒有直接去診所等他下診，開始漫無目的的閒晃著，天色漸漸地沉了下來，不自覺地走進了一條靜巷，她將身子倚在牆上，拿出了包包內的手機，隨意的瀏覽著，突然捎來了一則訊息：

「雨舲：好久沒有妳的消息，不知道調回南部的妳是否適應了呢？」

她深吸了一口氣，伸手輕揉著緊皺的眉心，過了半晌，才開始慢慢地回覆著：「我結婚了，踏入了一個可悲的墳墓。」

很快地，他打來了。「妳沒事吧！」那熟悉的關切傳了過來。

「我……毀了。」她泣不成聲的抽咽著。

「妳別這樣，天底下沒有解決不了的事，妳先慢慢地吸氣、吐氣。」頓了一下，才說：「然後，再和我說到底發生了什麼事。」

她開始回想起一年前，當時，辜鳴瀚川確定為了她已離開了台中，來到了台南，但所有的事情卻在這一刻有了急遽的變化。

剛來到台南的辜鳴瀚川，草草地租了個落腳的地方，便開始馬不停蹄地和她一起尋覓開業的地點。事實上，原本猶豫的他，曾一直反覆在「自己出去自創」或「繼續寄主於他所」之間搖擺著，但後來受到白雨舲頻頻的鼓勵與分析，他終於勇敢地跨了出去，兩人便堅定的往她們的理想努力著。

她們深深地明白開立診所的成敗，不外乎「地點」是決勝敗的關鍵因素。當時，白雨舲下班後，彷彿又兼了一份全職工作，就是和他一起搜尋網路資料，評估人口疏密度，還有四處地去探訪市調親友的意見，幾乎跑遍了整個大台南，都有她們的蹤影，遠自新市、善化、永康、歸仁、仁德等。最後，在她外公的建議下，考量了與他就近的地緣關係和人脈社交的拓展因素下，選擇了「永康」。

創業的過程確實辛苦，儘管部門的再次輪調，讓剛入新單位的白雨舲，白天已忙得焦頭爛額，晚上卻仍拖著滿身疲憊的身體，過去診所充當行政人員，幫忙掛號、盤點、採購、人事等大小瑣碎事物，病人如未獲預期的量，她就會像洩了氣的皮球，不斷地吐氣嘆氣。但時間久了，她也出了問題，原本眼睛就很不好的她，這樣疲勞轟炸下，除了視力越來越模糊，更引發了劇烈的偏頭痛，所以她的休假不是用來支援診所就是病倒了在家休養。

那時，趙立瑋看到她，最常說的話，便是：「白天新部門的業務量已夠妳受的，晚上還去支援到三更半夜，每天回家已經十二點了，妳一天到底工作幾個小時！連最挺妳的處長都發聲了，妳整天弄診所就好了，自己的工作變得一蹋糊塗，這讓曾經很看重妳的他，非常失望。」要不，他就是語重心長的說：「妳的假快沒了，之後看妳怎麼辦，再這樣下去，倒下了誰理妳？」

甚至，他也會不留情面的譏諷著：「人家給妳名份了嗎？妳為了他，幾乎跑遍所有的單位，頻頻公開地發傳單、宣傳面紙，還勞師動眾地邀大家去參加什麼開幕茶會。背後裡，同事們都在笑話妳。」

但這些卻仍無法改變她繼續下去的意志，或許，這就是執著的白雨舲，投入了就再也回不了頭了。

這一天，辜鳴瀚川的嬸嬸打了通電話給她：「雨舲，聽瀚川說，妳最近身子不太好，特別是眼睛的部份，我想去看看妳，現在在家嗎？」

她心裡想著：「不知道為什麼，嬸嬸竟知道今天自己請了病假，或許，是爸爸和她說的，自從辜鳴瀚川來了台南，他嬸嬸便常常三不五時地會去銀行找爸爸聊天。」

「雨舲，方便嗎？」沒有給她太多思考的時間，她又出了聲。

「好啊，麻煩您了。」結束了通話，她便起身整理一下自己的妝容，並緩換地走下了樓，和媽媽交代一下狀況。

事實上，辜鳴瀚川的嬸嬸是在商場上廝殺多年的女強人，論膽識、才幹、謀略，並不輸給男人。若要說她人生中唯一的挫折，至今遲遲無法癒合的，大概就是她那唯一的孩子，早在十幾歲的那一年，得了重度自閉症，最後竟以自殺結束自己的生命。從此，辜鳴一家唯一的血脈傳承便只剩下了辜鳴瀚川。

沒有多久，門口的電鈴響了起來，想必是她來了。

一打開門，便發現識大體又懂禮數的她，特地準備了一大盒的水果禮盒和香菇當伴手禮。

「這給您燉煮雞湯用，讓雨舲補補身。」她笑了笑，並把它們交給了雨舲的媽媽。

「您人來就好了，實在太客氣了。」雨舲的媽媽接過了手，便急忙地將她請了進去。

「其實，我覺得會這樣，主要是瀚川沒有一起住過來。」她端起杯子喝了口茶，目光飛快地掃了雨舲母女一眼，繼續低聲地說道：「是不知道讓瀚川也住在這邊，會不會造成您的困擾，如果不會的話，真該讓他搬過來一起住，除了互相有個照應，她們也不用額外再花時間相處，晚上下診可以一道回來，可以省下許多時間，也比較有凝聚力。」

「當然不會困擾，這是哪兒的話，早把瀚川當自己的孩子一般疼愛。」雨舲的媽媽搖了搖頭說：「只是怕……怕她們也還沒結婚，這樣會不會遭人話柄。」頓了一下，又說：「聽雨舲提過，他爸媽的觀念也偏守舊，這樣做會不會遭到不必要的猜忌，覺得好像以我們女分為尊，如果原本的好意卻被這樣誤會，可就冤了。」

「妳們怎麼會有這樣的想法呢？」她緩緩地伸長了自己的手，去緊緊地握住她媽媽放在大腿上的雙手，嘆了口氣說：「看到瀚川為了開業也憔悴了許多，真希望他能住過來，好讓您能代我好好地照顧他。想起當年，我和他叔叔為了把生意撐上來，不顧一切的豁了出去，他不顧家裡的反對，不也整個人沒日沒夜地和我綁在一起，我們便一起在我娘家常住了下去，那時也還沒結婚，因為時間和環境根本也容不下我們想那麼多。」

「這樣說也對，好啊，那我和瀚川提提。」雨舲停了幾秒又說：「可是，他如果不願意，可能還是得……。」話在嘴邊，還來不及說完，便被她打斷了。

「以他現在對妳的感情，這孩子我懂他的，妳立場堅持倒底，他會依妳的。」她換了位置，讓自己坐得離雨舲更近了些，喃喃地說著：「兩個人住一起，心也更近些，別人的眼光又值多少！」

沒想到這一番話，卻埋下了日後雨舲和瀚川爸媽的心結。從那一天之後，辜嗚瀚川的嬸嬸便悄然地走入了她們的生活。

這一天，她們又一起去逛 Cosco。「我們該買些什麼去幫診所佈置，好讓它有過聖誕節的氣氛呢？」瀚川的嬸嬸挽著雨舲的手問著。

「那買聖誕樹，上面可掛著小雪人、小禮物、小鈴鐺，一閃一閃地好浪漫！」她笑笑地答著。

「好啊，我們先去那裡挑挑，選定了，再喚瀚川過來。先讓他自己去看他有興趣的燈泡管。」話一說完，瀚川的嬸嬸便拉著她背著他，往另外一個方向走了過去。確定走遠了，她才問道：「妳怎麼最近又更瘦了？發生了什麼事嗎？說出來看看我有沒有辦法幫妳。」

「自從瀚川住進了我家，發現我們的爭執頻頻發生。」她幽幽地說著：「她媽媽常打電話給他，施加了很大的壓力，要他搬走，覺得他好像入贅了我們白家，甚至，開始頻頻地打給了我爸媽，對我展開了激烈的人身攻擊，輕蔑著我的一切，包括我的工作，認為我唸法律系，為何會入了一般的公職體系，應該要像她女兒一樣，當個法官，這才能和她兒子匹配。」

瀚川的嬸嬸從身後使著單隻的手臂將雨舲摟的更緊了些，輕輕地貼在她耳後說：「可憐的孩子，妳遭遇的苦難，我不也曾受過。」停了一會兒，又說：「當年和他台大畢業的叔叔在一起，難道就活該註定被她們辜鳴一家瞧不起嗎？並且，我比妳更坎坷，因為我還沒有妳的優秀學歷加持，只有商職畢業的身份，所以總被辜鳴一家嘲諷我高攀她們的兒子，更毒辣的酸言酸語，我都聽過。」她將雨舲轉過了身，面對面地直視著她說：「看妳夠不夠愛他，如果認定了他，就不要輕言放棄，堅持做自己認為對的事。」

雨舲的臉顯得更蒼白了些，聲音啞啞地說：「可是他爸媽對他的影響力和控制力很大，而且走入了婚姻，不是只有我和他，還有他的家人。」

她突然放開了雨舲，泛起了一絲冷冷的笑容說：「那妳就錯了，是活著比較久的那個人，才是最後的大贏家。」

雨舲沒有接上任何的話，只是覺得眼前迷濛濛的一片。

「雨舲，妳的人生閱歷太少，以致於太目光短淺了。」她開始自顧自地忿忿說著：「那時，我只勇於做我想做的，讓他叔叔可以義無反顧地為了我和他的事業，拋棄了自己的原生家庭，幾十年了和他們辜鳴一家幾乎斷絕往來，從此，我再也無公婆的問題。可是結果卻證明我是對的，我得到了屬於我們自己的輝煌成功事業。」停了幾秒後，又說：「所以，我贏了辜鳴一家，贏了那兩老，因為我敢。」

雨舲微微地挪動自己的腳步，好讓自己的身子佇在置物牆的一邊，眼睛繼續盯著地板，喃喃地說：「明明可以成為一家人，卻弄到這樣，真的好累！」

她再次抓牢她的手說：「瀚川的媽媽就是這樣不可理喻的自命清高，當時還非得拜託我幫她介紹台大醫學院的醫生，給她當女婿！」她輕哼了一聲，揚起嘴角，聳聳肩說：「自己的兒子都沒本事上台大醫學院了，還做這樣的要求。最後，我真的幫她找了一個台大醫學院的醫生，結果人家還看不上她女兒，根本不來電。」

話一說完，瀚川已朝他們的方向走了過來，她捏了捏雨舲的手，暗示著先到此為止。

4

半個月後的晚上，雨舲一回家，便看到了爸爸臉色發青地坐在沙發上，不發一語地直瞪著她，媽媽則閉著眼，將身子趴在沙發上，頭則倒在沙發的扶手邊，整個客廳很明顯地壟罩在沉重的低壓風暴。

「我們該好好地談一談！」她媽媽張開了眼，低啞著嗓音說著：「三更半夜地老聽妳們在樓上吵架，接踵而來的竟還有砸爛東西的聲響，再這樣下去，街坊鄰居都知道了，臉都快被妳丟光了。」

「這陣子，他嬸嬸常來找我，說了很多事。」雨舲的爸爸再也難掩心中的激動，大聲地說：「瀚川的媽媽嫁入辜鳴一家時，過得很不開心，老被婆婆百般地刁難，卻又得每天同住一個屋簷下，而她的個性又做不到像瀚川的嬸嬸一樣的爽直敢衝，長期累積下的抑鬱，造成了整個人格的扭曲與偏激，因此便導致了日後對妳的針鋒相對。」他頓了一下，繼續說：「而他嬸嬸還說，她連自己的親姐妹關係也都弄得很不好，像這樣的人日後怎麼可能會對媳婦疼惜。」

「妳和瀚川最大的問題，就是如何克服和他媽媽和平共處，不然，再這樣下去，妳會逼瘋他的，對妳們的感情更是一種傷害，懂嗎？」她深深地吸了口氣，接著說：「雖然妳叫人家為了妳來到了人生地不熟的台南，我們的確有理虧之處，但至少妳也很努力並發自內心地幫助他開業，而他也已小有成就。所以，趁婚還沒有結下去，如果真的和他媽媽的問題解決不了，就放手，不要傷害了自己，也苦了對方。」

「為什麼要這樣，我也可以走他嬸嬸一樣的路。」她鬆了口氣，接著又倒抽了口氣。接著慢慢地轉了身，背對著他們說：「當年他嬸嬸不也讓他叔叔和家裡斷絕了一切的往來，兩人還簡簡單單地去公證結婚，後來不也逍遙快活了幾十年。」

「有必要去降低自己的格調，去幹這檔事嗎？」她爸爸再也控制不了自己，如雷貫耳的吼著：「我辛苦栽培妳到今時今日，不是用來這樣糟蹋自己、作賤自己。」

儘管白雨紟全身正因那震耳欲聾的吼叫而微微顫抖著，卻仍使盡全身的力氣大叫著：「反正，辜鳴瀚川他就像他叔叔當年一樣，這陣子，他自己也頻頻主動和我說，快被他爸媽煩死了，與其要浪費時間去安撫她們老人家，倒不如先去公證結婚算了，快速了卻一樁麻煩事。」

剎那間，全都安靜了下來，今晚已註定了沒有了共識。

隔天中午，完全沒有睡意的白雨紟，只想一個人靜靜地走著，讓頭頂的太陽，刺刺地打在她臉上、身上，感受一下所謂的「溫暖」，這無須任何的言語，只要用心慢慢體會那種感覺，看看是否能讓她發了霉的心底重新沾染了陽光的朝氣。

「妳怎麼一副要死不活的樣子？這時候，不該稱妳為院長夫人嗎？」趙立瑋追了上來，在身後調侃著她。

她緊閉著雙唇，加快了步伐，明顯地想擺脫他。

「好啦！不鬧妳了。之前不是聽妳說，接受他嬸嬸的建議，讓他搬進了妳們家，現在應該是濃情蜜意，眉開眼笑地收成正果了，怎麼還是這哭喪的臉。」他小跑步地追了上來。

「發生了很多事情，他爸媽無法接受這樣。」她放慢了腳步，低低地說著。

「其實，我覺得他根本不是男人，自己的爸媽都搞不定。」他已和她並肩而行，清了清嗓子，加重語氣地說：「他既然和他叔叔同流辜鳴一家的血脈，就應該有相同的氣魄，他嬸嬸說的沒有錯，像他媽媽這樣偏激的女人，用盡一輩子的心力都無法化解她心裡的糾結，倒不如選擇一刀兩斷，老死不相往來。如果他愛妳，就做的到。」

「可是……自從相識以來，發現他的個性就像鐘擺一樣的優柔寡斷，沒有絕對的立場與標準，所以根本無法做到這麼果決。反倒這樣下去，讓我們的衝突不斷，我很痛苦，他也很不快樂。」她紅著眼，苦澀地道著：「搞到現在，連我爸媽都不支持我和他了。」

「不然……妳們乾脆一起搬出去住，妳之前認識的那些男朋友，本身的經濟條件和能力不都和辜鳴瀚川差不多，不都可以為了妳買房子，為什麼他不行呢？除非他心裡有鬼，對妳根本不是這麼一回事。」他斜斜地瞄了她一眼說著。

她突然停下了腳步，刮起了一陣風，將她的劉海胡亂吹著，蓋住了眼睛，正當她要伸手撥整時，有人卻比她早了一步。

「這劉海真可愛，但別讓它遮蔽了妳的雙眼。」他輕輕地說著。又過了幾分鐘，他突然想起了什麼，刻意地挑高了語調說：「要不，你把我的想法和他嬸嬸討論一下。」

她愣了一下，過了半晌，仍沒有回話，卻微微地點了點頭後，便默默地和他一起走回了辦公大樓。

5

陽光刺眼地從窗縫射了進來，她緩緩地睜開了眼，習慣性地伸長了胳膊，轉過了身，向熟悉的位置摸去，冰涼的。片霎間，她猛然地睜大了眼，開始意識到：「是的，診所日漸上了軌道，而自己的身體卻每況愈下，便索性地和他開了口，假日的早上不去幫忙了。」繼續地賴在床上，但她的頭卻疼得更厲害，乾脆起身梳洗更衣，準備中午的赴宴。

此刻，她的手機卻來了一通比預期早的電話：「雨舲，起床了嗎？想問妳有沒有空，可以提早出門嗎？因為叔叔有事忙，現在剩我一人，閒著無聊，想先和妳單獨去台南新天地晃晃，等瀚川下診後，叫他直接去旁邊的大億麗緻找我們會合，那時候，叔叔應該也忙完了，大家再一起去吃鐵板燒。」她頓了一下，又說：「也別讓妳爸媽等太久，確定瀚川要從診所出發了，妳再打給妳爸媽過來用餐就好了。」

「嗯……」她猶豫了一下，過了幾秒後，才回話：「還是，我問我爸媽是否要一起去逛街。」

電話的另一端沉默了一會兒，才娓娓地傳來：「好啊！」

結束了通話，雨舲走下了樓，和爸媽簡單地交代了一下狀況，但她們卻異口同聲地說：「妳自己和她去逛吧！我們中午再一起過去用餐就好了。」

很快地，他們碰了面。「有沒有想要逛什麼？」瀚川的嬸嬸先開了口，笑著說：「每次和他叔叔來，老是去看躺椅，搞到櫃姐都認得我們了。」

「難怪上次去您柳營的家，收藏了各式各樣大小不一的椅子，果然每個人都有自己的嗜好。」雨舲輕輕地嘆了口氣，說：「不過……前提也要先有夠大的空間。」

「怎麼了嗎？」她淡淡的睨著她，挑了挑眉輕佻的問她：「想和瀚川有屬於自己的一個家。」

「我……我最近是有這種想法，覺得老住在自己娘家，都沒有兩個人的隱私，爸媽最近也三不五時想要插手去管我和瀚川的事情。」雨舲嘟起了嘴，忍不住嚷嚷著。

「如果沒有什麼想買的東西，我們找個地方坐坐，順便喝些東西。」她挽起雨舲的手，直往星巴克的方向走了過去。接著，她俐落地在櫃台前，和服務生交代著：「兩杯蘋果原汁。」緊接著，便拉著雨舲在兩人座的位置，對向地坐了下來。

「別喝咖啡了，傷胃。」她打開了其中一瓶的杯蓋，遞到了雨舲面前，說：「多喝些這種東西，我還指望妳能趕快和瀚川生個胖娃兒，好讓我幫妳們帶。」接著，她又打開了另一瓶的杯蓋，往自己的嘴巴倒了幾口，問道：「有去看房子了嗎？」

「瀚川他不是很贊成，因為診所剛開，幾乎燒掉了他所有的積蓄，這關鍵時刻，如果再添個房子的頭期款，會讓他喘不過氣。」雨舲搖了搖手邊的蘋果汁，低低地看著杯面激起的水泡。

「怎麼會呢？那時候開業，他叔叔不也資助了幾百萬。」她頓了一下，又說：「那麼有看到喜歡的房子嗎？」

「有的，在火車站附近，喜歡它交通方便，是棟大樓，管理和安全都沒有問題。但因為是一百多坪的大坪數，所以總價偏高。」

「多少錢呢？」

「兩千多萬，頭期款需要四百萬的現金。」

「這樣不貴啊！而且依現在房地產的走勢，房價近幾年是不會跌的，加上，房子本身的地理環境佔盡了優勢。」

「我有和他提議，頭期款四百萬的現金，可以先和我爸爸調度，他那裡是有閒錢的。但是他的反彈依然很大，覺得買了那房子，會變成他如隱隨形的壓力。」

「這傻孩子，在擔心什麼呢？有我們在背後挺他。」她緊緊地伸出了手，去握住了雨舲的雙手，說：「堅持下去，只有妳的勇氣和不妥協，才能讓他繼續走完。」

「可……是，之前為了他父母的事，已經造成了我們的爭執不斷，現在若又硬攬棟房子，會不會讓我們的感情變了質。甚至，我怕……怕會把瀚川逼瘋了，他最近開始越來越無法克制自己的情緒，常常會做出一些，不……正常的反應。」

她眼睛忽然一亮，突兀的問道：「什麼不正常的反應？」

雨舲將手邊的玻璃杯握著更緊些，讓杯壁上滲出的水珠漸漸地浸濕了她的雙手。過了半晌，她才緩緩地說：「像他的筆記型電腦也被他狠狠地砸爛了、他的手機也差點落地身亡、連他的衣服也慘遭被扯破的命運、臥室的椅子已數不清被重摔了幾次。」停了一會兒，她眨了眨眼睛，微微地顫聲說：「最近……他還會在我面前又哭又鬧又笑，然後，拼命地將後腦勺或前額往床沿、牆壁撞去；要不就有事沒事，便猛打自己的頭、抓亂自己的頭髮；或是在床上不停的滾來滾去，直到身體或是頭部頂到床邊才肯停下來。」

「喔……」她揚高了語氣，那雙眼睛如漩渦般的黑眸深淵似的，彷彿讓人摸不透她的心思。

「我該怎麼辦，我好怕……」雨舲抖著身子，拼命地搖著頭，喃喃地說：「我好像……好像不能再繼續這樣，連我爸媽也開始對我很不諒解。」

「沒事的，有嬸嬸在，別瞎擔心。」她揪著她，緩緩地說：「瀚川會這樣，純粹是剛開始創業的關係，當年他叔叔何嘗不是這樣呢？我還不是陪他走過來的。」過了幾秒，又說：「房子的事，妳儘管做下去，他最後還是會順妳的，更何況婚後有一個自己的屋子，這也沒錯。加上，瀚川的爸媽，不也反對她們的兒子一直寄宿在妳們白家。至於，經濟上的問題，妳更別擔心，早把妳和瀚川當作我自己的孩子一樣。」

「可是……瀚川他……會不會承受不了了。」雨舲一手托住自己的下巴，另一手仍牢牢地握緊沾滿水珠的杯子，輕聲地嘆了口氣說：「加上……他越來越不容易妥協。」

「那就用他對妳的愛，逼到讓他束手無策。」她淡淡地說。

「什麼？我不懂！」

「妳應該看的出來，其實，在叔叔心中，比我更無法釋懷失去那唯一的孩子，這些年他花了很多時間、精神、力氣，窮盡一生的餘力，去打官司，就為了告學校處理管教不當，才導致小孩嚴重自閉而走上絕路。」她握杯的手不由一緊，蹙緊了眉心，重重地吐了口氣，啞啞地說：「但這些都餘事無補，仍止不住他內心的痛。於是……他……他想過找別的女人幫他再生一個小孩。我當然全力制止反對，甚至，在公司安插了很多的眼線，但內心卻始終慌恐不安，讓我終日寢食難安，於是我做了一件事，我吞藥，我威脅他，如果他膽敢這樣做，我就去陪他孩子，這才讓他暫且作罷這種想法。」

她怔怔地凝望著面前的這位女人，一臉薑黃的肌膚，上面刻著深而鮮明的紋路，矮小而腫胖的身材，但唯一不減當年的便是那目光如炬的眼神，依舊震懾逼人，可以為了達到她的目地，而不顧一切，包括「生命」。

片刻間，氣氛沉默了下來，她們靜靜地啜著杯中的飲料，各自想著各自的心事。

「置之死地於後生的道理聽過了嗎？」她忽然又舉起了杯子，將最後一口的果汁，往自己的嘴巴裡倒，轉眼間，只剩下一個晶瑩透徹的杯身。她抿了抿嘴，瞇著眼，用餘光斜睨著她，小聲地說：「瀚川的媽媽都敢和兒子說，自己去掛精神科了，妳還再怕什麼！我試過了，一盒普拿疼死不了人的，可是妳卻能把他牢牢地捏在手心裡。」

這話打在了白雨舲心底最脆弱的地方，讓她疼得連呼吸都快要停止了，全身發涼地僵在椅子上，只是隱約覺得脊背發涼，不由自主地再次和面前的她對望了一眼，眼神中傳達出同樣的資訊，無論如何也不能輸給瀚川的媽媽，不然就等於失去了瀚川。

就這樣靜靜地過了不知多久，瀚川嫿嫿包包內的手機忽然響了起來，適時地提醒著她們要移動位置，往下一個目地的前去。

6

週日的午後，陰陰地灰濛濛一片，把天空遮擋得沒有一絲陽光，但微風卻不定時徐徐地吹拂著，本來應該也不失為一個還可以的天氣。

「我還是決定想買那房子！」坐在副駕駛座的白雨舲，瞥了辜鳴瀚川一眼，一個字一個字清楚地說著。

他沒有任何反應，繼續緊咬著下唇，一語不發地直視前方的道路，漫無目的的閒晃著。

「我們現在繞過去付訂，只要十萬現金。」她的語氣急遽為尖銳。

「非得這麼做嗎？」他用力地拍打著方向盤，大聲吼叫著。

「你到底在怕什麼？又不是付不起。」她不遑多讓地吼了回去。

車子猛然地「唧！」地一聲，轉了一個大彎，吊頭往「成功錄」建案的方向開了回去。沒多久的時間，她們付完了訂金，走了出來，又回到了車內，氣氛已僵硬到了極點。

「你很不高興嗎？都不說話。」她低低地說著。

「算了，妳滿意就好。要不然，又不知道要發什麼瘋，還威脅我要去吞藥，結束自己。」他面無表情地冷冷說著。

「你現在這樣說是什麼意思，說我『威脅』你，意思是說所有的事情都是我『逼迫』你。」她忿忿地繼續說著：「你把車停旁邊，講清楚說明白。」

「再這樣搞下去，我也不想活了，這是什麼世界，天啊！到底發生了什麼事。」他突然用力地催速往前方的平交道，橫衝了過去，並崩潰地仰頭哭叫著：「乾脆一起死一死算了。」

正當車子快要追撞到前方放下來的欄杆時，他猛然地踩住了煞車，紅著眼吶吶地說：「我們……應該繳的起，對吧！」

她將冷冰冰的手，貼在他發白的臉上，聲音平和地說道：「會的，過了這關就沒事了。」

他沒有再多說什麼，只是默默地點了點頭。

7

轉眼間，兩個多月悄然地過去了，此刻，本應喜氣洋洋地張羅著即將舉辦的喜宴。但取而代之的卻是一片低迷，或許是外公意外的驟然辭世竟得不到辜鳴一家任何的敬意弔喪，抑或是瀚川父母變本加厲地蠻橫吵鬧，還是辜鳴瀚川他瀕臨崩潰地完全失控，這一連串接踵而來的措手不及，扼殺了一絲一毫僅存的喜悅。

這天一出辦公大樓，滂沱大雨，像是從天上垂直地傾洩了下來，直往白雨舲的身上倒了下去。「怎麼連傘都不撐！」趙立瑋急忙地靠了過來，並撐起了手中的大傘，說：「每個新娘子都眉開眼笑地期待步入一生一次的婚禮，哪像妳這樣糟蹋自己。」

「他爸媽搬了上來！在診所附近租了房子。」淚水湧進她的眼眶裡，她努力地瞪大了眼，硬是不肯讓淚水滑下來，吸了一口氣，抽咽地說：「我好怕……她們一直向瀚川施壓，要他搬過去一起住，而他已經在那裡住了三天沒回我家睡了。」

「實在搞不懂這樣的男人，妳還要他來幹嘛，簡直是窩囊廢！當時，說得好聽是為了妳來到台南，結果呢？也是為了滿足他自己的私心抱負，一心一意地去搞診所，什麼以結婚為前提的海誓山盟的屁話都早忘得一乾二淨。整個婚紗、新祕、婚禮大小事物，都是要妳一個人操辦，他就這麼坐享其成，其實說穿了，如果沒有妳，會有今時今日的診所嗎？然後呢？他自己的爸媽卻永遠搞不定，還配談什麼感情。」

她再也忍不住地讓淚水滑落了眼眶，她的聲音開始有些慌有些抖著說：「我不知道……該怎麼辦！」

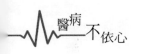

「躲起來，今晚妳也別回家睡了，去高雄找間飯店，先小歇一下。」他頓了幾秒又說：「然後，他下診的時候再打給他，和他說妳人不在台南，要他立刻來高雄接妳，不然，妳就一直住高雄，並且，幾天後的婚禮也不會出現了。」

「這樣會不會越弄越僵？」她孱弱的身子抽動著。

「雨勢越來越大，要不，妳先上我的車。」他伸手往自己的側背包裡，抽出了一包面紙，遞給她說：「先把雨水擦一擦，我們車上討論。」

她順勢地接了過去，沒有多說什麼，便上了他的車。

「我放了些暖氣，讓妳沒那麼冷。」他發動了引擎，吐出了一大口白煙，說：「對了，他嬸嬸不是最了解他們家到底發生了什麼事，還是妳打電話問問她的意見，再評估下一步如何做！」

很快地，她掏出了手機，撥了電話，沒有響很久，立刻通了：「嬸嬸，我是雨舲，為什麼瀚川的爸媽會突然搬了上來，並瞬間在診所的附近租到了落腳的地方呢？」

「妳先別急，這是真的嗎？」她低低地說著：「我先去了解一下狀況，再打給妳。」

「對了，嬸嬸，想先問您，自從她們一直向瀚川施壓，要他搬過去一起住，他已經在那裡住了三天沒回我家睡了，我同事建議我今晚別回台南，躲在高雄，然後逼他下診後來接我回家，您覺得呢？」雨舲一五一十地和她說了趙立瑋的建議。

「不過妳要小心，他本來的個性就很搖擺不定，不太有自己的主見。現在又有他爸媽在旁邊咬舌根，鐵定氣燄更甚從前，會不容易依妳的意思做。」她吞了吞口水後，又說：「用我教妳的絕招，妳和他說，如果他不來，就讓他幫妳收屍。或者，乾脆利用他上診的時候拼命的打電話給他，讓他招架不住，就低頭了。」

「我……我……這樣做好嗎？」雨舲的聲音小到幾乎聽不見了。

「之前教妳的，他不都乖乖地照辦。妳還怕什麼呢？他沒這麼脆弱。」她淡淡地回著，接著說：「我先去幫妳了解一下詳細的狀況，今天先這樣，不說了。」

隨著車子不自覺地駛到了高雄，她的一顆心開始七上八下地亂跳了起來。很快地，趙立瑋找到了一間簡單乾淨的平價飯店，他帶著她辦妥了入住手續後，便貼在她耳邊說：「我得先離開去接小孩了，記住他嬸嬸的話，有任何狀況再隨時打給我！」

她愣愣地目送著他離開，心卻撲通撲通的跳個不停，好像要跳出來似的。此刻，整個世界彷彿要停止了，他嬸嬸的囑咐就像錄音機似的，正反覆的迴盪在耳際間。她的腦子裡開始天旋地轉著，耳朵裡頻頻有尖音和幽靈之音嗡嗡作響，面前彷彿遊蕩著骷髏鬼魅，正飄忽不定地朝她襲來。這一切讓她全身激烈地顫抖了起來，拼命地急於想找出口自救，這下子，她便毫不考慮地拿出了手機，下意識地打給了辜鳴瀚川……。

「妳又再發什麼神經，病人很多，不要再打給我了！」他匆匆地掛了電話。

最後的一通竟是她歇斯底裡的哭嚎著：「如果你再不出現，我就讓你婚禮當天看不見我。」

即將跨入夜間十一點，一台奔馳的汽車突然濃煙滾滾地咆嘯到自己的面前，搖下車窗，辜鳴瀚川探出了頭，他冷冷地說「我來了，妳還要我怎樣？」

當她還來不及反應時，瀚川的爸媽便從車子的後座，走了下來。緊接著，另一台車隨後也到了，打開車門的竟是自己的爸媽。這一刻，她的心像是要從喉嚨口蹦了出來，臉部的肌肉瞬間僵硬了，甚至不停地抽搐著，她的身子一軟，差點整個人摔倒在地，僅依稀記得是媽媽走過來攙扶著她進了爸爸的車門，逃離了那場狼狽的僵局。

回到了家，快午夜十二點，雨舲整個人攤在沙發上，貼身的內衣快被一身的冷汗浸濕了，她下意識地打了個寒戰。

她媽媽倒了一杯熱茶給她，啞啞地說：「先喝些，暖暖身。」她接著嘆了口氣，慢慢地問道：「妳告訴我，到底為什麼會變成這樣！」

她整個人蜷縮著，不停的顫抖著，過了不知多久，才完完整整地說出了自己和瀚川嬸嬸的所有事情。

「我告訴妳，今天中午他嬸嬸親自和瀚川的爸媽一起來家裡，把他的東西整個都淨空了。」她媽媽雙眼無神地飄向窗外，喃喃地說：「沒想到，整場局，我們被他嬸嬸擺了一道。」

「妳……妳……妳為什麼不打給我，和我說這件事，讓我可以跑回家制止一切。」她驚聲的甩頭尖叫著，全身起了雞皮疙瘩猶如靈魂觸電般的感覺。

「妳會接我的電話嗎？今天一下班，妳打給了誰，竟是打給了瀚川的嬸嬸！」她媽媽搖了搖頭，微微地無力說著：「她很高招，下午又以迅雷不及掩耳的工夫去到了爸爸的銀行，將之前為了攀關係套交情，隨意買的保單，全解約退掉了，準備和我們的關係斷的乾乾淨淨。」

「這……這……怎麼可能！」她臉色整個死白，再也說不出任何的一句話。心裡開始膽戰心驚地回想著：「是的，如果她這一生的遭遇誠如她所說，不只骨子裡認定自己的公婆待薄了自己，更咬定自己的枕邊人也出賣了自己，甚至連唯一的骨肉都受到詛咒被上天給帶走了。這樣的她早該會恨死宰嗚一家，怎可能會想去幫自己和瀚川，更不可能化解自己和瀚川父母的問題，因為在她心中，只有自己的娘家才是真正的根，今生的所有一切只甘心完完全全地留在她娘家，深怕被辜嗚一家的任何人搶走了一絲一毫。」

隔天一大早，雨紟的媽媽緩緩地走下了樓，一眼就看到了她一動也不動地縮在地板的一隅，窗邊的晨光微微地照進了全關了燈的黑暗客廳內，斜斜地打在她身上，發出了幽森的光芒。「妳整晚都沒睡？這樣怎麼上班。」她媽媽靠了過去，彎下了身，直接坐在她旁邊，攬著她說：「該面對的總是要面對，我和妳爸也有疏忽，沒能識清她。」

「我……我要打電話給她！」她用手撐著地面，僵著身子慢慢爬了過去，拿起了前方茶几上的手機。

「妳清醒一點吧！」她爸爸出現在樓梯口的轉角處，正激動地叫喊著。

「算了，你別勸她了，就讓她打吧！」

緊接著，她開始瘋狂地一遍又一遍撥了相同的電話號碼給瀚川的嬸嬸，但另一端卻永遠是：「你的電話將轉入語音信箱。」正當她快要放棄時，電話通了，但卻始終沒有人接聽。這瞬間，她的整個人好像重重地掉進了萬丈深淵

「那房子是她嬸嬸特意幫瀚川的爸媽找的，這幾天她們大都在一起。我想，妳在高雄胡鬧的時候，她嬸嬸應該正好和他爸媽分開，準備從診所開回柳營的路上。」

「瀚川曾一直和我說，他嬸嬸和他爸媽不一樣，人很明理又熱心，我人生中有什麼大小問題，都可以問她。」她本能地拱著膝抱著腿，咬著唇，忿忿地說：「我……我真的不知道，我當時完全亂了方寸，我從沒想過她是那樣的人。」

她爸爸繃緊著臉，繼續說：「最後還在狀況外的妳，在他上診的時候，還打了那些該死的電話。而最糟的是，瀚川是不是直接把電話塞給了他媽媽聽。」

「連他都出賣了我，而我也沒想到他媽媽會在他上診的時候出現……。」她的臉色更顯蒼白，心口也就愈疼，聲音也就越來越微弱：「所有的事，都像設好的局，彷彿一夕間連辜鳴瀚川都不一樣了……。」

「他們昨晚想必都回柳營睡了。」她爸爸朝窗邊走了過去，想讓外面漸亮的光打在自己身上，清透的聲音帶著不可遏止的脆弱道著：「他叔叔昨天也打給了我，說得很不客氣，他譏諷著說：『你女兒的行徑這樣偏激，如果真娶了她，生出來的小孩會不會也得了憂鬱症，動不動就要去死。』這樣到時候可要叫她多生幾個預備，不然有些死的死，不死的也重殘。」

「竟然這樣咒著我，這……明明是他自己的老婆有問題，生出來的小孩才會有問題。」她歇斯底里地吶喊著，開始拼命地扯亂了自己的頭髮。

「雨舲，妳冷靜一下，現在不再是耍脾氣的時候。」他轉過了身，目光炯炯地撇向她：「他嬸嬸也不知道在瀚川的爸媽面前又是如何造謠，已造成了兩家無法填平的鴻溝。並在這段時間裡，也製造了你和瀚川的諸多矛盾和爭執，而這些裂痕儼然不可能一朝一夕可以癒合。」接著，他便快步地向前撲了過去，蹲下了身，扳過她的肩，讓她整個人面向著自己，吞吞吐吐地說道：「事已至此，可能要做最壞的打算，後天的婚禮，瀚川他可能不會出現，到時候，我們白家會整個顏面掃地，這種打擊妳受的住嗎？所以，妳得想清楚，婚禮是否依舊要如期舉辦嗎？」

她緊咬著下唇，原本以為淚水早已流乾，但想不到這席話卻又瞬間讓心中的酸楚全湧上心頭，立刻淌下了止不住的眼淚。過了半晌，她才微微地開口說：「我對他，還有割捨不掉的愛。所以我相信他對我也是一樣的。」她深深地倒抽了一口氣，提高著嗓門說：「婚禮如期舉辦。」

接下來，就是兩天後的婚禮現場……。

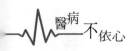

8

「妳現在人在哪裡？」電話的另一端，傳來了熟悉的慰問。過了幾秒，得不到回應，他接著又說：「又去診所等他下診？」

「是的。」她正坐在掛號的櫃台後方，將頭倚在牆邊，小聲地答著：「不然，提早回到了翡翠莊園又受到他媽媽針鋒相對或惡言相向。」

「這陣子聽妳談了很多他的事，其實，妳又何必去捲入他們整個家族的恩恩怨怨呢？」他頓了一下，又說：「妳方便走到診所外面嗎？說話比較方便。」

她沒有再接話，直接移動了身子，很快地，便走出了診所，繞入了旁邊的靜巷。

「好了嗎？」又過了幾分鐘，他緩緩地問著。

「嗯，我出來了。」她簡單地答著。

「妳每天一下班，還是和之前一樣，就過去診所和他一起吃便當，然後癡癡地等到十點多，才一起走回那鬼屋。」

她喃喃地說著：「不然能怎麼辦！既然婚都結了，就是一生一世。」

「妳想太多了，這世界上有多少離了婚的女人，還是能活出自己，不僅活的光采也活的自在。」他鏗鏘有力地嚷嚷著：「雨羚，別陷在自己的泥淖中，這樣痛苦的日子，要過一輩子嗎？辜鳴瀚川如果還愛妳，就會捨不得讓妳繼續受這種折磨，他很有可能已經不是當年深愛妳的那個人了。」

片霎間，兩人間靜了下來。過了很久，她開了口：「先不說我的事了，這些年你過得好嗎？」

「我……我還可以，後來走了病理科。」遲了一會兒，又道：「繼續留在林口長庚。」

「對……對不起。」她的心突然揪了起來，想著要不是當年有了那一場意外，以簡書甫的細膩和努力，早該在腦神經外科闖出了一片天。

「不關妳的事，人生很多時候……都身不由己，現在也挺好的，主要寫寫文章、做些研究，工作上也沒有過多的壓力。」他停了幾分鐘，才又帶點沙啞地說著：「或許，不該勸妳逃回台南。雨舲，妳有考慮再來台北嗎？至少……至少有我……我可以陪妳一起走過。請相信我……這一切會過的！」

「我……我會好好地認真想一下。」她的眼睛不自覺地又紅了起來，並覺得眼前茫茫地一片。

這一天的夜裡，她的手機又傳來了幾張照片，全是可愛俏皮的小男孩，正趴在他腿上天真無邪地撒嬌著。緊接著，捎來了一則簡訊：「看看這些，有沒有發現新生命的美好，Bingomilk妳漫漫人生的路還長著呢！其實，我常常想著如果是我和妳生的孩子，該長什麼樣子！」

她看著這些天使般的笑容，揪緊的心頓時鬆了不少，於是，她飛快地回著：「謝謝你！OK咖啡！」。而這一刻，她的心底似乎浮出了答案。

接下來的日子，她下了班沒有繼續待在診所等他下診，便直接回去翡翠莊園等他。

「爸媽！我下班了。」一入了門，便向他們打聲招呼，才往自己的房間走了進去。

儘管得到的永遠是：「妳在叫誰，我沒妳這種媳婦。」

逐漸地，她開始下了班會買一些水果，把它們削好，並放在冰箱，除了預留了一些給下了班的瀚川外，還特意定會和他們說：「爸媽，我切好了水果，冰在冰箱。」

儘管得到的永遠是：「妳以為這樣就可以當作什麼事都沒有發生過。」甚至，她也會想要嚐試分擔家裡的雜事，因為當時只添購了一台洗衣機，並安置在他們的臥室外面的陽台。她明白這樣婆婆洗衣服只能利用她不在房間的時間，確實會造成生活的不方便，所以她常常會主動地開口：「爸媽！您把隨身的衣物丟在房門口的籃子，我會順手把它們洗一洗。」

儘管得到的永遠是：「妳別這樣惺惺作態，把我們辜鳴一家弄的雞犬不寧。」

這一天，診所出了大事。因為有一位初來乍到的護士蔣彩黎，尚在新人訓練階段的第二天，還來不及幫她投保勞保的情況下，卻在上班的途中發生了意外，出了車禍造成了嚴重性的骨折。萬萬沒料想到的是，對方除了收了診所的慰問金外，竟趁勢地敲竹槓，落下了需要三十五萬慰撫金的狠話，才肯善罷甘休。瞬間，這讓辜鳴瀚川的心情跌到了谷底，更將他淺意識裡所積壓殘留的暴躁、抑鬱的因子，全給激發了出來……。

「碰！」一入房門的他，狠狠地將包包摔在地上，仰天吼叫著：「為什麼連天都要搞我，非得搞死我，大家都要搞我。」接著，他失控地扯著頭髮，掃視著周遭可以發洩的任何一物，床上的枕頭、被單全被看上了眼，他發狂似地將它們丟在地上，然後使命地用雙腳在上面踩踏著，並同時哭嚎著：「踩死這些小人，都去死吧！」

瀚川的媽媽誤以為小倆口又再鬧彆扭，於是，趕緊逮住時機，破門而入，看到了他兒子暴風雨過後，所留下滿目瘡痍的景象。她揚起嘴角，淡淡地說：「早說，她是個掃把星。其實，三十五萬也不是個多大的數字，這都怪你不會想，硬是收容那女人，而得罪了嬸嬸，讓她叫叔叔把入資診所的幾百萬現金收了回去，你才會落到現在的窮困潦倒。」

這酸言酸語，徹底地擊垮了白雨舲，讓她開始覺得自己這陣子對他們所做的一切根本都是多餘的。她冷冷地瞥了他媽媽一眼，尖銳地說：「妳真是老眼昏花，錯把小人當好人，直到現在，只有妳還被她耍的團團轉。」

接下來的局面，又是一場聲嘶力竭的口水大戰。

「真是家不和則萬事哀！我現在就出去外面給車撞死，一了百了。」辜鳴瀚川奔下了樓，準備往大門的方向衝了出去。

「好好好，我明天先把你媽帶回屏東靜一靜。」瀚川的爸爸擋住了門口。接著，伸出了手用力地拉住了他媽媽的手腕，死命地搖晃著並咆嘯著：「妳非得逼死我們辜鳴一家唯一的男丁，是不是？」沒有等她接話，便將她拖回了房。

離開前，她狠狠地瞪著白雨舲說：「反正他現在的狀況，我看妳能撐多久。」接著，便甩頭和他爸爸走進了房間。

隔天一早，瀚川的爸媽便回了屏東，整棟翡翠莊園便只剩下他和她。但陰霾並沒有因此褪去，辜鳴瀚川卻一直將自己陷在蔣彩黎的事件中，遲遲地無法抽離，也或許，這只是壓倒駱駝的最後一根稻草，因為自他嬸嬸介入的開始，便接踵而來的壓力、猜忌、爭執、包袱，讓他大腦緊繃的弦已拉到了極限，甚至，隨時隨地擔心著下一顆未爆彈不知在哪裡？

這天的夜裡，他突然又從床上驚醒了，全身冒著冷汗，棉被都滲得濕濕的。他驚恐地瞪大眼睛，喃喃地說：「我好怕……好怕！」她側過了身，緊緊地粘住他，恨不得把身上僅有的力量都輸給了他，她柔柔地說：「你又想到蔣彩黎的事了嗎？我這邊也有些積蓄，湊一湊也有三十五萬，明天轉給她吧！」

不料，他卻突然推開她，蹭的一下從床上一躍而起，接著，大吼了一聲，斥罵道：「這該死的蔣彩黎，非得陰魂不散的死皮賴臉纏著我。」然後，直往旁邊的廁所衝了進去，把自己的臉潑濕，他望著鏡中狼狽的自己，又重重地捶了一下面前的牆壁。

她只是紅了眼，便靜靜地由著他宣洩，並沒有再多說什麼，暗暗地想著：「有我陪著你，你會好的，你需要的是時間。」

但這樣的情形並沒有如預期的好轉，平均每兩天就會發作一天。此外，他開始痲痺自己，下診後，並沒有馬上回翡翠莊園找她，會蓄意地待在診所打著電玩，藉此放縱自己，儘管夜深了，她等不住了，直接走去診所找他，他依然自顧自地盯著眼前的螢幕，將她的頻頻哈欠，視而不見。

而她的意志卻不曾動搖，因為她心中仍然深信：「你依然會回到我所認識的你。」

然而，很遺憾的是，辜鳴瀚川的情緒卻變本加厲的惡化，生活中的大小事，卻都能讓他情緒激動到破口大罵。好比有一次，他們一起吃宵夜，當時卻有一隻死蚊子誤打誤撞地掉入了他面前的鱔魚意麵中，他立刻板起了臉，「咚！咚！咚！」他連連地捶打著桌面，連桌上的酌料盤都震翻了，還不住叫嚷著：「靠！這笨蚊子要死也死去別人那兒，幹嘛要死在我這兒，老子真不爽。」接著，便奪門而出，留下了一臉錯愕地白雨舲。

這一刻，她終於懂了：「他……他生病了。」但同時地，她卻更加認定自己會一直守著他，直到他康復。

一個半月過了，辜鳴瀚川的狀況，時好時壞，儘管他常常胡亂地對她使性子，她仍默默地護在他旁邊，堅定的心不曾搖擺過。甚至，原本不會煮飯的她，為了他而洗手作羹湯，剛開始的時候，還搞的灰頭土臉，烏煙瘴氣，一不留神，不是切到了手，就是被油濺到，弄到整身的遍體鱗傷，這一切圖的並不是讓他看到自己的傷口，而感到愧疚或心疼，而是真摯地希望他可以感受到那一份不變的溫存，趕快地讓自己好起來……。

這一天週日的午後，幾道簡單的家常菜一一擺在了新買的餐桌上。她雙手托著下巴，端看著眼前的菜色，雖然稱不上色香味俱全的佳餚，但努力了這麼久，這倒也可算是上的了檯面了。過沒多久，看著瀚川打開了大門，她飛快地迎了上去，卻看見了他身後多了兩個人，就是他的爸媽，在她完全沒有心理準備的狀況下出現了，讓她微微地顫了一下，過了半晌，她漸漸地回了神才緩緩地向他們點了頭並打聲招呼，輕聲地道著：「爸爸媽媽！」

「看見我來了，很失望吧！」瀚川的媽媽瞧都不瞧她一眼，便往屋內走了進去。很快地，她發出了尖叫：「天啊，妳這女人搞什麼飛機，把我帶來的鍋子搞成這副德性，白鐵鍋成了大黑鍋。」

「我……我想說給瀚川煮些吃的。」她被這突如其來的斥責，弄得有些不知所措。

「妳可是千金之軀，哪敢勞動妳白大小姐親自動手。我們家的兒子真是好福氣，高攀了妳，結果什麼都沒得到，卻得到一身的噩運，還和親戚都失破了臉，搞到資金卡死，差點周轉不靈。」

她沒想到一碰面，得到的卻依舊是他媽媽的冷嘲熱諷。她緊緊地捏住拳頭，深深地吸了一口氣，目不轉睛地揪著辜鳴瀚川，只希望這陣子她所做的一切，可以讓他勇於站出來，說句公道話。

他擰著眉頭，凝重地望了她一眼，淡淡地說：「妳怎麼沒問過媽，就擅自主張地用了她的東西，個性始終都改不了。」

白雨舲長長地吁一口氣，身子往後一靠，整個人完全癱在牆上。她緊握的雙手慢慢地鬆了開，失去支撐的氣力，自然地垂了下來，微微地問道：「那你也覺得，你嬸嬸沒有幹過那些事，所有的事情都是我和我爸子虛烏有？」

「這牽扯了太多大人之間的恩恩怨怨，事過境遷也查無對証了。」他冷冷地答著。

「我今晚想回我娘家睡，這場面我想我並不適合繼續待在這裡，我要先離開了。你放心，我等一下走出去，會立刻打電話給我爸爸叫他來接我。」她花了好大的力氣才冷靜地迸出了這段話。過沒多久，她依稀記得自己便搖搖晃晃地被接走了。

9

天空飄起了絲絲細雨，雨不大但卻很密，她開始形單影隻地在巷間閒晃著，仰望著天空，才發現早被伴隨的強風，所捲起的塵土飛揚，搞得霧濛濛地一片。這一刻，卻飄來了一把傘，把她的頭頂蓋的密不透光，驀然地回首一望，原來是「他」，是的，想必也是「他」，怎可能會是「他」呢！

「你怎麼會知道我在這裡！」她低下了頭，悶悶地問道。

「看妳今天氣色很差，怕妳出事，下了班便跟了出來。」趙立瑋挪動了身子，讓自己和她並肩地站在一起。

「我昨晚回我娘家睡。」她繼續死盯著地上。

「為什麼？」他挑高了眉，拉高了音。

「或許……我做什麼都是多的。甚至，我們一家人被他嬸嬸欺凌陷害的這麼慘，到頭來，他還是非不分，認為我們一家人在造謠，夫妻之間如果連最基本的信任都沒有了，那硬是在一起，又有什麼意義。」她的心隱隱地作痛著，身子也不由自主地抖了起來。

「對啊，聽妳說完他嬸嬸的事情，我真的覺得很可怕，世界上竟有這麼歹毒的婦人。而他不只不幫妳出氣，甚至還往她那邊站。」他開始忿忿地咬牙切齒，接著，又說：「這些日子妳到底得到了什麼，繼續住在那鬼屋，有的便是常常忍受到他的晴時多雲偶陣雨。甚至直到現在，妳每天都拎個行李袋三地流浪，在妳娘家、那鬼屋、還有我們的辦公大樓徘徊流浪，根本沒有所謂的歸屬感。」

她開始分不清自己眼中是雨水或者是否也有淚水，只感到心不停地抽痛著。突然間，她發現自己的身子猛然地被另外一隻手從腰後緊緊地摟著。驚嚇過後，她漸漸地意識到情況不對，便瘋狂地掙扎，一心想逃脫，卻被他抓得更緊。

「雨艅，妳不要走，為什麼他這樣對妳，妳還可以接受。而我無怨無悔地為妳做了這麼多事，妳卻狠心地於動無衷。」他大聲地吼叫著。

「你到底知不知道你在幹嘛！」她哭喊著，使命地想掙脫。

「好不容易讓妳離開了石信帆，為什麼又有一個辜鳴瀚川。」他將他的頭貼緊了她耳後，開始親吻著她的細頸。

一個念頭閃過了她的腦子，讓她狠狠地用腳底的鞋跟往他的腳上踩了下去。瞬間，這動作便讓他整個人往後跌了下去，手握的傘也被強風吹跑了，面前的雨勢驟然轉劇，一下子就把他們都淋的濕答答的。

「一直以來，很感謝你的照顧，在我的心中，早把你當成自己的大哥一樣地尊敬與崇拜，除此之外，再無其它。而你也應該遵守應有份際，怎麼可以去想越矩外的事呢？」她抹了抹臉上的雨水，刺目的閃電正好映亮了她蒼白的臉。停了幾秒後，她便喃喃地道著：「我甚至對你的話言聽計重，不曾懷疑，結果，你……你竟然利用了我對你的這份兄妹情誼，先是傷害了石信帆，後又傷害了辜鳴瀚川。」接著，她轉過了身，頭也不回地消失在他的眼前。

家裡的門鈴突然響了，雨舲的媽媽趕緊出去開了門，看見她全身濕淋淋狼狽地站在台階上，眼睛紅腫得跟白兔一樣，臉上的淡妝早被雨水和淚水糊得一塌糊塗。她媽媽還來不及反應，白雨舲便整個人撲倒在她身上。

「傻孩子，怎麼了！」她媽媽將她緩緩地攙扶了進來，好讓她整個人可以癱在沙發上。

「我……我……我沒想到我深信的一個男人和另一個女人，會在短短的時間內，全走了樣，竟都先後出賣了我。」她放縱地嚎啕大哭，哭得歇斯底里，哭得淅瀝嘩啦，仿佛要把這些日子所受的委屈全部發洩出來。過了很久，她才把剛剛的事娓娓道出。

她媽媽將她擁的更緊了些，並把她的頭靠在自己的肩上，轉眼間，胸前的衣服已出現了大片的水漬。這一刻，她仍故作鎮靜地說著，特意地不讓她的語氣裡流露出太多的情緒：「石信帆，妳只能和自己說，是在錯的時間遇到對的人。至於，辜鳴瀚川是否是在對的時間遇到對的人，最終，還是操之在妳，但……」她頓了一下，又說：「也不要再太為難自己了。人生的路還長的呢！總之，要做任何決定前，先問自己有盡了全力而無愧於心了嗎？」接著，她摸了摸她的頭，低下了臉去親了她的額頭，柔柔地說：「不論如何，我們全家會永遠陪著妳。」

雨舲點了點頭，心中的酸楚湧上了喉頭，湧上了眼眶，讓她無法再接任何的話。

10

幾天後，她的手機捎來了一則訊息：「我爸媽臨時有事，她們提早回屏東了。看妳要不要回來住。」她怔怔地重複地唸著上面的每一個字，深怕是自己的幻覺。

好不容易撐到了下班，走出了辦公大樓，卻沒料想到又是一個不好的天氣，天空烏雲密佈，黑壓壓地沉了下來，轟隆隆的閃電在天空閃個不停，片霎間，一陣傾盆大雨洩了下來，這次她選擇打開了手上的傘，看著前面滂沱的雨勢，她明確地知道這已是一時半刻地停不下來。

很快地，她呼叫到了一台計程車，收起了傘，坐了進去。司機盯著前方的路，緩緩地開著，問了她：「請問小姐要到哪裡？」

過了一會兒，得不到答覆，他便側著頭，再拉大了嗓門，重複著剛剛的問題：「請問小姐要到哪裡？」

這一輕呼讓她回過了神，停了幾秒後，她才微微地答著：「台南市永大路211號，翡翠莊園。」

她轉過了頭瞥向車窗，發現外面的雷雨，漸漸地變成了綿綿細雨，持續地往車內斜斜地打著，但卻硬生生地被玻璃給擋了下來，瞬間化成了幾道小水柱順勢地滑了下去，而灰濛濛地的天，也更加灰暗了。此刻，車內的廣播傳來了一首首熟悉的旋律，彷彿正蕩氣迴腸地唱出了那一樁樁的往事……

「攤開你的掌心讓我看看你

玄之又玄的秘密

看看裡面是不是真的有我有你
攤開你的掌心握緊我的愛情
不要如此用力
這樣會握痛握碎我的心
也割破你的掌你的心……」

帶給她一生中最遺憾的是「簡書甫」！！！

「我會記得你的好和你的笑
陪我渡過每一分一秒
還會記得你的擁抱
承諾的事我做得到
我會記得你的好和你的笑
和妳說過要一起變老
永遠在我的懷抱
再苦再累都有我依靠……」

帶給她一生中最感動的是「涂見飛」！！！

「你問我愛你有多深，我愛你有幾分。
你去想一想，你去看一看，月亮代表我的心。
輕輕的一個吻，已經打動我的心。
深深的一段情，叫我思念到如今。
你問我愛你有多深，我愛你有幾分。
你去想一想，你去看一看，月亮代表我的心。
你去想一想，你去看一看，月亮代表我的心。」

帶給她一生中最心動的是「馬英安」！！！

帶給她一生中最難忘的是「石信帆」！！！

「又回到最初的起點
記憶中妳青澀的臉
我們終於來到了這一天
桌墊下的老照片

無數回憶連結
今天男孩要赴女孩最後的約
又回到最初的起點
呆呆地站在鏡子前
笨拙繫上紅色領帶的結
將頭髮梳成大人模樣
穿上一身帥氣西裝
等會兒見妳一定比想像美……」

若有來生，她依然會嫁的人，是辜鳴瀚川嗎？？？

這個問號還來不及有了結論，車子便慢慢地煞住了，剛好不偏不倚地駛到了門口。而雨竟也停了下來，眼前那一抹熟悉的彩虹又再度炫彩奪目地橫跨在天際的兩側，向她綻放著燦爛斑斕的耀眼光芒。

她打開了車門，拖著一個空空的行李袋，踏進了屋內，接著，並沒停下腳步便直往樓上的房間走了進去，開始收拾著灑落在地的隨身衣物。其實，長期以來，待在這克難的環境下，她早已被磨成了背包客的生活，簡簡單單地容不下她太多的家當，所以，很快地，便把她所有的東西都打包完成，並放入了行李袋內。

離開前，她再次深深地往房內看了一眼，最後的目光竟是停留在那張床，她不禁嘆了口氣。

關上了房門，走下了樓，她慢慢地繞過了廚房，又瞥見了那餐桌，讓她再度想起了那一天的飯菜，眉心不自主地又皺緊了些。最後，終於回到了客廳，她隨手把行李袋擱置在腳邊，便將整個人佇在窗邊的一隅，等著他下診。

「妳來了！」他伸了伸懶腰，揉著眼說：「今天的病人，遇到了很多 PSY，煩死了。」又打了口哈欠，自顧自地說：「不是一直抱怨咳嗽都好不了，就是明明解釋了鼻竇炎的問題，還重複地問著，到底鼻水為什麼都流不停。更扯的是明明來看感冒，卻又要問我，他腸胃、皮膚、眼睛也都有問題，幾乎要我幫他全身都 RUN 一輪。」

「我有事情想和你談一談！」她幽幽地望著他。

「而診間又塞爆整群小孩子，咿咿呀呀地吵翻天，簡直搞到我整個人要大抓狂了。唉……總之今天很累，有事情改天再說吧！」他斜睨著她腳邊的行李袋，說：「妳又多帶了東西過來，那妳要趕快上樓去整理，今晚打算早點睡。」

「我……我只想問你一件事。」她咬著下嘴唇，低聲說道：「我想……我想調回台北總處。前幾天，我已聯絡了上級長官，現在就差正式的簽呈。」

片霎間，他全愣住了。過了半晌，他才緩緩地說：「那……那我怎麼辦？」

「我……我真的努力了，可是我好累……我真的好累……對……對不起，再這樣下去，我會發瘋，我真的會發瘋……夠了……真的夠了，如果……無法搬出這鬼屋，如果……你無法處理你家族的問題，我……我……我選擇放手！」她抽咽著，斷斷續續地說著，費了好大的勁才把心裡的話，接續地說完：「而這裡太痛……太痛，只要呼吸到有你在的地方，都讓我想窒息，我只有逃到最遠的台北躲起來，那邊才能沒有你的影子、沒有你的氣味。」緊接著，她提起了腳邊的行李，正準備往大門的方向走了出去。

在身後的他，突然地伸出了強勁有力的手臂，牢牢地抓緊了她那纖瘦的手腕，好不容易才自喉間逼出低啞的嗓音：「留下來。」

國家圖書館出版品預行編目資料

醫病不依心 / 郭思涵著. -- 初版. --
臺北市：博客思, 2019.04
面； 公分. -- (現代輕小說；10)
ISBN 978-986-97000-8-5(平裝)
857.7 108000202

現代輕小說10

醫病不依心

作　　者：郭思涵
編　　輯：塗語嫻
美　　編：塗語嫻、陳勁宏
封面設計：陳勁宏
出 版 者：博客思出版事業網
發　　行：博客思出版事業網
地　　址：台北市中正區重慶南路1段121號8樓之14
電　　話：(02)2331-1675或(02)2331-1691
傳　　真：(02)2382-6225
E—MAIL：books5w@gmail.com或books5w@yahoo.com.tw
網路書店：http://bookstv.com.tw/
https://www.pcstore.com.tw/yesbooks/
博客來網路書店、博客思網路書店
三民書局、金石堂書店
總 經 銷：聯合發行股份有限公司
電　　話：(02) 2917-8022　傳 真：(02) 2915-7212
劃撥戶名：蘭臺出版社　帳號：18995335
香港代理：香港聯合零售有限公司
地　　址：香港新界大蒲汀麗路36號中華商務印刷大樓
C&C Building, 36,Ting, Lai, Road, Tai,Po, New,Territories
電　　話：(852)2150-2100　傳真：(852)2356-0735
經　　銷：廈門外圖集團有限公司
地　　址：廈門市湖里區悅華路8號4樓
電　　話：86-592-2230177　傳 真：86-592-5365089
出版日期：2019年4月 初版
定　　價：新臺幣280元整（平裝）
ISBN：978-986-97000-8-5